黑龙江大学博士启动基金项目

外教社
博学文库

斯特恩式协商
—— 18世纪中叶英国文学场中的
劳伦斯·斯特恩小说研究

Sternean Negotiations: A Study of Laurence Sterne's Novels
in the Literary Field of Mid-Eighteenth Century England

魏艳辉 著

上海外语教育出版社
外教社 SHANGHAI FOREIGN LANGUAGE EDUCATION PRESS

图书在版编目(CIP)数据

斯特恩式协商:18 世纪中叶英国文学场中的劳伦斯·斯特恩小说研究/魏艳辉著.
—上海:上海外语教育出版社,2017
(外教社博学文库)
ISBN 978-7-5446-4743-4

Ⅰ. ①斯⋯　Ⅱ. ①魏⋯　Ⅲ. ①斯特恩-小说研究
Ⅳ. ①I561.074

中国版本图书馆 CIP 数据核字(2017)第 037857 号

出版发行：**上海外语教育出版社**
　　　　　（上海外国语大学内）　邮编：200083
电　　话：021-65425300（总机）
电子邮箱：bookinfo@sflep.com.cn
网　　址：http://www.sflep.com.cn　http://www.sflep.com
责任编辑：方颖芝

印　　刷：上海信老印刷厂
开　　本：890×1240　1/32　印张 7.125　字数 255千字
版　　次：2017 年 8 月第 1 版　2017 年 8 月第 1 次印刷
印　　数：1 100 册

书　　号：ISBN 978-7-5446-4743-4 / I・0389
定　　价：25.00 元
本版图书如有印装质量问题，可向本社调换

博学文库编委会成员

(按姓氏笔划为序)

姓　名	学　校
王守仁	南京大学
王腊宝	苏州大学
王　蔷	北京师范大学
文秋芳	北京外国语大学
石　坚	四川大学
冯庆华	上海外国语大学
吕　俊	南京师范大学
庄智象	上海外国语大学
刘世生	清华大学
杨惠中	上海交通大学
何刚强	复旦大学
何兆熊	上海外国语大学
何莲珍	浙江大学
张绍杰	东北师范大学
陈建平	广东外语外贸大学
胡文仲	北京外国语大学
秦秀白	华南理工大学
贾玉新	哈尔滨工业大学
黄国文	中山大学
黄源深	上海对外贸易学院
程朝翔	北京大学
虞建华	上海外国语大学
潘文国	华东师范大学
戴炜栋	上海外国语大学

出版说明

　　上海外语教育出版社始终坚持"服务外语教育、传播先进文化、推广学术成果、促进人才培养"的经营理念,凭借自身的专业优势和创新精神,多年来已推出各类学术图书600余种,为中国的外语教学和研究做出了积极的贡献。

　　为展示学术研究的最新动态和成果,并为广大优秀的博士人才提供广阔的学术交流的平台,上海外语教育出版社隆重推出"外教社博学文库"。该文库遴选国内的优秀博士论文,遵循严格的"专家推荐、匿名评审、好中选优"的筛选流程,内容涵盖语言学、文学、翻译和教学法研究等各个领域。该文库为开放系列,理论创新性强、材料科学翔实、论述周密严谨、文字简洁流畅,其问世必将为国内外广大读者在相关的外语学习和研究领域提供又一宝贵的学术资源。

上海外语教育出版社

序言

魏艳辉同学来自辽阔壮丽的黑龙江。她 2008 年秋为求知从哈尔滨到北外中国外语教育研究中心访学进修。翌年通过努力拼搏考上我的博士生。每次见到这位学生，我就想起同样为了追求文学理想的光辉从哈尔滨到北京然后走向更遥远广阔世界的东北女作家萧红。但是艳辉同学比萧红那一代女性更幸运，因为她追求文学理想的时代是一个知识女性获得了彻底解放、自由和尊严的崭新时代，也比萧红们走得更远，从黑龙江到北京，再到美国新英格兰的布朗大学。短短数年的读博时光里，沿着这样一条地理路线，艳辉把自己的学术思想之旅拓展到异国的一流高等学府，承受一流学者的启迪和教化，打通中西学问之间的隔膜，深入到精深的文学专项研究领域。因此，在新的学术圣殿中，她不仅能朝夕践行自己的文学理想，而且能不断磨砺自己的思想锋芒，并举理想和理性的红烛，俯仰学术的奇伟高峰和绚丽山谷。如青竹节节攀高，似蝶蛹脱胎换骨，从而为成就终生的志业打下坚实的基础。

从艳辉的身上我见证了坚韧和执著，也看到了后来者青出于蓝而胜于蓝的心气和希望。有这样一位又一位、一批又一批的青年学人脱颖而出，是老师的福气，是华夏学术学脉的赓张。

在离开母校北外两年多之后，艳辉将自己博士论文修改扩充而成的专著交到我手上，以这种别样的方式来无声地言说她博士毕业后的新进境，表达对母校和老师的思念和敬意。

艳辉的专著题为《斯特恩式协商——18世纪中叶英国文学场中的劳伦斯·斯特恩小说研究》。这部对英国十八世纪文坛怪杰奇才劳伦斯·斯特恩的研究专著,从研究方法、问题设计和纵横捭阖的论证方面,积极地贡献于我国英国文学研究领域的18世纪英国小说研究。艳辉该著效法西学治学理路,取细微如粟如玉之题材,施精雕细琢之功夫,发鸿博深厚之意旨,有机地融合理论反思与文学个案实证研究、文学文本细读与文学风格诗学探源、文学诗学思考与文化社会图景透视。究其方法论、认识论和知识论上的立意,该著的菁华主要包括:

　　一、参阴哺阳,同时从法国文化社会学家皮埃尔·布迪厄的文学场理论和德国接受美学宗匠汉斯·罗伯特·尧斯的接受美学思想中吸取营养,将两者相互烛照,有机嫁接,从审美与文化二元之间的动态协商中阐发诗学成因。

　　二、紧紧抓住英国文学乃至西方文学中的讽刺文传统与小说文类之间的因果渊源,层层剖析,条分缕析,不仅将劳伦斯·斯特恩置于几百年来的西方文学大背景中,而且契合了西方自亚里士多德的《诗学》以及在西方语文学传统中代代相传的风格诗学。

　　三、将劳伦斯·斯特恩的两部作品平等平行观量,从这两部作品中表现出的审美与文化之间平衡度的变化中阐发作者风格的变化,审美与文化两极之间的张力。这种论述不禁使我想起钱钟书先生在《谈艺录》中论述诗人、作家个体风格变化时的评论:"且又一集之内,一生之中,少年才气发扬,遂为唐体,晚节思虑深沉,乃染宋调"。才气发扬,应是审美力主导;思虑深沉,应是与文化规范认同趋高。

　　四、劳伦斯·斯特恩深受后现代文学阐释者青睐,皆因其诡异无常的叙事风格与后现代诗学主张极其吻合。但这种将作家作品从历史文化土壤中剥离出来的方式是否妥当,艳辉的研究以实际行动给出了令人信服的一家之言。但是这种立论立言又有别于新历史主义的文化诗学。因为艳辉的研究毕竟是在文学自律与文学他律之间求得商榷。这无疑是纯粹的文学文本分析与新历史主义文化诗学之间的第三条道路。

　　为人作序,总是试图发现金子。提笔美言,总是竭力赞誉。如果说艳辉还有什么更需努力的地方,我认为还是在该著奠定的理论范式、18

世纪中叶及之后的英国文坛实景、中西风格诗学这几点上更勤下功夫,以期在学术的进步上"苟日新,日日新"。期待着艳辉同学在真、善、美的道路上越走越敞亮,越来越成熟、淡定。

陶家俊
2016 年 6 月 12 日于北外东院

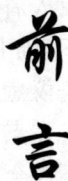

前言

  劳伦斯·斯特恩是英国小说史上非常独特的一位小说家。他身处18世纪后奥古斯都与前浪漫主义转折时期的英国，前接斯威夫特讽刺文传统，后启欧洲情感主义小说流派，并在20世纪被誉为现代意识流小说和后现代元小说的先驱。这样一位身具多种文学传统印迹的小说家所创作出来的作品，也便具有难懂甚至是晦涩的属性。正是这种复杂性激发了本书对斯特恩作品的探索。

  任何文学阐释都是解谜的过程。最初对斯特恩感兴趣主要源于心中的一个疑问。一位18世纪小说家的作品如何会有现代主义或后现代主义小说艺术的痕迹？沉潜于研究文献中发现，自20世纪50年代起所形成的斯特恩研究传统，也都是以这一问题为研究起点对斯特恩进行多角度阐释，尽管路径、方法与立足点不同。基于对已有研究文献的梳理发现，斯特恩小说之所以具有现代主义与后现代主义小说属性，是由于其异质于英国早期的现实主义小说传统，而现代主义与后现代主义小说实践是在对现实主义小说传统的反思、质疑与挑战基础上形成的。也就是说，两者的共性在于它们同时异质于现实主义小说传统。这种异质性引发了学界关于斯特恩作品究竟是小说还是讽刺文的争议。实际上，斯特恩作品早在18世纪中叶就已经被确认为是小说，如果斯特恩作品具有如此明显的异质性，那么它们在当时又是如何融入18世纪早期小说传统之中的呢？

V

文学阐释其实包含两条脉络：一是提出问题；二是提出探索并解决问题的方法。

　　提出问题需要站在巨人的肩膀之上去审视研究对象。从巨人脚下攀登到巨人肩上、再立于其上所隐喻的是对已有研究文献爬梳的艰辛历程，在此基础上才能提出要研究的问题。对于经典作家，在审视已有研究传统争议焦点的基础上提出问题，这样的研究比较有价值。原因有两点：第一，焦点问题征兆了作家作品与那一时代的密切关联，对这一问题的探索不仅会使我们对所研究的作家作品有新的认识，而且会让人对那一时代的一些关键问题产生新的思考。第二，不同的阐释者由于视角不同对焦点问题的探索可能会得出不同的结论，也就是所谓的"一千个读者有一千个哈姆雷特"。这种差异会形成一个以阐释者本身为基点代代相传的认知脉络，继而形成传统的继承与延续，最终无限接近对作家作品的真理性认识。这是文学阐释的根本意义所在。

　　问题提出后应以什么样的视角进行探索？斯特恩作品明显异质于18世纪早期的现实主义小说传统，但当时的评论界却把其划归到这一传统之中。斯特恩在当时是如何评价读者协商，从而促使其接受并认可其作品的呢？这就涉及以作者与评价读者之间的协商为视角探索所提出的问题。斯特恩小说中作者与读者之间的对话意识非常明显。这也是18世纪小说中普遍存在的一种现象。对于作者与读者之间的对话意识，沃尔夫冈·伊瑟尔、韦恩·布斯以及叙事学理论分别从读者反应、修辞以及叙述等角度进行探索。但上述研究者仅关注作者与阅读者之间的关系，而忽略作者与评价读者之间的关系。因此，文本以作者与评价读者协商为视角来探索所提出的问题具有新意。

　　采用什么样的视角来探索研究对象其实包含了两方面的活动：一是阐释者本人是如何认识这一视角的。在本文中就是如何认识作者与评价读者协商这一现象的，进一步说就是研究视角背后所隐藏的认识论；二是阐释者如何采用一定的方法推行自己的认识，也就是研究视角中所运用的方法论。因此，本文包含了两个目的：一是立足于作者与评价读者协商这一新视角对斯特恩研究传统中所显现的关键争议进行再阐释；二是构建作者与评价读者协商研究的认识论与方法论。具体而言，就是把批评理论与文学研究相融合。对批评理论的运用并不意味着机械复制已有的理论观点,而是根据研究对象的需要以及自己的认识对其重新进行界定与思考,从而拓展已有理论,发展出新的认识与方法。由于认识与方法较新,因此在绪论部分进行了详细阐述。

以作者与评价读者协商为视角对斯特恩作品的文类属性进行重新探索,发现其作品融合了讽刺文和小说两种属性。斯特恩与评价读者之间的协商推动了斯特恩的作品创作逐渐舍弃讽刺文属性,增加小说属性,最终融入18世纪小说传统之中。对研究问题的探索引出了如下发现:第一,小说与讽刺文的兴衰、转化反映了小说与资本主义发展之间的共生关系;第二,斯特恩作品中的怀疑主义是其与现代主义以及后现代主义小说精神相通的关键点;第三,斯特恩两部作品的叙事形式与艺术风格具有深层的道德伦理内涵;第四,评价读者参与了18世纪英国小说道德伦理属性的形成。上述发现从新的角度深入并细化了已有关于18世纪英国小说以及斯特恩作品的基本认识。

任何研究都有认知局限,本文仅代表我博士期间思索的成果以及未来研究的起点。在其出版成书之际,我要借此向曾给我启发的师者群体致以深深的敬意。师之所存,道之所存。学问之道在师生交流中传承,所传承的还有学术理想和学术精神。我所承教的师者群体构建了一个学术的精神共同体。他们内心纯真、治学严谨、自律严格,执着于学术追求,并给予学生最真诚的教导和关怀。这一共同体的存在使我理解学术之崇高,并对学问怀有敬畏之心、向往之意与追求之理想。

感谢恩师陶家俊教授,恩师对我有再造之恩。在老师的精心指导下,我经历了博士求学的三个阶段。在研讨课上,老师帮我调整知识结构,并教给我思维与做学问的方法,使我逐渐领悟求学门径;在开题报告撰写中,老师帮我提升选题视野,使论文立意高深;在论文撰写阶段,老师以最快的速度完成论文阅读,大到论文、章节题目,小到格式、文字、标点,一一给出修改意见,帮我提取亮点、调整重心。老师的修改瞬间提亮整篇论文,让我看到了更广的认知视野。老师在指导过程中鼓励、关怀与批评并重。他以其宏大的视野与深邃的思想为我的论文提供了一个支点,促使我向深远精细处着力。在恩师的指导中,我见识到了一位热爱学术的学者所具有的学识、志向和正气，从而不仅在学问上获益，并且深受老师人格魅力的熏陶和感染，更加执著于学术之旅。

感谢保罗·阿姆斯特朗教授。在布朗大学研修期间，阿姆斯特朗教授帮助我系统梳理现象学文学批评理论，推动了本文认识论的产生。感谢北京大学的刘意青教授。刘老师仔细审阅我的开题报告，不仅提出了关键的质疑，而且对措辞、提法、引用等方面的严谨性提出具体意见。最打动我的是她极为细致地阅读了开题报告，有问题的地方，划出来；赞同的地方，打对号；需要补充的地方，进行补充说明，这让我非常敬服于刘老师认真严谨的态度。感谢赵国新研究员。赵老师对文字具有敏锐的感受力，指出了论文写作中不通顺以及翻译文字部分所存在的问题，并指出对理论的阐释需要以自己的话陈述出来。他推荐我阅读名家散文，为我指出了理论写作与提高文笔的路径。最后感谢中国社科院外文所的王逢振研究员、北京大学的周小仪教授、北京外国语大学的张中载教授、王丽亚教授在论文开题与答辩中的细致指导与建议。

本文部分章节的初稿已在《国外文学》、《外国文学》等期刊上发表，在此向有关编辑老师表示感谢。感谢上海外语教育出版社和论文评审专家的厚爱。感谢哈尔滨理工大学允许我四年时间在北京读博。感谢赵冬臣博士对论文文字和逻辑所给出的最为全面细致的建议。感谢师姐、师妹与朋友们在论文撰写过程中给予我的关爱。最后，感谢我的家人。整整四年我绝大部分时间在北京学习与撰写论文，我的公公婆婆对家庭和幼小女儿无微不至的照顾使我能够脱身于繁琐的家务，全身心投入到学习之中，感谢他们无私的奉献。感谢我的父母一直以来的鼓励与支持。感谢我的爱人和我的女儿对我始终如一的爱！

目录

绪论 ··· 1
    第一节   劳伦斯·斯特恩小说国内外研究综述 ···················· 2
    第二节   审美—文化双维度的文学接受研究：对尧斯与布迪厄的
              理论融合 ·· 22
    第三节   理论价值与研究意义 ··· 40

第一章 文类协商：18世纪中叶英国文学场中的劳伦斯·斯特恩 ··· 42
    第一节   斯特恩与出版商的协商 ·· 43
    第二节   斯特恩与两个文学俱乐部的协商 ······························ 49
    第三节   斯特恩和文学评论期刊的协商 ································· 66

第二章 叙事协商：《项狄传》的逆反生成结构 ························· 83
    第一节   对话中越界：《项狄传》中的评价读者意识 ··············· 84
    第二节   对话中质疑：《项狄传》的前进—离题情节模式 ········· 97
    第三节   《项狄传》的情节模式与隐匿的社会伦理制约 ············ 114

第三章 道德协商：《情感之旅》的顺应生成结构 ······················· 130
    第一节   情感主义的哲学思考 ··· 131

第二节　对话中呼应：《情感之旅》中的感性美学及其道德之维 …… 145

　　第三节　对话中迎合：《情感之旅》中的欲望—节制模式 …………… 163

　　第四节　《情感之旅》的道德主题与隐匿的反讽 ……………………… 175

结论 ……………………………………………………………………………… 188

参考文献 ………………………………………………………………………… 198

绪 论

劳伦斯·斯特恩(Laurence Sterne,1713—1768)共发表过两部小说:《项狄传》(1759—1767)和《情感之旅》①(1768)。这两部小说奠定了他在英国小说史乃至欧洲小说史上的经典小说家地位。他身处后奥古斯都与前浪漫主义转折时期的英国,前接斯威夫特讽刺文传统,后启欧洲情感主义小说流派,并在20世纪被誉为现代意识流小说和后现代元小说的先驱。而在18世纪中叶,斯特恩就已经是与塞缪尔·理查逊(Samuel Richardson,1689—1761)、亨利·菲尔丁(Henry Fielding,1707—1754)齐名的小说家。正是斯特恩作品的独特性使其与多种文学传统产生关联,而这种关联性引发了斯特恩评论和研究中对其作品与18世纪中叶小说传统之间的异质性的思索,进而导致关于其作品文类定性的争议。但已有研究往往从作者意图出发来界定其作品的文类属性,缺乏对读者接受维度的考察。本文试图从作者创作与读者接受之间协商关系的角度,重新思考评论界关于斯特恩作品的文类争议。在18世纪中叶的英国文学场中,作者创作与读者接受之间的协商关系极为特殊,在这种历史语境中对斯特恩作品的接受研究具有重要意义。首先,我们

---

① 《项狄传》全名是《绅士特里斯特拉姆·项狄的生平与见解》。《情感之旅》的全名是《约里克先生穿行法国与意大利的情感之旅》。后文将全部使用简称。《项狄传》又译《商第传》;《情感之旅》又译《多情之旅》、《感伤的旅行》、《感伤之旅》、《深情之旅》或是《多情客游记》。

1

可以从新的角度来看待一直以来斯特恩研究领域内的争议问题,即如何对其作品进行文类定性;其次,可以重新思考英国早期小说史的发生过程,并对斯特恩在小说发展史中的作用进行重新评估。

第一节 劳伦斯·斯特恩小说国内外研究综述

整体而言,斯特恩小说研究主要分为两个阶段:20世纪50年代前的斯特恩小说评论和20世纪50年代后的斯特恩小说研究。第一阶段主要是文化界名人或评论者对其作品的评论,往往十分简短,并不深入;第二阶段是对斯特恩作品系统研究的阶段。贯穿两个阶段的一个核心主题就是斯特恩小说与18世纪小说传统之间的异质性问题。

一、20世纪50年代前的斯特恩小说评论

1759年斯特恩46岁时踏入文坛出版《项狄传》第一、二卷,从籍籍无名的小镇牧师一跃成为当时伦敦文化圈内的闪耀新星,并跻身著名小说家行列。当时的权威文学评论杂志《每月评论》的评论者威廉·肯里克(William Kenrick, 1725—1779)发表首篇评论,"整体而言,我们斗胆推荐项狄先生。身为作家,他比现在任何小说家都更加想法独特与令人愉快。他所创造的人物使人印象深刻并奇特非凡;他的观察中肯敏锐;除少数例外,他的幽默从容而真诚。"[①]这篇评论意义重大,它代表了伦敦文化圈对斯特恩在人物塑造和幽默表达方面的赞誉,为斯特恩后来的声名鹊起起到了极大的推动作用。同时,评论者把斯特恩界定为小说家,这决定了评论界将以小说创作标准来衡量斯特恩的作品。

肯里克对这样一位初登文坛的作家给予如此高的赞誉,足见对《项狄传》创新性的认可。18世纪中叶有三部畅销成为阅读"风尚(vogue)"的小说:理查逊的《帕梅拉》(1740)、菲尔丁的《汤姆·琼斯》(1749),再

---

① Alan B. Howes, *The Critical Heritage*, pp. 47-48.

就是斯特恩的《项狄传》(1759)。①《项狄传》出现在 18 世纪 50 年代的文坛空档期。菲尔丁 1754 年去世,同年理查逊封笔,文坛充斥着对两人作品的粗劣模仿之作。在整个文坛呼唤创新的情势下,斯特恩将塞万提斯(Miquel de Cervantes, 1547—1616)、拉伯雷(Franois Rabelais, 1493—1553)讽刺文传统蕴染上英国式幽默色彩,创造出特色鲜明的人物形象。同时,他的离题(digressive)叙事模式又打破了理查逊、菲尔丁所建立的线性与因果关系叙事传统,带给读者全新的阅读体验。这两方面的创新使他受到评论界的力捧。

在《项狄传》第一、二卷大获成功后,斯特恩趁热打铁以《项狄传》中牧师约里克的名义出版他早前写的布道词,不料引起轩然大波。评论者意识到斯特恩的牧师身份后,对《项狄传》的接受态度发生了重大转变。他们认为《项狄传》中大量性暗示所表现出的轻佻笔法与斯特恩的牧师身份极不相称,对《项狄传》的评论开始出现批判与攻击,甚至全盘否定之语。有人评论:"文中充满技术术语和断断续续的句子,陈腐的讽刺与淫秽低级的打诨缺少机智幽默,并且整部作品缺少计划构思。"②《约里克布道词》第一、二卷的出版使评论者意识到《项狄传》与当时的小说传统的异质性。这种异质性主要表现在两个方面:在形式上,没有计划构思;在内容上,缺少道德意图。

《项狄传》是否真的没有计划构思? 实际上,斯特恩在《项狄传》的第一、二卷中就明确表明了他在前进—离题(progressive and digressive)叙事模式方面的思考以及这种叙事形式对约翰·洛克(John Locke, 1632—1704)哲学中"观念联想"(association of ideas)概念的借鉴。③ 近代学者在对这部作品的时间、前后一致性和离题艺术进行考察后,亦指出这是一部经过精心构思的作品。④ 而早期评论界之所以如此评价是因

---

① Lodwick Hartley, *Sterne in the Twentieth Century*, pp. 13-14.
② Ibid., p. 77.
③ 分别参见劳伦斯·斯特恩:《项狄传》,蒲隆译,第 71-72 页、第 82 页。
④ 分别参见 Theodore Baird, "The Time-Scheme of Tristram Shandy and a Source", Wayne Booth, "Did Sterne Complete Tristram Shandy?", William Bowman Piper, "Tristram's Disgressive Artistry".

为《项狄传》历时8年完成9卷本的连载,评论界在最初几卷中,很难从首尾一致方面对叙事形式进行完整评价。而最重要的是其离题模式惊骇世俗,颠覆了读者的"期待视野",而且小说中的作者意图不明显,让人摸不到头脑。18世纪的评论者意识到《项狄传》叙事形式不合小说规矩的地方,但仅是指出来,并未进行深入的分析和评论。这是因为当时的小说评论注重主题,尤其是道德主题批评,而忽略形式批评。

《项狄传》是否缺少道德意图?《项狄传》的确没有任何道德说教意图。从英国小说发展传统脉络来看,道德训教始终是文学创作的主题,小说家们往往在开篇对此开宗名义,并贯彻始终。例如,丹尼尔·笛福(Daniel Defoe,1660—1731)小说中主人公自始至终的道德忏悔,理查逊小说中的美德有报,以及菲尔丁对人性中善的思考等等。与此成鲜明比照的是,《项狄传》第一、二卷中非但没有任何道德意图,反而通过影射、双关指涉性方面的话题,这触犯了18世纪小说文类规则的大忌。

对以上两方面,尤其是缺少道德主题的诟病一直伴随着《项狄传》后期卷本的出版,直到斯特恩完成《项狄传》9卷本连载后,在1768年转向《情感之旅》的创作和出版。《情感之旅》将《项狄传》第七卷中对主人公特里斯舛法国之行的片段描述,展开写成一部小说。小说的主人公换之以牧师约里克,记叙他在法国与意大利旅游期间的情感历险。小说以细腻的笔触描绘法国社会样态,并集中对细小事物所产生的善感进行刻画,细致入微,打动人心。在这部小说中,斯特恩的创作风格发生明显转变。转向的主要标志是他采用诱发同情的(pathetic)写作方式,而并非是《项狄传》中所主要使用的幽默与讽刺笔法。评论界注意到这种转变,并表示欣赏。《每月评论》主编拉里夫·格里菲斯(Ralph Griffiths,1720—1803)指出斯特恩的卓越之处"在于诱发同情而非幽默场景的刻画"。[①] 其欣赏重点是这种转变所带来的道德上的正确性,因为诱发同情的形式所表达的"同情"和"慈善"表达出了道德内涵。《情感之旅》使斯特恩获得评论界一致认可。在18世纪以夜间朋友谈话形式撰写的小说史《传奇的演进》(1785)中,克莱拉·瑞伍(Clara Reeve,1729—1807)写道:

---

① Howes, *The Critical Heritage*, pp. 199-200.

"如果你对《项狄传》持保留意见,那么你凭什么要反对《情感之旅》的呢?"随后,对《情感之旅》给予很高的评价,"这是一部无可争议的有价值的作品"。① 尽管《项狄传》使斯特恩一举成名,但真正在当时小说经典行列中为他争得一席之地的作品是《情感之旅》。

从斯特恩作品在18世纪的接受过程来看,评论界最初将《项狄传》划归在早期小说传统之中,随后意识到其不合规矩之处,将其排除在外。而后斯特恩在《情感之旅》中转变风格,促使评论界再次将其吸纳到小说传统之中。

《情感之旅》可谓英国18世纪中晚期情感主义小说流派集大成之作,在当时产生重要影响,但这种影响并没有持续很长时间。在18世纪末和19世纪初,情感主义小说就经历了衰落,这点从女作家汉娜·莫尔(Hannah More,1745—1833)对它的评价中可见一斑。她认为:"斯特恩创作出腐败却极受欢迎的次等作品,从而成为情感流派(school of sentiment)的有害创始人。成百上千的作者与读者受其传染。感伤癖(sentimentality)已经成为一种疾病,需要治疗。斯特恩统治文坛的时代过去了。"②莫尔把《情感之旅》称为"腐败"和"次等"作品,评价有些偏激,但她从根本上指出了情感主义小说在英国迅速衰落的真实处境,③以及其中所不合小说主流传统的地方。19世纪中叶,威廉·梅克比斯·萨克雷(William Makepeace Thackeray,1811—1863)在《18世纪英国幽默作家》(1854)一书中同样对《情感之旅》的善感的诚恳度进行质疑,"他的读者信任他,他能够信任他自己吗? 他的作品中有多少故意盘算与忸怩作态,虚假的感性有多少,真实的感情又有多少?"④萨克雷的质疑延续了18世纪对斯特恩小说中道德取向的批评,标志着斯特恩在19世纪中晚期被排斥的状态。

---

① Clara Reeve, *The Progress of Romance*, pp. 30-31.
② Alan Howes, *The Critical Heritage*, pp. 259-260.
③ 这部作品的真正影响在于对欧洲大陆的情感主义(或称感伤主义)运动产生了重大影响,参见 Harvey Waterman Thayer, *Laurence Sterne in Germany*; Lana Asfour, "Movenments of Sensibility and Sentiment: Sterne in Eighteenth-Century France," *The Reception of Laurence Sterne in Europe*, ed. Voogd, Peter de and John Neubauer, pp. 9-31。
④ William Makepeace Thackeray, *The English Humorists*, p. 94.

18、19世纪的斯特恩小说批评多放在内容与主题的思考上。尽管评论界意识到斯特恩作品与主流小说传统异质的地方,但他们主要将异质性的重心放在对斯特恩作品道德属性的思考之上,而对其作品形式的异质性却缺少深入探究,这并不表示评论界对此没有任何意识。除了前面所提到的评论界对《项狄传》叙事形式缺少计划构思进行批评外,安娜·利蒂希亚·巴鲍德(Anna Laetitia Barbauld, 1743—1825)在《英国小说家》(1810)的前言部分对英国小说发展史进行梳理时,认为斯特恩的作品非常奇特,整体叙事缺少计划,主要由谈话和不相关的事件构成。她更极具见地地指出,《项狄传》伪装成小说的形式出现在文坛。① 尽管她并没有深入指出《项狄传》与小说文类的不同,但至少说明早期评论界意识到斯特恩作品在文类形式上与小说的差异。

　　在20世纪初现代主义思潮冲击下,对斯特恩作品的评估出现新征兆。评论界对斯特恩作品的评价从道德标准转向艺术形式,《项狄传》由于其叙事形式的独特性而成为关注焦点。这时,斯特恩作品不再被认为异质于小说传统,而被认为是小说形式的典型代表。评论界对《项狄传》艺术形式的欣赏,一方面得益于《项狄传》与现代主义小说传统之间的亲缘关系,另一方面是因为形式主义文学批评的兴起为重估《项狄传》在理论上提供了契机。詹姆斯·乔伊斯(James Joyce, 1882—1941)在对《芬尼根守灵》(1939)的叙事形式进行构思时借鉴了《项狄传》,他对朋友谈到:"我试图建立仅有一个美学目的的多条叙事线。你曾经读过劳伦斯·斯特恩吗?"② 无独有偶,俄国形式主义文论家维克多·什可洛夫斯基(Victor Shklovsky, 1893—1984)在《斯特恩的〈项狄传〉:作品风格评论》(1921)一文中,指出《项狄传》的情节经过了精心设计与周密安排,并认为因果关系原则之所以不存在于《项狄传》的情节模式之中,乃是体现了陌生化策略的运用,而这正是小说文类所具备的基本特性。基于此,他提出了"《项狄传》是世界文学中最典型的小说"的著名论断。③ 这就又将斯特恩重新置于小说经典传统之中,并重新赋予《项狄传》小说文

---

① Cheryl Nixon, *Novel Definitions*, p. 366.
② 转引自 Wolfgang Iser, *Laurnce Sterne*, p. 128。
③ Victor Shklovsky, *Sterne's Tristram Shandy*, p. 57.

类的属性。但需要注意的是,此时评论界对《项狄传》小说文类的定性所考虑的不是与 18 世纪小说传统之间内在关联性,而是与现代主义小说传统之间的关联性。这也从侧面反映出斯特恩作品,尤其是《项狄传》,与早期现实主义小说传统的异质性。

整体而言,18、19 世纪的文学评论在考虑斯特恩作品的异质性时关注道德主题传达,而对作品形式本身是否符合小说文类只是略微提及。这种情形在 20 世纪初发生改变,评论界开始集中思索斯特恩作品,尤其是《项狄传》的叙事形式。这为 20 世纪 50 年代后评论界对斯特恩小说叙事形式与 18 世纪小说传统之间的异质性的探讨做了铺垫。

二、20 世纪 50 年代后系统的斯特恩小说研究

从国外来看,系统深入的斯特恩研究始于 20 世纪 50 年代。这一时期,对斯特恩作品的研究主要关注《项狄传》的形式,而对《情感之旅》的研究极少。尽管 20 世纪 70 年代以来,国外兴起了对 18 世纪情感主义小说的研究,《情感之旅》在这种情形下成为一个典型的研究对象,但这些研究大多是综论性质的,缺少对《情感之旅》审美独特性的深入研究。[①]因而,与评论界所形成的《项狄传》研究传统相比,《情感之旅》的研究显得不够系统。

从国内来看,斯特恩研究起步极晚。刘意青曾指出:"斯特恩在过去 50 年我国的文学教学中基本上被除了名,但作为一个叙事技巧上别具一格又先于时代的作家,他理应获得一席之地。"[②]这基本指出了斯特恩在国内评论界 2000 年以前的沉寂状态,同时预言了《项狄传》叙事研究在国内的兴起。《外国文学评论》2002 年第 2 期刊载的黄梅的《〈项狄传〉与叙述的游戏》是国内研究斯特恩的首篇文章。这篇文章在对《项狄传》叙事艺术的分析基础上,联系作品产生当代的历史语境,指出它

---

① 参见 Janet Todd, *Sensibility*, Ann Jessie Van Sant, *Eighteenth-Century Sensibility*, G. J. Barker-Benfield, *The Culture of Sensibility*, Jerome McGann, *The Poetics of Sensibility*, John Mullan, *Sentiment and Sociability*, and W. B. Gerard, *Benevolent Vision*。

② 刘意青:《英国 18 世纪文学史》,第 208 页。这本文学史初版出版于 2000 年。

叙事形式的游戏特性是18世纪小说文类尚未定型时期的产物。最难得的是黄梅对西方已有斯特恩研究的现代视野与理论先行的解读方式进行反思与质疑,在思考深度上无疑是目前国内《项狄传》研究重要的一篇文章。李维屏和杨理达在《外国语》2002年第4期发表的《英国第一部实验小说〈项狄传〉评述》,强调《项狄传》叙事形式的颠覆性与前瞻性,将《项狄传》放置到现代主义与后现代主义小说传统中解读它所具有的"反传统、反小说"的艺术特征。以这两篇文章为马首,后续出现了一系列对这部小说叙事形式进行解读的文章。相比之下,国内对《情感之旅》的研究极少。其中比较重要的是朱卫红的《〈多情客游记〉与情感主义小说的伦理价值》(2007)。这是首篇对《情感之旅》进行研究的文章。朱卫红对情感主义重"情感"表达的特点、历史文化背景以及伦理价值等方面进行溯源考察,为有效理解《情感之旅》提供了文化背景。

与国外相比,国内对斯特恩作品的研究无疑仍处于初始阶段,对《项狄传》的叙事形式主要进行描述性分析,尽管触及斯特恩所属文学传统的问题,但并未深入到斯特恩形式批评传统的根柢。《项狄传》形式研究代表了斯特恩研究的主要发展趋势,有着深层的历史脉络、根源和主导方向。评论界分别从哲学、宗教与文化三方面对《项狄传》与英国18世纪小说传统的异质性进行探索,并深入至对其文类及所属传统进行界定,由此形成了独具特色的《项狄传》形式研究传统,并开启了三代斯特恩研究专家的对话时代。下面将对《项狄传》形式研究传统进行综述,这样做并非有意忽视《情感之旅》的研究梳理,也不意味着本文的研究重心在《项狄传》,而是力求从斯特恩的主导研究传统中发现问题,进而对《项狄传》与《情感之旅》进行关联性研究。

(一) 约翰·特劳戈特的哲学修辞研究

约翰·特劳戈特(John Traugott)的《特里斯舛·项狄的世界——斯特恩的哲学修辞》(1954)是斯特恩研究里程碑式的专著。艾伦·D·麦基洛普(Allan D. McKillop)指出这部专著是当时"最为严肃与系统地分析斯特恩创作艺术并决定其代表作品质的尝试",它"推动了对斯特恩的再发掘"。① 在英国小说传统中,18 世纪早期小说由于形式上的不成熟,往往被视为有瑕疵的初级产品。与英国早期小说传统相比,斯特恩的小说"缺少情节"与"严肃的意图",因而与早期笛福、理查逊与菲尔丁在 18 世纪小说中的经典地位相比,斯特恩还要略逊一筹。尽管 20 世纪现代主义小说传统明确表明受益于斯特恩的影响,但 F.R. 利维斯(F.R. Leavis)在《伟大的传统》中仅用一个注释指出他作品的轻浮无聊就已经将他排除在英国文学"伟大的传统"之外,使得斯特恩在经典研究中的地位岌岌可危。② 作为首部对斯特恩作品形式进行深入系统研究的专著,《特里斯舛·项狄的世界——斯特恩的哲学修辞》一书巩固了斯特恩在英国经典小说研究史上的重要地位。特劳戈特从哲学根源上指出这部小说的叙事完整性,以此回应评论界对这部作品叙事的无序性、无严肃意图和琐碎特性的攻击。在此基础上,特劳戈特关注《项狄传》文类定性及所属文学传统。

他通过"哲学修辞"概念来定义《项狄传》的叙事结构与文类属性。

首先,他认为在叙事结构方面,《项狄传》融合了哲学特征与修辞属性:它是对约翰·洛克《人类理解论》(1690)中理性哲学的戏仿;但不同于哲学著作,这部作品以戏剧化场面,通过修辞来表现作品哲学叙事中的对话结构,是"修辞的劝说(rhetoric persuasion)"。③ 具体而言,斯特恩利用洛克的"联想"概念组织《项狄传》的叙事,但并非机械使用,而是"发展出洛克哲学理性系统中的混乱与荒诞,来创造一个戏剧性引擎,以此来控制局面与人物。人物是依照洛克哲学思想可能产生的人物来进行设计,他们的作用是衬托洛克理性交流方法的局限性"。④ 沉浸在个人世界中的"联想"概念表明了人类交流的隔阂特性,但真正使人类进行有效交流不一定仅通过理性思维,"如果项狄家成员无法分享彼此的思想,那么他们能够分享彼此的情感"。⑤ 斯特恩通过交流中的情感因素的重

---

① Alan D. McKillop, "A View of Sterne's Art", p. 687.
② F. R. Leavis, *The Great Tradition*, p. 2.
③ John Traugott, *Tristram Shandy's World*, p. 80.
④ Ibid., p. 7.
⑤ Ibid., p. 9.

要性来质疑洛克《人类理解论》中理性主义倾向,来戏仿洛克哲学思想,这时《项狄传》中存在的真正秩序是哲学上的情感主义。从修辞属性方面来看,作品内部存在双层修辞关系:人物之间以及作者与读者之间的间离交流关系。人物之间的交流由于人物性格的独特癖性表现为无法切实沟通的状态。在作者与读者交流方面,斯特恩通过《项狄传》质疑洛克哲学,在读者中制造一种间离效果,因而实现作者与读者之间的对话。

其次,在文类定性方面,特劳戈特认为斯特恩创建了自己的文类——哲学修辞,斯特恩是修辞家而非小说家。需要注意的是,特劳戈特并非想要发明一个新的术语来界定《项狄传》的文类属性,而是针对《项狄传》的文类极为模糊情况下的权宜之法。与其说他在建立新的文类范畴,不如说是在质疑《项狄传》的小说文类定性。他认为尽管具有像任何文学作品中一样真实的人物、复杂的行为,但这都"无非是固执己见的特里斯舛论辩的策略设计而已,而真正发展的是读者的思维史。"①

特劳戈特研究的意义在于他通过哲学视角对《项狄传》叙事的统一性、完整性与严肃性进行界定,表现了斯特恩研究的现代哲学视野。梅尔文·纽曾极具洞见地指出特劳戈特赋予斯特恩的形象是"我们中的一员,一个疏离与荒谬的现代存在主义者。"②受他的存在主义哲学研究视角影响,海伦妮·莫格兰(Helene Moglan)(1975)、詹姆斯·斯韦林根(James Swearingsgen)(1977)、沃尔夫冈·伊瑟尔(Wolfgang Iser, 1926—2007)(1988)分别从现象学与现代心理哲学角度对《项狄传》进行研究。现代哲学视角研究开拓了对《项狄传》的哲学认知维度,他们的研究以探索18世纪经验主义哲学与20世纪哲学的关联性为起点,这为《项狄传》与现代主义、后现代主义小说传统之间亲缘关系的合理性提供了哲学认知基础。在1968年特劳戈特主编的第一部斯特恩研究论文集中,特劳戈特就表明了斯特恩与现代主义小说之间的重要关联,"现代小说的发展,他迈出了蹒跚的第一步"③,并指出本杰明·雷曼(Bejamin Lehman)是斯特恩批评转折的关键人物。雷曼认为对于斯特恩的成就评

---

① John Traugott, *Tristram Shandy's World*, p. xiii.
② Melvyn New, *Free Spirits*, p. 19.
③ John Traugott, *Critical Essays*, p. 5.

估的可能性只能存在于被《魔山》、《尤利西斯》与《追忆似水年华》唤醒的读者意识之中。① 文集中所选文章多以《项狄传》与现代主义小说关系为基础指出《项狄传》所隐含的对已有传统的颠覆属性。可见，无论是特劳戈特的专著还是所编写的论文集都表明了他对《项狄传》评估的现代视野，即"斯特恩是一个无法解释的时代错误"。②

（二）梅尔文·纽的斯威夫特讽刺文传统研究

特劳戈特的研究提升了斯特恩在英国文学经典中的地位，同时也开启了斯特恩研究史内部的反思。特劳戈特将斯特恩看作"一个无法解释的时代错误"，而后来以梅尔文·纽（Melvyn New）为首的斯特恩研究界则认为这种现代视野是对斯特恩时代错误的阐释。在肯定特劳戈特研究的重要地位后，纽指出其中存在"自由主义"和"进步的"现代主义偏见。③ 因此在1992年纽明确提出斯特恩研究的另一种解读，以此挑战统治四十年之久的以特劳戈特为代表的现代视野研究的主导地位。④实际上，早在1969年，纽的著作《作为讽刺作家的劳伦斯·斯特恩——对〈项狄传〉的一种解读》的出版就已经显示了与特劳戈特不同甚至对立的解读方式。这本著作开创了对《项狄传》文类与所属传统进行定性的另一种研究传统。

在《作为讽刺作家的劳伦斯·斯特恩》中，纽将《项狄传》的文类定义为讽刺文，并将斯特恩置于斯威夫特讽刺文传统之中。在纽之前就已经有批评家指出斯特恩与斯威夫特之间的关联，如 D. W. 杰斐逊（D. W. Jefferson）和韦恩 C. 布斯（Wayne C. Booth）的论文以及约翰 M. 斯特德芒德的专著。⑤ 尽管这些研究指出了斯特恩与斯威夫特讽刺文传统之间的关系，但并未将《项狄传》定性为讽刺文。正因如此，纽努力把《项

---

① Benjamin H. Lehman, "Of Time, Personality, and the Author," *Laurence Sterne: A Collection of Critical Essays*, ed. John Traugott, p. 22.
② Traugott, *Critical Essays*, p. 1.
③ New, *Free Spirits*, p. 19.
④ New, *New Casebooks*, p. 7.
⑤ 参见 D. W. Jefferson, "Tristram Shandy and the Tradition of Learned Wit", Wayne, C. Booth, "The Self-Conscious Narrator", and Ronald Paulson, *Satire and the Novel*。

狄传》定义为讽刺文的行为就显得更加突出。他开辟了斯特恩讽刺文研究的新传统,与特劳戈特的研究传统形成了对话与抗衡关系。

纽的研究是在特劳戈特有关《项狄传》文类阐释方面存在矛盾的基础上形成的。特劳戈特指出《项狄传》的独特哲学修辞文类属性后,又提及这部作品与斯威夫特讽刺文传统之间的千丝万缕的关系。他指出他将斯特恩放到讽刺文传统中是极不情愿的,因为斯特恩身上没有奥古斯都讽刺文作家身上毫不妥协的特性。同时,他不得不承认,"尽管我没有主要谈论斯特恩的讽刺方式,但如果回顾斯特恩劝说的形式,除了是真正的讽刺作家所使用的最为激进的技巧以外还是什么呢?"① 这显示了特劳戈特对《项狄传》文类属性定性方面的矛盾性,究竟是"哲学修辞"还是"讽刺文",他的态度是模糊的。

特劳戈特的研究有三个重要特点:第一,将《项狄传》的文类定性为哲学修辞;第二,把《项狄传》的感伤主义看作整部小说的秩序,指出整部作品的主题是通过感伤与情感来弥补理性主义的不足;第三,认为《项狄传》中隐含哲学家大卫·休谟对洛克哲学的怀疑主义倾向,因而最终戏仿并颠覆了洛克经验主义哲学。在特劳戈特的理解中,这部作品具有明显反动倾向。纽的研究则隐含了对这三个特点相反的解读方式。纽从斯特恩所属宗教入手,他认为斯特恩属于正统国教中的自由主义教派(Latitudinarianism),这个教派是第二代剑桥柏拉图主义者(Cambridge Platonists),它的特点是"再次强调被天启权威保护的正确理性是道德的基石,"②并"试图实现理性与天启,道德与宗教的和解"。③ 奥古斯都讽刺文与这个国教正统之间关系密切,斯特恩与斯威夫特同属这一宗教,他们都对理性作用给予很高的重视。宗教上的同宗隐含了文学上的同源关系。这就产生了与特劳戈特背道而驰的解读:斯特恩具有保守而非激进的反动倾向,同时《项狄传》重理性轻感性,整部作品是对感伤的讽刺。而对于斯特恩的怀疑主义,纽则认为是讽刺文传统内部的怀疑主

---

① Traugott, *Tristram Shandy's World*, p. 4.
② New, *Laurence Sterne as Satirist*, p. 10.
③ Ibid., p. 11.

义。唐纳德 R.韦尔斯(Donald R. Wehres)①与 J.T.帕内尔(J.T.Parnell)则进一步将斯特恩与斯威夫特的怀疑主义的根源落实在"古典怀疑主义"。针对特劳戈特的现代视野阐释,帕内尔认为"如果我们想要在'前浪漫主义'时期寻找存在主义焦虑或是后现代相对性,《项狄传》将提供令人安慰的少许证明",因为这种怀疑主义自16世纪以来的德西德里乌斯·伊拉斯谟(Desiderius Erasmus, 1466—1536)、拉伯雷、罗伯特·伯顿(Robert Burton, 1577—1640)、斯威夫特、斯特恩,再到19世纪的弗里德里希·威廉·尼采(Friedrich Wilhelm Nietzsche, 1844—1900)与20世纪的雅克·德里达(Jacques Derrida, 1930—2004),是一脉相承的。② 这就有力地驳斥了将斯特恩的怀疑主义看作具有"颠覆性"的年代错误式的解读方式,从而有力地补充了纽的阐释,即《项狄传》是讽刺文,而非一部后现代小说。

《项狄传》形式研究有一个有趣的现象,即尽管批评家们不遗余力地界定作品的文类,但他们又都对所界定的文类并不十分确定。纽并未完全肯定《项狄传》就是讽刺文,而不是小说。他谈到,"当我称《项狄传》为讽刺文时,并不是想用一个文类标签来进行限定分析,而是这个标签帮助我们来定义什么样的批评方法、什么样的可能性与潜在性在支撑批评的过程。"③由于文类界定方面的模糊性,尽管他的研究在斯特恩研究领域占主导地位,但斯特恩的现代视野研究始终没有间断过。大卫·皮尔斯(David Pierce)与皮特·德·维戈德(Peter de Voogd)1996年出版了关于斯特恩与现代主义以及后现代主义小说传统之间影响关系的论文集。这部论文集探讨了斯特恩对詹姆斯·乔伊斯(James Joyce, 1882—1941)、萨尔曼·拉什迪(Salman Rushdie, 1948—)、米兰·昆德拉(Milan Kundera, 1929—)、塞缪尔·贝克特(Samuel Beckett, 1906—1989)以及弗拉基米尔·纳博科夫(Vladimir Nabokov, 1899—1977)等人的影响,它延续了特劳戈特从现代哲学视角来阐释斯特恩的

---

① Donald R. Wehres, "Sterne, Cervantes, Montaign", pp. 133-154.
② J. T. Parnell, "Swift, Sterne, and the Skeptical Tradition," *Laurence Sterne's Tristram Shandy: a Casebook*, ed. Thomas Keymer, p. 45.
③ New, *Laurence Sterne as Satirist*, p. 49.

研究传统。正如皮尔斯在前言部分指出的,"斯特恩预示了海德格尔投身于实在(existence)中的存在(being)概念以及德里达对'痕迹'(trace)的强调。"①

(三) 托马斯·基默的文化语境研究

特劳戈特与纽在《项狄传》研究的诸多问题上给出对立的答案,但在一点上表现出相似性,即都不认为斯特恩属于以理查逊、菲尔丁为代表的早期小说传统。但他们无法解释为什么这样复杂的叙事会在18世纪中叶出现。正是以此为起点,托马斯·基默(Thomas Keymer)的文化语境研究从斯特恩与理查逊—菲尔丁小说传统之间的关系来解释这个问题,形成了《项狄传》形式解读的新研究趋向。

基默在他的代表性专著《斯特恩、现代人与小说》(2002)中,指出《项狄传》是一部小说,与理查逊—菲尔丁小说的传统一脉相承。基默将《项狄传》放置到作品形成的历史文化语境内,考察其在跨年连载过程中与当时次要小说(minor fictions)之间的互文关系。基默认为正是这种互文关系一步步促成了斯特恩的写作风格,并表现出《项狄传》与理查逊—菲尔丁传统之间的迂回互文关系②。他还特别指出《项狄传》受《伊弗雷姆·特里斯舛·贝茨先生的生平与回忆录》(1756)这部由不知名作者写成的小说的启示。无论是《项狄传》的离题叙事结构,还是生命与时间叙事方式,都是在与其他次要小说的互文性以及与雇佣文人竞争的基础上形成的,因此《项狄传》是吸收了众多作品精华的重写之作,是当时小说文化的代表作品。基默对下列几个《项狄传》研究的关键问题进行思索,与之前的研究形成了反思对话关系。

首先,基默认为将《项狄传》解读为反小说或是元小说是"丝毫不觉难为情的非历史的(unabashedly ahistorical)"解读方式。③ 而对于把斯特恩作品归位为讽刺文的倾向,基默则肯定了斯特恩作品与讽刺文传统之

---

① David Pierce, *Laurence Sterne in Modernism and Postmodernism*, p. 8
② 迂回互文关系是指斯特恩并没有明确表明借鉴或是戏仿这个小说传统,但它借鉴了其它次要小说,而这些次要小说又借鉴了理查逊与菲尔丁的小说,这样而形成的间接互文关系。
③ Thomas Keymer, *Sterne, the Moderns and the Novel*, p. 21.

间的关系,但这个讽刺文传统并非斯威夫特所秉承的理性批判传统,而是以塞万提斯、拉伯雷为代表的欧洲讽刺文传统,这就扭转了斯特恩作品文类定性的方向。在18世纪的英国,塞万提斯对众多著名小说家都产生了重要影响。当时的菲尔丁被称作"英国的塞万提斯",而斯特恩则被称作"英国的拉伯雷"。因此小说传统内部本身就有讽刺文的痕迹,但不能因此就将《项狄传》定义为讽刺文。

其次,基默认为斯特恩作品产生的时代背景,也就是18世纪中叶的历史语境,造就了斯特恩的作品风格。对此,有评论者曾在1984年就已经指出用现代主义或是后现代主义方式来思考过去的艺术会导致"时代错误式的解读"与"无知性质的误读",与其将斯特恩视作詹姆斯·乔伊斯的先行者,不如将他放到当时奥古斯都价值解体,洛克激发下相对主义与主体性兴起的关系中进行思考。① 这就已经提出了将斯特恩置于作品产生历史时刻的研究方式。鉴于此,基默的研究途径是"重新将斯特恩的写作置于他作品产生的那一文化异质性时刻,这样重新调整而不是否认斯特恩作品与现代主义以及后现代主义小说传统,或是讽刺文传统之间的关联,而是扩展它们重合在一起的空间。"② 这句话包含了基默思想的两个要点:特定文化异质性的时刻;《项狄传》的小说属性内涵。18世纪中叶是一个复杂多变的文化历史转折时刻,通常被称为后奥古斯都与前浪漫主义时期。这一时期出现了各种各样的革新与实验来重新界定传统形式,但却没有任何强有力的集体认同或是文化一致性,而这一时期又恰恰是"小说文类传统生成的关键历史时期"。③ 这为斯特恩小说的异质性提供了特殊历史时期的文化土壤。斯特恩作品文类属性之所以难以界定原因有两点:一是由于这一历史时期的多元性;二则是由于英国早期小说文类本身就存在模糊性与混合性。例如,理查逊的书信体小说、菲尔丁的散文滑稽体史诗等,都表现出文类的综合性特质,因此《项狄传》所表现出来的讽刺文与小说文类混合特性出现在那一阶段也是十分自然的事情。

---

① Valerie Grosvenor Myer, *Riddles and Mysteries*, p. 9.
② Keymer, *Sterne, the Moderns and the Novel*, p. 7.
③ Ibid., p. 6.

最后,《项狄传》与理查逊—菲尔丁小说传统的异质性构成评论界的争议焦点。这主要是由于它形式上的大胆突破,同时从斯特恩的传记研究来看,又没有任何证据表明斯特恩曾经阅读过理查逊、菲尔丁的小说。[1] 斯特恩作品与书信中也没有任何指涉他们作品的地方,但却提到拉伯雷、塞万提斯、斯威夫特以及洛克。正是基于此,特劳戈特与纽的研究才会对《项狄传》所属文类与文学传统进行重新定位。针对他们所认定的斯特恩与理查逊、菲尔丁小说传统的异质性,基默在用迂回互文关系表明斯特恩与这个传统之间的关系的同时,指出当时小说文坛弥漫着创新焦虑,创新性成为衡量作品价值的重要标准,斯特恩为追求创新而有意识地戏仿当时的小说传统。但戏仿并不意味着颠覆,而是与之相承继。基默的这一阐释在韦恩·C.布斯的观点中也可以找到论据支撑。布斯认为本质上斯特恩与菲尔丁都属于同一传统,菲尔丁是斯特恩重要的前辈。而对于斯特恩与菲尔丁传统之间异质性问题,布斯的解释则是"菲尔丁自己也是一些前辈作家的后继者,而这些前辈作家被认为是斯特恩用来反抗菲尔丁的。"[2] 斯特恩与菲尔丁之间的前辈后辈承继关系表明了艺术史上的传统与革新的创造性互动过程,而斯特恩的创新是继承理查逊—菲尔丁小说传统基础上的内部革新行为。

以上所述回顾了20世纪50年代以来的斯特恩研究,这一阶段对《项狄传》的形式研究成为主导趋势,一方面由于文学批评在20世纪初发生了形式主义转向,使叙事形式十分独特的《项狄传》进入批评界视野核心;另一方面则是因为《项狄传》由于与现代主义小说叙事传统的内在关联性而在20世纪被重新评估。《项狄传》形式研究传统的一个关键议题是如何解释斯特恩与早期小说传统之间的异质性,这才引发了关于《项狄传》所属文类和文学传统的争议和对话。但已有研究主要围绕作者意图进行解读,而缺少对读者接受维度的考察。实际上,斯特恩早在18世纪中叶就已经被接受为与理查逊、菲尔丁齐名的

---

[1] Ian Campbell Ross, *Laurence Sterne: A Life*, p. 115.
[2] Wayne C. Booth, "The Self-Conscious Narrator in Comic Fiction before *Tristram Shandy*," *New Casebooks: The Life and Opinions of Tristram Shandy, Gentleman*, ed. Melvyn New, p. 48.

经典小说家,这种小说史的排序模式至今沿用。① 这就出现了一个非常有意思的问题:斯特恩作品具有如此明显的异质性,那么它们在当时又是如何融入 18 世纪早期小说传统之中的呢? 这就意味着需要通过接受研究的视角重新阐释斯特恩作品与早期小说传统之间的异质性问题。通过梳理 20 世纪 50 年代以来的斯特恩研究可以发现,如果将斯特恩作品重新回置到 18 世纪中叶那一历史时期,在思考作品异质性之时,就必须解释其作品所表现出的讽刺文和小说属性。简言之,本文的研究视角选定为对斯特恩作品在产生当代的接受研究;研究问题是如何解释其作品与 18 世纪中叶小说传统②的异质性,以及如何解释其作品所表现出来的讽刺文和小说属性。同时需要注意的是,评论界在对斯特恩作品的文类争议方面焦点主要放在《项狄传》上,忽略了《情感之旅》与《项狄传》之间的承续关系,进而忽略了《情感之旅》在斯特恩作品中文类定性的作用。以上这些都为后续从文学接受角度来看斯特恩作品的文类属性提供了进一步挖掘的可能性。

三、斯特恩小说接受研究

文学接受研究范围非常大,汉斯·罗伯特·尧斯(Hans Robert Jauss, 1921—1997)曾经从文学接受的角度对文学史进行界定,基本上概括了文学接受研究的总体范围。他认为,"文学史是美学接受与生产的过程,这个过程的发生表现在文学作品在接受的读者、反思的批评家与作者的后续生产力方面的实现。"③这不仅将文学史写作引向接受的维度,而且对文学接受研究的内涵进行界定。文学接受包括读者、批评家以及作品的后续生产力,即后来文学作品的对某一特定作品的借鉴、翻译、模仿、戏仿、重写等一系列现象。因此,接受研究包含下列三组关系:作者与读者、作者与评论界、作者与后代作家之间的关系。这仅从范围上界定了接受研究。从历史的维度来看,它不仅包括对当代的读者、批

---

① 克莱拉·瑞伍在 18 世纪中叶的小说史《传奇的演进》中将斯特恩与上述小说家并置列为经典小说家。
② 18 世纪中叶小说传统主要以亨利·菲尔丁和塞缪尔·理查逊所创建的小说模式为代表。
③ Hans Robert Jauss, *Toward an Aesthetic of Reception*, p. 21.

评家以及作家对作品的接受,而且包括后代不同时期的读者、批评家与作家对作品的接受的研究。总体而言,接受研究主要包括两种模式:接受史研究与接受现象研究。前者侧重于对某个作家或是作品从史的发展维度进行接受研究;后者则具体到某一作家、读者或批评家与某一特定作家或作品之间在特定历史时期的接受与影响关系研究。接受现象研究主要两种情况:第一,具体的作家作品对后来的作家作品的影响关系研究(也包括评论家的影响);第二,具体的作家作品与当时的读者、批评家之间接受互动关系考察。已有对斯特恩作品在当时英国的接受研究既包括接受史研究和接受现象研究。下文将对此进行回顾。回顾的目的主要有两点:第一,审视已有的斯特恩作品接受研究是否涉及对其作品与18世纪中叶小说传统的异质性以及作品文类定性等问题的思索,如果涉及,已有的研究结论是什么;第二,从方法论和认识论两个层面对已有的文学接受研究进行反思,指出其中的不足与进一步的可行方向。

艾伦 B.豪斯的《约里克与批评家们——斯特恩在英国的名声,1760—1868》(1958)是唯一一部对斯特恩在英国的接受史进行系统研究的专著。[①] 这部接受史主要以批评界对斯特恩两部小说的反应为脉络,将斯特恩自1760年到1868年的接受细化为六个不同的时期,通过梳理斯特恩作品整体接受过程中不同阶段评论界所表现的赞赏与批评两种对立态度,如"美"与"不道德"、"创新"和"抄袭"以及"江湖骗子"还是"天才",来展开斯特恩接受史研究。他将斯特恩的作品在产生当代的接受情况分为两个阶段:1760年到1767年期间,《项狄传》经历了从大受赞

---

① 相比在英国的接受史研究,斯特恩在欧洲的接受史研究要繁茂得多,研究焦点主要集中在斯特恩对欧洲情感主义运动的影响。哈维·沃特曼·塞耶 A.B.(Harvey Waterman Thayer A. B.)的专著《劳伦斯·斯特恩在德国》(1905)是最早研究斯特恩在德国的接受史专著。后期对斯特恩在德国的接受研究有伯纳德·费边(Bernhard Fabian)的文章,《德国伟人中的特里斯特拉姆·项狄与牧师约里克》(1971)。有关斯特恩在法国接受研究的专著有拉娜·埃斯福尔(Lana Asfour)的《劳伦斯·斯特恩在法国》(2008)。最全面介绍斯特恩在欧洲接受史的论文集《劳伦斯·斯特恩在欧洲的接受》(2004)包括他在法国、德国、荷兰、丹麦、挪威、瑞典、俄罗斯、波兰、克罗地亚、匈牙利、意大利、葡萄牙、西班牙等十三个国家的接受史研究论文。

誉到遭到批评的转变;1768年到1779年期间,《情感之旅》出版并成为经典(classic)。豪斯对斯特恩在英国的接受史研究方面最重要的贡献是从史的角度指出了斯特恩在18世纪中叶的接受过程:《项狄传》被排除在当时的主流小说传统之外,而《情感之旅》的出版标志着斯特恩成为经典小说家。

从研究主题来看,已有的接受史研究指出了斯特恩作品在产生当代经典化的特点,即《情感之旅》是促使斯特恩成为经典作家的关键作品。豪斯直接将斯特恩置于早期小说传统之中,因此并未对他的作品的文类属性以及与早期英国小说传统之间的关系进行质疑,也便没有深入地论述。从研究方法来看,斯特恩接受史研究主要特点是按照不同历史时期评论界的接受以及对重要作家的影响进行总结归纳。沃尔夫冈·伊瑟尔曾指出这种接受史研究方法的不足。他在自己的《项狄传》研究专著的后记中写道,"尽管《项狄传》在英国文学史上的声名持久,但还没有人写关于《项狄传》的接受史。即使有人做这件事情,那么它应该不仅仅是'用蛇形波浪线来描写声名的高峰与低谷'。"[1]这实际上切中了接受史研究的弊端:接受史研究往往是资料汇编与梳理式的总结,缺乏接受者与接受对象之间互动关系考察。在某种程度上,接受现象研究尽管缺少史的纵向维度,但却可以弥补接受史研究的上述弊端。

关于斯特恩在他作品产生当代的接受现象的研究包括弗兰克·多诺霍(Frank Donoghue)的《名望机器:书评与18世纪文学事业》(1996)和勒内·博思(René Bosch)的《离题的迷宫——斯特恩早期模仿者对〈项狄传〉的理解与影响》(2007)。多诺霍在《名望机器》中分析了18世纪文学评论期刊兴起时期的两本权威评论期刊《每月评论》(*Monthly Review*, 1749—1845)与《批评评论》(*Critical Review*, 1756—1817)对作家创作的影响。他认为与《项狄传》相比,《情感之旅》的创作风格发生重大转变,《情感之旅》加重了感伤情景描绘。他认为这是文学评论期刊导向作用所致。

文学评论期刊之所以能够对作家文学事业发展发挥导向作用,主要

---

[1] Iser, *Laurence Sterne: Tristram Shandy*, p. 121.

是由于它所具有的文化权力,而文化权力的实施主要源于它们所起到的恩主作用。18世纪中叶的文学恩主制度发生了重大变化。在消费文化与市场经济驱动下,文学由文艺复兴时期以来的贵族恩主制度转向受供需关系支配以读者需求为导向的市场制度。换言之,文艺复兴时期的作者—读者之间的"一对一"的恩主关系转变为18世纪的作者—读者大众之间的对应的恩主关系。需要注意的是读者大众尽管是潜在的消费群体,但他们的阅读和消费品味源于文学评论期刊的评价。因此,实质是文学评论取代了原有的贵族恩主成为作者与读者之间的一个重要的中介力量。图书贸易在创造出拥有大量读者与消费者市场的同时,也创造出一个有"统一标准、规范与指导方针"[①]的机制。这种机制用以"监督文学生产与文学消费"[②],也就是说,规范、指导读者阅读与作者创作。正是文学评论期刊的中介作用促成了其文化权力的实施。而斯特恩在《情感之旅》中进行创作风格转变,正是这种文化权力实施的结果。

　　与弗兰克·多诺霍的接受现象研究强调文化权力外部实施对斯特恩作品最终融入小说传统的影响相比,勒内·博思的研究则从内部美学传统变化的互文性研究,来看《项狄传》早期卷本与后期卷本的创作风格变化。博思认为促成《项狄传》前后创作风格变化的原因主要是,在《项狄传》9卷本跨年出版过程中,雇佣文人与三流作家对《项狄传》进行模仿、续写或是改写,这些作品与《项狄传》的成书产生互动,导致斯特恩在后期卷本中转换写作风格加重诱发同情(pathetic)因素。博思认为斯特恩模仿者以最初两卷的主题为榜样,依照他们对斯特恩计划以及斯特恩成功原因的理解来发展模仿作品的主题。斯特恩被证明确实读到过这些模仿之作以及对这些模仿之作的评论。为避免落入俗套,这些模仿者无疑给斯特恩施加潜在压力而促使他更改主题发展进程,甚至放弃了一些他原来设定的叙事线与主题。"模仿、改写或是续写之作给斯特恩一种印象,就是公众对于他小说中的讽刺方面过于苛求,因此,强调同情元素会更安全。"[③]这就是斯特恩在后期卷本中加重同情元素描写的重要

---

① Frank Donoghue, *The Fame Machine*, p. 17.
② Ibid.
③ Rene Bosch, *Labyrinth of Digressions*, p. 18.

原因。

　　博思的研究不仅包含了对《项狄传》创作转型问题的思考,而且涉及对《项狄传》所表现出来的异质性及其所属文学传统等问题的阐释。对于《项狄传》所表现出来的异质性,博思认为这是斯特恩试图与模仿之作中所表达的主流意识形态相区隔的一种反应。雇佣文人构想或是间接表达出主流意识形态或是趋势的思想,正是这些主流意识形态或是趋势使《项狄传》最初成为热销并饶有趣味的书。而后期斯特恩则逐渐弃绝模仿之作所表达的主流思想,以此与庸俗之作相区分。在考察与总结模仿之作对《项狄传》主题的模仿情况后,博思认为《项狄传》源于斯威夫特与格拉布街(grub-street)的讽刺文传统,从而证实了斯特恩研究专家梅尔维尔·纽对斯特恩作品的讽刺文文类的定性。

　　综上所述,从研究内容和研究结果来看,研究者们尽管对斯特恩作品在产生当代的接受问题进行研究,但并未对与之相关的斯特恩作品的文类定性和传统归属问题(即其作品的形式形成问题)进行深入探讨,其中仅有博思的研究指出《项狄传》与斯威夫特讽刺文传统之间的关联。而且,研究者们的分析重心并没有落到斯特恩作品之上。豪斯的研究对评论界的反应进行分阶段的梳理,多诺霍的重心在文学评论杂志,而博思的重心则在模仿之作之上。不过,他们的研究也指出了几点极为重要的事实:第一、《项狄传》的不同卷本以及《项狄传》与《情感之旅》这两部作品之间存在风格变化;第二、风格变化的主要表现是引发同情元素的增加;第三、正是这种风格转变促使斯特恩融入 18 世纪小说传统之中;第四、风格变化是斯特恩与评论界之间的互动产生的结果。从研究方法来看,豪斯的研究注重历史维度的梳理,而多诺霍和博思的研究则从作者与读者接受之间的互动关系方面来看斯特恩作品风格的形成,这都为后续研究提供了重要参照模式。在互动关系方面,多诺霍的研究为了突出文学评论杂志在接受关系中的统治与支配地位,将斯特恩的创作变化过程解释为受文化权力制约、影响、控制而被迫屈从的过程。这种对文学评论杂志文化权力的强调忽略了作家创作中所具有的能动性。而博思通过粗糙模仿作品所表现出的主题特色来确定《项狄传》的美学内涵与美学传统归属问题,显然是经不起推敲的。

上述接受研究为建构新的接受研究的方法论和认识论提供了重要基础。基于斯特恩作品中所呈现出的特殊的作者创作与读者接受之间的互动关系,进而建构一种新的文学接受研究的方法论与认识论模式将具有重要意义和价值。这种模式应该既表现出史的维度,又表现出互动关系;既融和审美维度,又融合文化维度,同时在此基础上对斯特恩作品与18世纪中叶小说传统的异质性以及讽刺文与小说文类定性的争议进行思索。

任何阐释性的文学研究都不可能完全基于作家作品本身,尤其在21世纪的背景之下,研究者在阐释文学作品时不免要受西方批评理论的影响,继而在阐释中融入某一思想家的理论观点对作品进行解读。这在挖掘作品新的意义内涵的同时,也产生了机械使用的倾向,于是产生了学界对作家作品研究中是否应该介入理论或是应如何介入理论的争鸣。这种基于对机械照搬使用理论观点的争鸣对于进一步反思批评理论与文学研究之间的关系有重要的意义与价值。本文认为对批评理论的运用一定不可机械复制其观点,而是应该思考理论背后的认识论和方法论。所谓理论在文学中的应用,应该是应用其背后的认识论和方法论。同时还要思索的问题是任何一种理论思想都有其产生的特定语境以及所研究的特定对象,其认识论与方法论有一定的针对性。因此,后续学者在应用的过程中应该根据自己研究对象的需要以及自己独特的认识对其进行重新界定与思考,从而拓展已有理论,并发展出新的认识与方法。正是基于此种认识,本研究试图建构融合审美与文化维度的接受理论分析框架,对所提出的研究问题进行研究。

第二节 审美—文化双维度的文学接受研究:对尧斯与布迪厄的理论融合

本文的接受研究是指作者和评价读者以作家作品为立足点所产生的审美和文化双维度的协商关系研究。这个定义包含了协商双方、协商对象和协商结果三个要点。第一,协商双方是作者与评价读者。评价读者是指对作品进行评价的读者。作者创作目的之一是为了让读者通过评价认可自己的作品,而读者评价又反过来作用于作者创作,作者会根据读者的评价调整创作风格,这样作者和评价读者之间就存在协商关系。两者之间的协商包含审美和文化两方面的内涵。从审美维度来讲,文本内部隐藏着两者协商的意识,表现为作者依据潜在评价读者期待视野中所存在的美学原则与之进行对话,同时潜在评价读者所依据的美学规范会反作用于作者创作。从文化维度来讲,两者的协商是指社会关系中作者与真实评价读者之间的对话关系。他们之间协商的根本性质不单纯是关于美学原则与标准的对话,而是包含了文化资本获取和象征权力实施。第二,文本属性是作者与评价读者的协商对象。本研究将文本限定为经典作品。哈罗德·布鲁姆(Horald Bloom,1930—)在《西方正典》(1994)中指出作品的经典属性表现为无法同化的独创性(originality)。[①] 独创性表明文本内部存在矛盾性,这种矛盾性既肯定又否定读者期待视野,这样才能使读者在理解文本的同时获得全新的阅读体验,这是从审美维度看文本的独创性。从文化维度上看,文本的独创性所蕴含的矛盾对立属性折射在社会关系中,则表现为两种对立的社会力量,这两种力量之间存在主导和边缘的等级关系和竞争关系。第三,作者与评价读者的协商会产生一个结构性的历史生成关系,这是协商的结果。这个结构性关系主要表现在文本内部两种差异属性所形成的文本结构与社会关系中两种对立力量之间具有同构对应关系。这两层结构彼此生成。生成的另一层含义是历史性的生成过程,具体表现为不同形态的结构。

上述定义表现了对文学接受研究本身在认识论与方法论上的思考。

在认识论上这一定义提出了作者与评价读者之间的协商关系,这也是题目中"斯特恩式协商"的意义所指。作者与评价读者之间的关系是以往有关作者—读者关系研究中所没有涉及到的一个领域。本研究并非是为了提出新的接受研究认识论框架而对其进行重新建构,而是由于

[①] 哈罗德·布鲁姆:《西方正典:伟大作家和不朽作品》,第2页。

笔者在深入研究与思考斯特恩作品中作者与读者关系的过程中,发现他的作品极为特殊,这种特殊性是已有关于作者—读者关系的理论所没有涉及的。斯特恩在《项狄传》第二卷借叙述者特里斯舛之口提出,"写作,在掌握适当时(你不妨相信我认为我写作就是这样),只不过是谈话的另一种叫法而已……您若能对读者的理解力给予最真诚的尊重,那就要友好地把这件事情一分为二,不仅给自己留一些东西去想象,也要给读者一些东西去想象。"(110)①斯特恩将写作看作是作者与读者共同完成的谈话过程,他也切实落实了这一创作原则,整部《项狄传》充满了作者与读者对话的现象。那么,应该如何理解《项狄传》中的作者—读者对话关系?

沃尔夫冈·伊瑟尔和韦恩·C. 布斯分别关注了《项狄传》中作者—读者对话现象。伊瑟尔在《阅读行为》一书中引用了上述"写作,……只不过是谈话……"的段落,借此指出写作是作者与读者之间共同享有的"想象的游戏",②作品在两者之间的游戏中诞生。具体而言是指"写作过程包含着与之辩证地相关的阅读过程,它们是相互依存的两种活动,需要从事两种不同活动的人。把作者与读者结合起来的努力将会产生具体的、想象的东西,即心灵的作品。"③尽管伊瑟尔从阅读理论上,而斯特恩从创作原则上,思考作者、读者和作品之间的关系,但两者表现出异曲同工之妙,即都强调作者与读者之间的对话在作品意义生成中的作用。布斯在《小说修辞学》中将《项狄传》中作者向读者讲述而非展示的对话行为理解为一种戏剧式的"修辞手段"。④ 伊瑟尔和布斯对《项狄传》中作者—读者对话现象的关注,一方面说明这部作品的作者—读者对话关系十分特殊,吸引了他们的注意;另一方面,他们的关注本身反映了读者反应理论和小说修辞学两个理论领域对作者—读者对话模式的

---

① 引文的中文版均出自蒲隆译《项狄传》,文中将仅标出页码。引文英文版均来自 Laurence Sterne, *The Life and Opinions of Tristram Shandy*, 3 vols, ed. Melvyn New (Gainesville: University of Florida Press, 1978)。文中将标出卷、章和页码。
② Wolfgang Iser, *The Act of Reading*, p. 108.
③ 沃尔夫冈·伊瑟尔:《阅读行为》,第 137 页。
④ Wayne C. Booth, *The Rhetoric of Fiction*, pp. 222-223.

不同阐释。前者从读者角度,侧重于作品意义在读者意识中的生成,而后者从作者角度,侧重于作者采用修辞技巧劝说读者接受作品意义。

无论是读者反应理论还是小说修辞理论,尽管侧重点不同,但它们基本代表了林林总总各种叙事理论关于作者—读者交流模式的思考。[①]这些思考主要具有下列特点:第一,将读者视为抽象的、普遍的存在;第二,对阅读层面的读者进行考察,即考察读者的阅读认知活动;第三,关注文本内部的作者与阅读读者之间的对话意识。总体而言,这种关于作者—读者关系的理解忽略了在阅读读者层面之外还存在评价读者层面。《项狄传》中所隐藏的作者—读者关系,不仅包含作者和阅读读者之间的交流以实现文本意义的形成,而且包含了作者借助阅读读者这一媒介与评价读者之间进行对话。这就是涉及阅读读者与评价读者之间的区分。阅读读者是指以建构或是读出文本的意义(meaning)为主要目的的读者。评价读者是指依据一定的尺度、标准、惯例、传统对作品的价值(value)进行评价与判断的读者。从根本上说,两者之间的区别在于前者重在意义建构,而后者则重在价值判断。作者与评价读者之间的对话模式也有三个特点:第一,评价读者不是普遍的、抽象的存在,不同时代评价读者的价值评断标准不同;第二,考察的是读者的评价活动;第三,关注文本内部作者与评价读者之间的对话意识。伊瑟尔与布斯的目的是建构一个具有普适意义的适用于分析任何文本的阅读行为理论和小说修辞理论。这势必会忽略特定历史文化语境中作者—读者关系的特殊性。《项狄传》中作者—读者关系的实质是作者借助阅读读者与评价读者之间对话。

另一方面,在文学社会学领域也涉及作者—读者关系研究,如埃斯卡皮的《文学社会学》。但这种研究往往通过经济关系来解读作者—读者关系,例如把作者创作看做为生产行为,而读者购买则是消费行为,这就缺乏对文学作品的艺术性的考察。

在发现上述理论在解读斯特恩作品中作者—读者关系不适用的基础上,笔者发现汉斯·罗伯特·尧斯的接受美学从审美维度考虑到了读

[①] 华莱士·马丁对叙事学有关作者—读者交流模式的种种理论进行了归纳整理。参见 Wallace Martin, *Recent Theories of Narrative*, pp. 152–172。

者评价的问题,皮埃尔·布迪厄(Pierre Bourdieu, 1930—2002)的文化社会学在文学社会学的基础上重新思考文化产品的生产与评价。前者主要表现为对文学的文学性的思考;后者则是对文学的社会性的思考。而融合这两种理论将为考察斯特恩作品中特殊的作者—读者关系提供更为合适的认识论基础。这才促使笔者在研究过程中将两者理论融合,构建新的接受研究认识论框架。

从方法论上,上述定义表现的是结构主义研究方法。作者与评价读者协商的最终结果体现在作家的社会立场及其作品内在结构中对这种社会立场的折射与反映。这里借鉴了布迪厄的"文学场"的概念。根据布迪厄对文学场的理解,作者的真实社会立场一定会反映在作品之中以及虚构人物的社会立场之中,两者存在同构对应关系。而本文认为作者的真实的社会立场一定会反映在作品之中,但不是作品中虚构人物的社会立场,而是作品所表现的审美属性。

下面将具体论述本文的认识论与方法论,即我们应该如何认识作者与评价读者协商的现象,又应该如何基于这种认识建构一种可行的研究方法。

一、尧斯论文学接受的审美维度

尧斯接受美学思想中代表性的概念是期待视野。期待视野是指一部作品在产生的那一历史时刻,读者对它会有一定的期待,而这一期待有一定的视野范围。具体而言,这一视野范围"来源于作品出现的那一历史时刻,读者对作品文类、熟悉的作品形式和主题以及诗性语言和日常语言差异的前理解。"①这个概念有下列两点主要内涵:

第一,它表现了作者与评价读者之间的交流关系。作者通过作品作用于读者的期待,对读者施加影响,让读者理解作品。或者可以说,作者将自己的认识(cognition)再现在文本之中,而读者则通过已有的期待视野对文本进行再认识(re-cognition or recognition)。尧斯对作者与读者之间的交流关系的思想是建立在现象学哲学家埃德蒙德·胡塞尔

---

① Hans Robert Jauss, *Toward an Aesthetic of Reception*, p. 22.

(Edmund Hussurl, 1859—1938)的认识论与马丁·海德格尔(Martin Heidegger, 1889—1976)的本体论基础上的美学尝试,当然必须指明中间以汉斯—格奥尔格·伽达默尔(Hans-Georg Gadamer, 1900—2002)的阐释学为中介,最终形成尧斯的接受美学思想。三者促成了尧斯所建立的文学创作与读者接受之间的交流模式理论,以及他接受美学体系中核心概念期待视野的形成。

胡塞尔现象学概念体系中的"意识的意向性"(intentionality of consciousness)与"互主体性"(intersubjectivity)概念指出了自我与他者之间所存在的交流意向奠定了阐释学交流认知模式的基础。这一模式出现在伽达默尔对再认识(recognition)概念的解读中,后发展到尧斯的接受美学思想中。伽达默尔在《真理与方法》中论及模仿现象时,指明了文学创作的认识属性,"模仿作为再现,具有一种特殊的认识(cognition)功能。"①作者对事物的模仿产生作品,这包含了他对模仿对象的认识,而模仿的最终目的是使读者对模仿对象进行再认识,也就是说"模仿的意义在于再认识。"②再认识包含两种情况:一种是对潜藏在前理解结构中事物的再认识,或是说对已知、熟悉事物的再认识;另一种是不仅包含对已知熟悉事物的再认识,而且包含了"在原有认识基础上获得比已熟知内容更多的东西。"③这就说明作者的认识与读者的再认识之间存在互动交流关系。

尧斯的接受美学就是建立在这一交流模式基础之上,但尧斯对再认识的理解不是强调读者的认知,而是强调读者的评价。他认为:"在文学作品出现的那一历史时刻,这部作品是满足、超越、挫败还是驳斥第一批读者的期待视野,显然提供了一个决定其美学价值的标准。"④读者是决定作品美学价值的关键。沃尔夫冈·伊瑟尔与保罗·利科的读者理论⑤

---

① Hans-Georg Gadamer, *Truth and Method*, p. 114.
② Ibid.
③ Ibid.
④ Jauss, *Toward an Aesthetic of Reception*, p. 25.
⑤ 同样受胡塞尔、海德格尔和伽达默尔等人思想的影响,伊瑟尔发展出阅读理论,强调读者的阅读行为,而保罗·利科(Paul Ricoeur, 1913-2005)提出三重模仿的概念,强调读者在文本阐释中的再塑形(refiguration)过程。这都与尧斯理论中的读者评价维度有所区别。

同样以伽达默尔阐释学思想中作者—读者交流模式为基础,但尧斯与他们相异的地方在于,他认为作者的创作指向的是读者的评价而并非仅仅是读者的阅读或是阐释。这也是本文在尧斯的思想基础上提出作者与评价读者交流互动模式的一个重要原因。

第二,它表现出对独创性作品的理解。期待视野概念的一个核心就是读者对作品有一个前理解(pre-understanding),这个前理解构成了读者对作品所可能产生的理解范围。"前理解"概念取自海德格尔的哲学思想。简言之,"前理解"是指在对事物进行理解和解释时,在我们的思想中对理解或是阐释对象一定有一个预设或是预先的理解,否则我们就无法理解事物。在海德格尔的思想中,这个"前理解"表现出真理的"存在(being)"属性,就因为真理的存在属性存在于我们的理解之中,因而才能对事物进行真理性的认识与解读。他的"前理解"概念比较抽象,而尧斯的贡献在于他把"前理解"概念以具体的方式表现出来。他融合了俄国形式主义文学理论,把"前理解"的范围限定为作品出现的那一历史时刻,读者根据作品的文类属性、同类作品的形式和主题以及应具有的语言特质等形式主义美学要素就已经有一定的理解和期待。正是基于这一理解和期待范围对新作品进行理解和评价。

尧斯对"前理解"概念的具体解读对理解经典作品的独创性提供了新的视角。尧斯认为娱乐作品的主要特性是满足读者的期待视野,而经典作品则以抵抗或否定读者期待视野的方式呈现,通过这种方式表现作品的独创性。但他同时指出没有绝对新颖的(new)作品。[1] 这就意味着没有绝对独创的作品,因为绝对的独创意味着完全颠覆了读者期待视野中的前理解构成,也就不可能被理解。对于这点,尧斯在论及创新与传统之间的颠覆与继承关系时也曾谈到。在《传统、革新与美学经验》(1988)一文中,他指出,"模仿与创造、保存与发现、传统与革新始终决定着艺术史",无论是否定革新的传统主义,还是否定传统的现代主义都忽略了"艺术史包含着传统与革新的创造性互动过程。"[2]因此,独创必然是继承传统基础上的革新,"在艺术领域,旧形式只能以新形式的方式呈

---

[1] Jauss, *Toward an Easthetic of Reception*, p. 25.
[2] Jauss, "Tradition, Innovation, and Aesthetic Experience", p. 375.

现才能得以保存,而新形式的形成包含了选择、遗忘与挪用的过程。"①因此,经典作品尽管以抵制和否定读者期待视野的方式呈现,但它实质上既肯定又否定了读者的期待视野。这就说明独创性作品本身必然存在一个矛盾对立的结构,才能同时肯定与否定读者的期待视野。那么,具体而言独创性作品肯定和否定了读者期待视野中的什么?由前文可知尧斯以作品的文学性来解释期待视野中的前理解构成,因此独创性作品必然是肯定与否定读者期待视野中对作品文类、熟悉作品的形式和主题以及语言特性,而读者也必然依据这些要素对作品进行评价。

迈克尔·斯布林克(Michael Sprinker)曾指出尧斯的接受美学实际上是在建构一个普遍的"文学性"理论。② 尧斯所关注的是文学接受层面的"文学性",或是说他将形式主义文学批评思想吸纳到接受美学之中,他所关注的是形式而非内容。这是笔者将他的理论定义为文学接受的"审美维度"的重要原因。需要补充的是,尽管尧斯提到了读者的评价行为,但并未切实提出评价读者的概念。而且,尧斯的接受研究的重心并没有放在作者与评价读者之间的互动关系方面。而本研究提取尧斯理论中的上述两个要点并将它们置于文本的内在结构之中进行考察,这是将其定义为"审美维度"的另一重要原因。

二、布迪厄论文学接受的文化维度

布迪厄的文化社会学思想是对已有文学社会学理论将文化产品置于生产与消费的经济关系中进行解读的一种反思。他试图从文化层面来看作者创作与读者接受,拓展了文学社会学研究的文化之维。③ 布迪厄也曾论及作者与评价读者之间的交流关系,以及经典作品的独创性,但他是从文化维度而非审美维度来论述。

首先,布迪厄将作者与评价读者之间的交流关系理解为文化资本的获取和象征权力的实施。作者创作的目的是获取文化资本,而读者评价

---

① Jauss, "Tradition, Innovation, and Aesthetic Experience", p. 375.
② Michael Sprinker, "Rev. of *Toward an Aesthetic of Reception*" p. 1206.
③ 文学社会学中对生产与消费层面的思索以及对文学性与社会性的思考梳理。参见方维规:"'文学社会学'的历史、理论和方法"。

则是象征权力的实施。两者之间交流关系的基础是作者只有获得评价读者的认可(recognition),才能获得文化资本,而评价读者认可行为本身是象征权力的实施。recognition 在布迪厄的文学社会学思想中,已经不仅仅是伽达默尔阐释学思想中认知理解层面的再认识,也并非是尧斯理论中读者依据美学标准进行评价和理解的问题,而是评价背后所掩藏的权力实施。正如布迪厄所指出的,"所有的批评家所宣布的不仅是他们对作品的评断,而是他们所具有的谈论与评断作品权力的宣言。"①象征权力来源于实施和制造关于艺术作品价值评断的合法性话语。评价读者将文学作品界定为有价值时,必然会依据一定的美学标准,同时他们还会制定一些美学标准,标准制定和标准执行就是合法性批评话语制造和实施的过程。布迪厄的象征权力的概念借鉴了福柯的权力话语的理论思想,只不过这种象征权力所制造出来的知识话语限于文学场内部批评话语的制造。

布迪厄认为"艺术作品的话语生产是作品生产的重要条件之一。"②这就说明评价读者象征权力的实施是为了保证作品文化价值的实现,两者之间存在积极的互动关系。在消费文化中,艺术作品可分为两类:商业艺术与纯艺术。纯艺术被批评界认可后,获得了文化价值,而商业艺术则停留在经济消费物层面,仅具有消费价值。评价读者的认可行为包含了区分商业艺术与纯艺术的过程。对于文学作品来说,只有获得批评家的认可才能获得文化价值,从而进一步取得经典地位。文化产品的生产包含两个层面:一是物质生产层面,即艺术家与作家所创造出来的作品;二是价值生产层面,即批评家、出版商、艺术馆馆长以及所有能够使消费者认识到作品艺术价值的评价读者的评断。作品能否超越生产中最基本的物质属性,最终获得文化属性,取决于行使象征权力的批评家、出版商等评价读者或是评价读者背后所依靠的机构与体制的认可。作品获得文化价值意味着作者能够获得文化资本。文化资本是文学场特有的一种资本形式,它区别于经济资本的同时又与经济资本有着微妙的关联。两者的相似性是都能以具体的金钱数量来体现,但区别是文化资

---

① Pierre Bourdieu, *Cultural Production*, p. 35.
② Ibid.

本的获取需要评价读者的象征权力实施加以保证,而且价格浮动空间非常大。以文森特·威廉·梵高(Vincent Willem van Gogh, 1853-1890)的绘画为例,在他生前作品没被评论界认可时,售卖的价格非常低,而在他去世后,作品被评论界广泛认可后,作品拍卖到极高的价格,他的《星夜》以6050万美元拍卖成交,现存于美国大都会博物馆。

前文分析可见,作者为了获取文化资本就必须获得评价读者的认可,这是两者交流关系的基础。

其次,布迪厄认为文学上的独创性就是"发展独创的表达方式——创造出一种与前人产生断裂关系的文体原则(axiomatic)"。[1] 依此理解,独创是作者对前辈作家所依据的文体原则或是对已有文学传统的颠覆性行为,但布迪厄同时也指出,"在突破父辈传统的同时,往往又回复到祖父辈传统之中,这种影响像影子似的一直存在。"[2] 这就又指出了独创在打破一种传统的同时,往往继承了另一种传统,因此独创终归是在传统范围内的创新行为。在这点上,布迪厄与尧斯的理解大致相同,而两者的区别在于布迪厄不是从文学传统内部新旧文学形式的承继来看独创性,而是强调独创所隐含的权力属性。

布迪厄将独创性放置到社会关系中进行解释,独创表现的是社会立场选择上的差异与区分,以及经过差异与区隔后形成的对立团体之间的权力争夺。创新者为了获得文化资本,需要"采用与主导思想方式不协调的新的思想与表达方式"去占据一个差异或是区分(distinction)的立场。选择了某一立场就代表必然有另一立场与其对立,因此立场选择意味着社会关系中两个对立群体的产生,以及两个群体之间争夺评价读者认可的竞争与较量。创新者们"必须坚持自己的差异,并使这种差异被认知(to be known)与认可(to be recognized),以此使他们自己被认知与认可(出名)。"[3]这说明艺术家的创新驱动是"为获得认可而进行的斗争(struggle for recognition)"[4]。一旦独创性被认可,那么就意味着在群体

---

[1] Bourdieu, *Cultural Production*, p. 117.
[2] Ibid., p. 58.
[3] Ibid., p. 58.
[4] Ibid., p. 106.

竞争中胜出。以布迪厄对福楼拜(Gustave Flaubert, 1821—1880)的分析为例,他指出福楼拜最初进入文学场后选择的是先锋派艺术家的立场,这与现实主义小说家的立场对立。福楼拜通过违反现实主义小说的创作原则发展出唯美主义文学运动,最终获得认可。这不仅意味着新美学形式出现,而且标志着两股社会力量的竞争最终以先锋派艺术家胜出。

布迪厄认为作者通过作品的独创性获得评价读者的认可是文化资本获取和象征权力实施的过程。这实质上是在否定艺术作品所蕴含的审美属性,布迪厄认为艺术作品的"美"与"象征性"所表现的是一种信仰体系,他将象征权力的实施与巫术中合法权力的滥用进行类比。巫术的实施基础既不是因为巫师具有特殊能力,也不是巫术操作与再现具有特殊属性,而是基于一种集体信仰——即信仰巫术会有神奇的效力,能够接近真实。这种信仰实质上是集体误识(misrecognition)。巫师的权力行使是通过生产与维持这种集体误识来实现的。布迪厄将这种权力定义为"合法的权力滥用"。[①] 与之相似,作者创作和评价读者认可之间的交流关系就是在生产与维持这样一种集体误识,即文化产品具有妙不可言的感召力与自在自为的审美属性。布迪厄认为独创性的源泉"不需要在场域以外的任何地方寻找,它就存在于场所包含的客观关系之中,存在于以场域为场所的斗争之中,存在于场内所产生的特殊形式的能量与资本之中。"[②]这时,布迪厄对艺术品的理解不是艺术品本身具有审美属性,而是其身上承载了一种特殊的文化资本和权力形式。这就是布迪厄论文学接受的文化维度的根本内涵。

三、审美与文化:文学接受的双重维度

尧斯和布迪厄分别从审美维度和文化维度对作者与评价读者之间的交流关系,以及作品的独创性进行理解。那么有没有可能将两者结合在一起对作家作品进行研究呢?之所以要将两者结合进行研究是因为尧斯与布迪厄的理论中仅是表现出作者与评价读者之间的交流关系,而缺少对两者之间互动关系的考察,这就无法解释劳伦斯·斯特恩作品所

---

① Bourdieu, *Cultural Production*, p. 81.
② Ibid.

潜藏的作者与评价读者之间互动协商的过程。只有融合两者的理论才有可能建构一种互动协商关系的文学接受研究框架。下面将对两者融合的可能性以及具体的融合方式进行探讨。

无论是尧斯把作者与评价读者之间的交流关系理解为文学传统内部的承继行为,还是布迪厄将其理解为文学场内的权力关系,都是对形式主义将文本视作封闭性自足体的分析模式和马克思主义反映论文学阐释方法反思基础上进行的,这种反思表现为一种共同努力,即建构融合文学性与社会性的文学研究方式。尽管他们的研究分别表现出未完成的社会性与未完成的审美性,为审美—文化双维度的场式生成结构接受理论框架的建立奠定了基础。

(一) 尧斯未完成的社会性

尧斯的接受美学在审美维度上融合了伽达默尔阐释学思想与形式主义美学思想:一方面,借助形式主义美学将阐释学从哲学领域延伸到文学批评的具体行为之中;另一方面,通过阐释学将文学批评从形式主义仅仅关注作品本身拓展到读者接受的维度,在此基础上,试图将接受美学延伸到文学社会学的领域之中。在这个过程中,尧斯表现出对自身审美维度的反思与对马克思主义文学社会学理论的借鉴。

尧斯意识到对文学现象的理解不应仅仅局限在审美领域之中,而应考虑它所具有的社会性,"艺术与文学的历史不能再被写成自主的历史,而只能是社会进程的一部分。"①他认识到将审美活动视为自在自为的美学实践的局限,试图将文学的社会性纳入到对审美实践的考察中。但他同时提出在纳入的过程中要尊重文学与艺术自主性,"文学规范的成就与影响应被视为独立的客观人类实践"。② 在考虑综合文学性与社会性对美学实践进行考察时,尧斯批判了马克思主义反映论与决定论过于强调文学社会性而忽略文学审美自主性的现象。他认为这导致马克思主义文学批评无法将文学实践看作是相对独立的社会人类实践,而是将

---

① Rien T. Segers, "An Interview", p. 90.
② Jauss, *Toward an Aesthetic of Reception*, p. 11.

"文学降为经济、社会或是阶级对等物,将它们解释为仅仅是对现实的复制"。① 在反思马克思主义反映论的基础上,尧斯从文学接受角度提出容纳社会性的解决方案,把对作品与客观现实的关系的考察转换为对读者阅读与社会现实之间关系的考察。这需要借助期待视野的概念来理解。文学作品会产生否定经验使读者期望落空,这时"读者就会反思自己对社会现实的理解",同时读者"对新作品的接受与评断不仅可以根据对已有的艺术作品的理解来进行,也可以通过每天的生活经历来进行接受与评断"。② 尧斯将马克思主义反映论中文学作品与客观现实的反映关系置换为读者与客观现实之间的映照关系。读者通过阅读体验来感受文学作品是否能够再现他们所能感受到的现实,继而进行判断。尽管从作品对客观现实的反映转向读者对客观现实的体察,但尧斯同样陷入马克思主义反映论的窠臼。实际上,尧斯在考虑读者的评断行为时,就已经涉及文学接受的社会性维度,但他将注意力放在读者对现实的理解上,而忽略了读者所依据的评价标准的社会历史性。不同时代的评价标准不同,而评价标准本身必然会反映那个时代的特殊语境,这就已经表现出社会性的维度。

尧斯试图通过期待视野的概念涵盖文学的社会性考察并未成功,导致他理论思考中未完成的社会性的根本原因是他尽管反思了反映论,但终究没有超越它。③

(二) 布迪厄未完成的审美性

布迪厄对文学性和社会性的思考主要表现在文学场这一概念中。从文学批评角度看,布迪厄提出文学场概念的目的是对文学内部研究与

---

① Jauss, *Toward an Aesthetic of Reception*, p. 11.
② Ibid., p. 41.
③ 与尧斯的接受美学遥相呼应,在民主德国,以瑙曼为代表的接受研究理论,也在思考尊重文学审美自主性的同时,将文学的社会性考察纳入到接受研究之中。瑙曼受马克思主义唯物主义思想影响,试图将作者、作品与读者之间的关系,与文学生产、文学流通与文学消费的过程并置,将它们放在社会关系网络之中来进行考察,但最终难以摆脱反映论的限制,而无法真正将审美性纳入到社会性的考察之中。可见,马克思主义反映论思维模式始终是审美性与社会性融合的最大障碍。参见瑙曼等著:《作品、文学史与读者》。

外部研究进行反思。他既反对"内部阅读的传统,即就作品而分析作品,将作品独立于产生时代的历史条件",又反对"文学社会学的外部解释传统,即将作品与产生历史时刻的经济与社会直接联系在一起。"[1]也就是说,布迪厄既反对形式主义将文学局限在文本之内或是文本间互文关系的纯粹审美分析,也反对马克思主义将文学作品视为对于时代情感、世界观和阶级意识的反映。这个概念,一方面表明布迪厄试图综合文学性与社会性进行文学研究;另一方面则表现出建构超越反映论的文学研究模式,即场式生成结构研究模式。我们将从下面几点来理解文学场的概念内涵。

第一,从文学场和外部场域之间的关系来看,文学场既独立于社会意义上的政治场和经济场,又独立于纯粹美学意义上的文学领域,它是介于这两个领域之间的中间场域。它折射出这两个领域内的活动,并与这两个领域之间表现为结构性同构关系。文学场有内在自足的功能规则体系,而非表述社会政治、经济关系的附庸。与政治场和经济场不同,文学场内所流通的是文化资本和象征权力,这点在前面曾提到,在此不赘述。这就从某种程度上尊重了艺术自主性。但他对艺术自主性的尊重与将艺术看做是纯粹审美领域内的自主活动有区别,布迪厄认为文学场折射而非再现出审美领域内的活动。他曾指出"对文化产品的研究关键是要探索作品的结构(如,文类、形式与主题)与文学场的结构(场内各种力量的斗争关系)之间的同构对应关系。"[2]这其实就隐含了文学场与文学的审美属性表达所存在的结构性同构折射关系。因此,布迪厄所要建立超越文学的内部和外部阅读传统的方式并不是将两种方式融合在一起进行分析,而是建立一个中介的场域,它能够折射出社会性场域和审美性场域,这个中介场域就是文学场。文学场与这几个场域之间的同构折射关系的基础是"社会生活的系统同一性以及社会活动中所有场域存在结构与功能同构。"[3]

第二,文学场内部存在双层生成结构,这两层结构之间同样是同构

---

[1] Bourdieu, *Cultural Production*, p. 163.
[2] Ibid., p. 182.
[3] Ibid., pp. 8–9.

折射关系。这就涉及到两个概念:结构和生成。

对于结构的理解,布迪厄把费尔迪南·德·索绪尔(Ferdinand de Saussure 1857—1913)的二项对立原则和西方马克思主义中霸权思想融合在一起,用来解释场内各要素之间的肯定与否定、支配与被支配、妥协与颠覆等对立性结构关系。这些对立关系折射在经济场与政治场之中,就表现为不同意识形态、不同阶级或是阶级内部不同集团的对立关系。对于作者来说,这种结构性对立关系主要体现在立场选择中,如果选择先锋派,那么必然会有保守派与之对立;如果选择纯艺术,就必然有商业艺术与之对立。作者进入文学场之后,会在对立结构中选定立场。例如,福楼拜选择了先锋派艺术立场,这自然与保守的现实主义文学流派形成一个对立立场。布迪厄以结构主义方式来理解作者在美学传统中的立场选择。

生成概念与结构概念不可分。生成是指具有同构折射关系的两层结构之间彼此促发的动态过程。这两层结构分别是作者在美学传统中的立场选择和他个人习性(habitus)立场选择所产生的对立。例如,福楼拜的家庭出身、教育背景、阶级属性与成长经历等等塑造了他的思想方式、认知结构和行为模式,这些决定了他的主观性情和习惯,促使其选择先锋派的立场。同时,这种先锋派的立场又重新塑造他的个体习性。同理,选择保守派立场的作家必然有其特殊的习性特征。两层结构之间则存在着相互促发生成的属性。也就是说,习性决定作者在文学传统中的立场选择,同时立场选择本身又反作用于习性的形成。

从文学场内部的结构构成来看,文学场表现为作者主体与结构之间的关系。身处结构中,主体发挥出什么样的作用呢?布迪厄意识到在已有的结构主义思想中,主体无法发挥主观能动作用,"结构主义将文化作品视为没有结构性主体的结构性的结构(structured structures without a structuring subject)。"[①]这句话的含义是指主体在结构之中的能动作用被抹杀了。布迪厄重新调整主体与结构之间的关系,一方面反对结构主义否定主体创造性,另一方面反对康德(Immanuel Kant,1724—1804)以降

---

① Bourdieu, *Cultural Production*, p. 178.

唯心主义美学过于强调主体的能动主导作用,试图建构主体与结构之间的能动相容关系。在解决方式上,他用行动者(agents)概念替换主体概念,从而变成行动者与结构之间的关系。行动者的能动属性表现在结构中的能动的立场选择。布迪厄认为行动者概念超越了康德美学中主体概念的狭义范畴,将其延拓到社会关系领域内。这种文学阅读方法既超越了康德美学中将"艺术活动看作天赐能力和与世隔绝的艺术家们的纯粹与无功利的创造性活动"的思想,又超越外部阅读中将作者的活动看做是对外部世界"统治阶级利益"的一种指涉。[①]

第三,生成结构是文学场的存在方式,这就涉及布迪厄的场式生成结构研究方法。

从前文分析可见,布迪厄试图尊重艺术自主性,然而他对艺术自主性的理解并未切实地将文学性融入其中。他指出文学场中的主导规律之一是文化资本获取与象征权力实施,尽管文化资本的性质不同于经济资本,象征权力也不同于马克思主义霸权的概念,但仍然是资本与权力形式的变形。再者,无论是布迪厄把文学传统的存在解释为作者的立场选择,用习性指示与之相对应的同构结构,还是用行动者替换主体概念,从根本上还是以社会性方式解读美学传统,只不过他在社会属性上面披了一层文化外衣,所反映的是文化形式的社会属性,而非审美属性。但他的场式生成结构研究方法为进一步将社会性和文学性联合在一起探索文学现象提供了可能性,融合文学性和社会性对文学现象进行考察的根本障碍是无法超越反映论,而这一研究方法可超越反映论。

布迪厄反复用同构、生成和折射来解释文学场概念,将文学场定义为结构性关系,这是一种生成结构研究方法,源于吕西安·戈德曼(Lucien Goldmann, 1913—1970)的生成结构思想。戈德曼在对康德与胡塞尔的唯心主义主体美学、马克思唯物主义客体美学以及结构主义反思基础之上,提出取代反映论的生成结构研究模式。这种研究模式最关键的特点是认为作品对社会现实不是反映的关系,而是相互独立的平行同构关系。他的生成结构模型尽管对反映论进行了反思,但是将主体置

---

① Bourdieu, *Cultural Production*, p. 34.

换成群体与阶层的概念,并且表明群体的精神结构、世界观与客观现实世界存在同构关系的结构主义模式,从根本上来说仍然没有摆脱马克思主义反映论的窠臼。而布迪厄的场式生成结构模式,在同构、折射以及生成的概念上与戈德曼相似,关键的区别在于戈德曼直接将作品的内部结构与阶层的世界观与意识形态在结构上存在同构生成关系,而布迪厄文学场内部的双层结构并不包含阶层、阶级或是意识形态等政治经济领域的结构性关系。这样文学场作为与政治场和经济场间隔的场域存在,真正实现了折射而非反映,因而超越了反映论。这为本文所提出的审美—文化双维度的场式生成结构研究模式奠定了基础。

(三) 审美—文化双维度的场式生成结构研究模式

特里·伊格尔顿(Terry Eagleton,1943—　)在指出美学的矛盾性和双重性时谈到:"美学既作为早期资本主义社会的人类主体原型而具有内在的功利性,也可以作为人类的价值追求目标,它以丰沛的诗性想象对抗商品社会的功利主义和工具论;审美既体现了人类的感性创造性能力,同时也成为微观的规训权力的落脚之所。"[1]伊格尔顿所指出的美学本身所具有的功利性与非功利性、感性创造性与权力属性,表明文学作品自身所具有的文学性与社会性的双重属性。在文学研究领域,研究者们试图综合文学性与社会性对文学作品进行综合考察,但往往在这一过程中顾此失彼。尧斯未完成的社会性与布迪厄未完成的审美性就证明了此点。尧斯没有将社会性切实纳入到审美性中进行综合研究的关键是没有超越反映论的思维模式,而布迪厄没有真正容纳审美属性是由于他用社会属性解读审美属性,但布迪厄的场式生成结构主义研究方法能够超越反映论模式真正促成融合文学性和社会性的文学研究。本文正是在他们的研究基础上建构综合审美属性与社会属性对文学作品进行考察的文学接受研究模式,即审美—文化双维度的场式生成结构模式的文学接受研究。

本书所提出的审美—文化双维度的场式生成结构研究模式,与布迪

---

[1] 伊格尔顿:《审美意识形态》,第10页。

厄的场式生成结构模式的差异是本书将尧斯论文学接受的审美维度与布迪厄论文学接受的文化维度综合在一起,内置于文学场内部的双层结构之中,这两层维度的结构之间存在同构折射关系,同时这一内部结构重新调整后的文学场同样与政治场和经济场之间存在同构对应关系。这就切实在文学接受研究中融合了文学性和社会性对作品进行考察,又不至于陷入反映论的窠臼。具体而言,进行下列调整:

第一,调整布迪厄的场式生成结构模式中双层结构的界定。在布迪厄的理论中,文学场内部的两层结构是作者在文学传统中的社会立场关系结构和与之相对应的社会习性特性结构。而本研究将这两层结构重新设置为,作者在文学传统中的社会立场关系结构和与之相对应的作品/文本内部的审美关系结构。第一层是布迪厄论作者与评价读者之间的文化维度的交流关系,表现在文本的独创性方面是作者在不同文学传统中的社会立场选择;第二层是尧斯论作者与评价读者之间的审美交流关系,表现在文本的独创性方面是文本内部存在的肯定与否定读者期待视野的两种属性。两层结构之间存在同构、折射、生成关系。

第二,调整布迪厄关于行动者和结构之间关系的界定。布迪厄认为行动者概念表现了结构中创作主体的能动作用。本研究则将行动者概念重新置换为主体的概念。主体与结构之间的关系主要表现为作者主体与评价读者之间能动的协商关系促使主体在结构中的立场选择。因此,作者与评价读者之间的协商是生成结构产生的动力。

调整布迪厄的场式生成结构研究模式的根本目的是,只有在此基础上建构审美和文化双维度的模式,才能进行作者与评价读者协商式的文学接受研究。这里,我们需要辨析交流、互动与协商几种关系方式。

协商关系包含了交流与互动关系,但同时具有两者所没有的历史之维。尧斯与布迪厄论及作者与评价读者之间的关系时主要思考的是交流关系,即他们认为作者创作指向了读者评价,或是读者评价指向了作者创作,但并没有论及两者的互动。两者之间的互动关系只有通过审美和文化两层结构之间的相互生成才能实现。这也是本文试图融合审美和文化两个维度进行接受研究的一个重要原因,因为只有融合两者才能真正实现作者创作与读者评价之间的互动。举例来说,作者创作出一部作品,评论界对这部作品的艺术属性进行评估从而促使作者在下部作品中改变创作风格。这时创作风格的改变不仅是作者对新的文学风格进行尝试,而且是其中一定包含了评价读者象征权力的实施。但这种权力的实施并不意味着对文学传统的生成起消极作用,反而促成了新文学传统的产生。同时,作者也并非会被动地进行风格转变,而是在风格转变中建构了新的美学传统,这种新的美学传统会生成新的美学话语,而这些美学话语又为评价读者的合法性权力的实施提供了依据。因此,作者与评价读者之间的互动关系导致审美结构与文化结构之间作用与反作用的互动关系。协商关系的另一个特点是历史之维。这个历史之维建立在上述交流互动关系之上,是对布迪厄生成结构概念的重新解读。布迪厄仅提到两层生成结构之间的对应生成关系,但并未提出生成结构的历史之维。这里的历史维度是指按时间顺序先后创作的文本之中表现出不同的结构形态,这时生成结构就不仅是审美维度和文化维度的作用与反作用的关系,而是存在一个由不同结构构成的历史性的脉络。

第三节 理论价值与研究意义

前文对尧斯与布迪厄的理论融合表明一种新的接受研究的认识论与方法论的形成。其新表现为如下几点:第一,提取了作者与评价读者协商的概念;第二,融合了审美维度与文化维度的文学接受研究,也就是融合了对作家作品研究的文学性与社会性两个层面;第三,协商的概念弥补了以往注重作者与读者之间的交流关系而忽视互动研究的现象。

本研究隶属文学阐释范畴。所谓文学阐释是指不仅包含了对作品的文本分析以及对历史材料的运用,而且包含对文学阐释者背后的认识论与方法论的思考,因为任何阐释一定隐含了研究者本身对研究对象的认识,以及采用何种方法去探索这种认识。因此,本文在研究过程中包含了两条线索:第一,在尧斯与布迪厄的理论基础上建构新的文学接受理论的认识论与方法论,并将其运用到具体研究之中,最终对其进行反思;第二,根据这一认识论与方法论围绕斯特恩作品与18世纪中叶①小说传统的异质性以及有关其讽刺文与小说文类定性的争议进行探索。

这一研究具有下列意义:(1)可重新思考英国早期小说史的发生过程与讽刺文之间的关系;(2)在对斯特恩的个案研究中所采用的新认识论和方法论,可帮助我们重新认识文本意义的形成和文学史的发生;(3)斯特恩式的协商折射出18世纪英国走向现代性初期时的历史文化语境,对于正蓬勃发展的当代中国来说,那时的英国在很多方面都将是极有意义的参照。

---

① 尽管对18世纪具体分期方式仍存在很多争议,但学术界统一观点是1740年是显著分水岭,标志着18世纪中叶的开始,而终止时间则定为1785年。具体讨论参见 Clifford Siskin, "More Is Different: Literary Change in the Mid and Late Eighteenth Century," *The Cambridge History of English Literature*, 1660-1780, pp. 800-802.

第一章

文类协商：18世纪中叶英国文学场中的劳伦斯·斯特恩

> 场是不同立场之间的客观关系网（主导与从属或互补与对立等等）。例如，小说文类有其对应的立场，而类似于社会小说之类的亚文类也有其对应的立场。从另一个角度说，在这个客观关系网中，文学评论、沙龙或是一群生产者聚会地形成的圈子也有其对应的社会立场。每个立场都由与其它立场之间的客观关系所客观地定义着。
>
> ——布迪厄《艺术的法则》

18世纪中叶文学场以斯特恩与真实评价读者之间的关系为指向形成的客观关系网，主要表现为斯特恩与三股主导读者接受力量的协商。这三股力量分别是出版商、文学俱乐部和文学评论期刊。出版商最初对《项狄传》的评价决定着这部作品能否顺利出版进入市场；斯特恩与文学俱乐部文人圈子的关系表现了斯特恩的社会交往倾向和所属文学团体；而文学评论期刊对斯特恩作品的评价与引导则是斯特恩获取声名的关键。斯特恩与三者的协商表现了作者—评价读者之间协商的文化维度。

第一节　斯特恩与出版商的协商

18世纪中叶的英国,人们生活水平普遍提高,书籍逐渐成为资产阶级购买力范围之内的消费品,进入普通消费者家庭。① 读者的购买需求推动了图书出版市场的发展。在读者购买需求的驱动下,作家们如果预计自己的作品能在地方或是全国范围内热卖,会尝试联系出版商。出版商如果有兴趣,就会开出高价钱购买作者的作品。② 作者与出版商之间的协商是作品进入市场的第一个环节。在这个环节中,出版商的评价至关重要。

从根本上说,经济利益的获取是作者与出版商之间对话关系的根本。对于出版商的作用,文学社会学家罗贝尔·埃斯卡皮曾有一个非常形象的比喻:"出版商的作用同助产医生的作用相似:并不是他赋予作品以生命,也不是他把自己的一部分血肉给作品并养育它。但是,如果没有他,被构想出来并且已临近创造的临界点的作品就不可能脱颖而出。"③出版商的确承担着助产士的作用,但他不是协助所有作品的生产,而是要有所筛选。出版商首先看中的是经济利益,因此要选择有利可图的作品。但与其他商业产品不同的是,文化产品的选择机制除了考量经济利益,还需要判断作品的价值和评估读者的审美品味。这时,挑选即意味着出版商先设想有一批可能存在着的读者大众,于是,在呈交到他面前的大量作品中挑拣出最符合这些读者大众的消费需求的作品。这种想象带有双重的、也是矛盾的特征:它一方面包括对可能存在的读者大众想看的书和将要购买的书作出事实性判断,另一方面也包括对可能成为读者大众欣赏趣味的东西作出价值判断,这种趣味的形成是人类群

---

① Neil McKendrick, *The Birth of Consumer Society*, p. 268.
② Terry Belanger, "Publishers and Writers in Eighteenth-century England," *Books and Their Readers in Eighteenth-century England*, ed. Isabel Rivers, pp. 5–6.
③ 罗贝尔·埃斯卡皮:《文学社会学》,第37页。

体的美学——道德体系所决定的。①

出版商必须考虑读者的需求,但他们不是被动地受读者需求所牵制,他们同时也引导着读者的阅读,发挥着重要的文化影响力。作为作者与消费读者之间的中介,出版商既要根据读者的消费需求来判断作品的价值,又要根据作品的美学价值重新塑造读者的品味,也就是说,选择满足读者品味需求或是能够塑造读者品味的作品。经济利益考量与美学价值评估伴随着作者与出版商之间的整个协商过程。出版商是作品的第一个具有象征权力的评价读者,他对作者的文化影响力主要表现为最初的筛选和建议。

一、《项狄传》最初的讽刺文定位

与大多数作者一样,劳伦斯·斯特恩最初进入文学场时的第一个具有文化影响力的评价读者是出版商。斯特恩在完成作品《项狄传》第一卷后,开始物色合适的出版商。当时伦敦的出版行业蓬勃发展,可供作者选择的余地比较大,但斯特恩做出的选择是多兹利出版公司(R. & J. Dodsley)。这一选择经过深思熟虑,包含了斯特恩对多兹利公司和自己作品的双重评估。

多兹利出版公司是著名的拥有版权的图书出版与批发公司,在18世纪50年代的出版界,地位已达至顶峰。② 它挖掘了许多著名文人的作品,推动了新文人的崛起,如埃德蒙·伯克(Edmund Burke, 1729—1797)、托马斯·格雷(Thomas Gray, 1716—1771)、塞缪尔·约翰逊(Samuel Johnson, 1709—1784)、托拜厄斯·斯摩莱特(Tobias Smollett, 1721—1771)、爱德华·杨(Edward Young, 1715—1765)等人的作品最初都在这家出版公司出版。

多兹利公司能够在业界立足并有持续影响力,不仅因为它慧眼识英雄,挖掘了一批有价值的新文人作品,更得益于该公司在事业起步阶段有著名文人的支持。著名文人把作品放到多兹利公司出版,提高了它在

---

① 埃斯卡皮:《文学社会学》,第43页。
② James E.Tierney, *Robert Dodsley*, p. 40.

出版行业的知名度。尽管在多兹利公司的鼎盛时期,亚历山大·蒲柏(Alexander Pope,1688—1744)和乔纳森·斯威夫特(Jonathan Swift,1667—1745)已经去世,但最初多兹利公司是由于出版他们的作品才使其在业界得以立足。因此,多兹利出版公司与奥古斯都讽刺文传统有着极深的渊源关系。罗伯特·多兹利(Robert Dodsley)于1735年开始创建公司,蒲柏借给他100英镑作为资金支持,而后,蒲柏又将他的作品由原来的劳顿·吉利弗(Lawton Gilliver,1703—1748)出版公司转至多兹利公司出版。蒲柏作品的版权在1767年时已达到5000英镑的天价。当时作品的版权能够卖出400英镑的价格就已经极高了。① 这说明蒲柏的作品具有极大的读者购买群体。蒲柏的支持是多兹利在出版界立足并成为行业翘楚的重要原因。同时,多兹利出版公司也拥有斯威夫特著作的版权,与其他公司联合出版他的作品。

毋庸置疑,斯特恩选择多兹利公司肯定考虑到了多兹利公司在18世纪中叶的出版界的盛名和实力。另外一个不容忽视的原因是该出版公司与奥古斯都讽刺文作家之间渊源颇深。正是由于多兹利出版公司与奥古斯都讽刺文传统的深层渊源,才使斯特恩有意地选择这家出版公司。而这正代表了斯特恩最初对《项狄传》的讽刺文定位。从斯特恩与多兹利公司之间的往来信件中,可以证实这一点。

在《项狄传》未出版前(1759年5月23日),劳伦斯·斯特恩写信给多兹利出版公司负责人罗伯特·多兹利。这封信主要提及三点内容:第一,他提到《项狄传》的讽刺文创作意图,"如你所知,写作计划非常广泛。它不仅嘲笑科学中的弱点,而且嘲笑任何让我觉得滑稽可笑的事情。"(Letter 34)②第二,他希望此书能按照米勒(Andrew Millar)公司出版的"精巧烦恼"那篇讽刺文③的印刷排版形式出版;第三,他提出以50英镑

---

① Terry Belanger, "Publishers and Writers in Eighteenth-Century England," *Books and Their Readers in Eighteenth-Century England*, p. 17.
② 正文标示的信件编号均出自 Laurence Sterne, *The Letters*, ed. Melvyn New and Peter de Voogd (Gainesville: University of Florida Press, 2009).
③ 这是英国小说家与讽刺文作家简·科利尔(Jane Collier, 1714—1755)最著名的讽刺文作品。全称为 *An Essay on the Art of Ingeniously Tormenting: with Proper Rules for the Exercise of that Pleasant Art*. 由米勒出版公司于1753年出版。

价格卖出《项狄传》第一卷的版权。在这封信中,斯特恩明确提及讽刺文意图。这种意图也可从他请求多兹利按照简·科利尔的讽刺作品的方式来印刷可见一斑。另外需要注意的是斯特恩给《项狄传》第一卷的版权定价为 50 英镑。这一价位在当时应该是相当"谦卑"的。米勒公司的负责人安德鲁·米勒(Andrew Millar, 1707—1768)给出 183 英镑的价格,购买亨利·菲尔丁《约瑟夫·安德鲁斯》(1742)的版权,而《琼斯传》(1749)的版权更是高达 600 英镑。斯特恩不可能不了解小说出版界的这种行情,他没有选择与米勒出版公司合作,可见他最初对讽刺文传统的认同与对自己作品的定位。

从最初创作到把作品交给出版商,这期间斯特恩对《项狄传》的讽刺文定位是确定的。从斯特恩自身的创作意图以及所承接的传统痕迹来看,他有意识地继承拉伯雷、斯威夫特已经确立的讽刺文传统,这从他的早期创作如《拉伯雷式的片段》和《一场政治传奇》(*A Political Romance*, 1759)的讽刺文写作风格可探知。而且,斯特恩的藏书也主要是与讽刺文传统相关的一些书目。[①] 由此也可见他对讽刺文的关注和钟爱。另外,在《项狄传》的行文过程中,他曾多次提到拉伯雷和斯威夫特。在写给友人斯蒂芬·克罗夫特(Stephen Croft)的信中,他也将自己与讽刺文作家进行类比,斯特恩针对评论界的指责谈到:"这些人会发现通往声名的道路就如同去往天堂的路径,会经历许多苦难,直到我获得像拉伯雷和斯威夫特那样被粗暴对待的荣誉之前,我必须继续谦逊,因为我还没有被迫害到像他们那样的程度。(Letter 70)斯特恩认为自己所面对的恶意攻击与拉伯雷和斯威夫特所遭受过的粗暴对待相似,这是讽刺文作家通往"声名"的必经之路。

二、《项狄传》文类风格的重新定位

斯特恩信心满满地向罗伯特·多兹利自荐《项狄传》第一卷,但从多兹利的反应来看,这部作品的创作风格与多兹利所预期的市场需求之间仍存在一定的距离。多兹利没有接受斯特恩提出的以 50 英镑的价格出

[①] Ian Campbell Ross, *Laurence Sterne: A Life*, pp. 108-118.

售《项狄传》第一卷的版权要求,但他承认其潜在价值,并提出了修改意见。根据他的意见,斯特恩在后来几个月中进行改写和增添。多兹利的这封信已无迹可寻,但根据斯特恩在 1759 年 10 月 5 日写给他的回信可推测出多兹利的意见。多兹利拒绝斯特恩的一个理由是仅仅出版单卷本的《项狄传》有些冒险,如果销售不好会影响他弟弟詹姆斯·多兹利(James Dodsley)的经营。彼时,罗伯特·多兹利即将退休,其弟将继承公司,在交接时期,他不想冒风险。针对这一情况,斯特恩指出他又增加了一卷本,大约增添 150 页左右的内容,而且他提出两卷本的《项狄传》可先自费在约克郡出版试试市场反应,但书可在多兹利的伦敦书店售卖,然后再商量版权事宜。

斯特恩在给多兹利的回信中介绍了具体所做的修改,由此可推测多兹利的建议。他在信中提到"此次修改去除了所有涉及地方信息的文字,尤其是其中的讽刺,同时增添了关键的注解,并增加了大约 150 页左右的内容。整体而言,上述修改使其更适合销售。"(Letter 36)"讽刺"是指斯特恩以影射方式对地方生活圈子中的具体个人进行攻击的讽刺性文字。在 18 世纪上半叶的奥古斯都时期,讽刺文常常对个人进行攻击,它以影射方式提供充分的信息使读者猜到具体所指。蒲柏在《愚人志》中对科利·赛博(Colley Cibber, 1671—1757)、伊莱扎·海伍德(Eliza Haywood, 1693—1756)等文坛名人的尖锐讽刺,就属于此种形式。斯特恩在创作《项狄传》之前所写的政治讽刺文《一场政治传奇》也是一部以影射方式攻击政治对手的讽刺文。从上述回信内容可知,斯特恩对文中涉及具体人物的讽刺文字进行了删改,从而隐藏了个人攻击与地方属性。罗伯特·多兹利的修改建议是有预见性的,他敏锐地感受到了文化潮流的变化动向。尽管他意识到了斯特恩的才华和潜质,但他感受到讽刺文风格已逐渐不合文坛品味,因而没有同意购买版权。事实证明多兹利的这一谨慎之举是明智的。斯特恩在《项狄传》第一、二卷中根据他的建议将讽刺性收敛在一定范围之内,受到评论界的好评。但在第三、四卷中,斯特恩却将讽刺性以极端荒诞的形式表现出来,结果激怒了评论界,这导致第三、四卷以及后期卷本的销售一直不如人意。多兹利出版公司在《项狄传》第三、四卷出版后也终止了与他的合作关系。这就说明在18世纪中叶的文坛,讽刺文至少是对个人攻击的讽刺文在当时已经不得人心,不那么流行了。

斯特恩最初对《项狄传》的讽刺文定位相当明确,但由于未能获得出版商的接受,所以他不得不根据出版商的建议进行修改和调整。如果将《项狄传》第一、二卷与斯特恩此前创作但未出版的作品《拉伯雷式片段》进行比较,会发现两者在创作风格上发生了很大的变化。《项狄传》中大量减少了拉伯雷讽刺文的痕迹,从而"在相当大的程度上减轻了其中的低级下流,甚至是露骨的淫秽"①。而《项狄传》第一、二卷与他另一部未出版的政治讽刺文《一场政治传奇》相比,讽刺的锋芒也明显弱化了许多。伊恩·坎贝尔·罗斯(Ian Compell Ross)认为修改后的一、二卷使斯特恩"从古怪滞后保守的讽刺文作家转变为处于时代尖端的现代形式的实践者。"②"现代形式"是指小说。这就说明斯特恩在修改中柔化了讽刺文元素,并融入了小说元素。

斯特恩对《项狄传》第一、二卷出版形式和出版公司的确定也表明了他在讽刺文和小说文类之间的转换。在1759年5月,也就是斯特恩最初向多兹利自荐作品时,还希望《项狄传》能按照米勒公司出版的"精巧烦恼"那篇讽刺文的印刷排版形式出版,但当1760年1月多兹利出版《项狄传》第一、二卷时,斯特恩没有坚持当初所希望的装订印刷风格,而是要求以多兹利1759年出版的约翰逊的小说《拉瑟勒斯》的印刷排版风格出版。这一转变表明斯特恩对修改后的作品定位发生了变化。在《项狄传》第三、四卷出版后,斯特恩与多兹利出版公司终止合作关系,自《项狄传》第五、六卷开始,斯特恩的所有出版事务均由贝克特(T. Beckett)出版公司负责。对于斯特恩换出版公司的行为,托马斯·基默的解释是斯特恩意识到多兹利公司对小说的兴趣在缩减,而"贝克特出版公司在18世纪60年代则以专门出版时髦的虚构叙事作品为主。"③ 出版公司的更换反映出斯特恩对《项狄传》文类定性的转换。

从斯特恩与出版商的协商来看,他的创作意图与出版商的需求之间

---

① Ross, *Laurence Sterne: A Life*, p. 204.
② Ibid., 215-216.
③ Keymer, *Sterne, Moderns and the Novel*, p. 53.

存在分歧。为消除分歧,他在作品中增添了小说属性。一位朋友曾提醒斯特恩注意《项狄传》的拉伯雷—斯威夫特式风格与他的牧师身份并不匹配,斯特恩答道:"我走得没有斯威夫特那么远——他与拉伯雷保持着距离,而我与他同样保持着一定的距离。"(Letter 35A)尽管斯特恩与拉伯雷、斯威夫特之间存在承袭关系,但他与这一传统并非毫无距离。这种距离感的实现方式之一就是斯特恩在作品中融合了小说元素。上述分析可见,《项狄传》第一、二卷在最初出版时就已经模糊了讽刺文和小说的文类界限,出版商的评价与意见是这种情况产生的一个重要的原因。

第二节 斯特恩与两个文学俱乐部的协商

俱乐部是18世纪英国社会交往中一种普遍的聚会形式。根据约翰·廷布斯(John Timbs)的研究,俱乐部文化最早可追溯到古希腊与古罗马时期,但直到16世纪末与17世纪初在英国才出现一些有名的俱乐部。廷布斯认为英国俱乐部的黄金时期是18世纪初约瑟夫·埃迪森(Joseph Addison, 1672—1719)创办《旁观者》杂志的那一历史时期。[①]埃迪森在《旁观者》第9期中以幽默的笔法描绘了俱乐部文化,"人是交际动物,可以观察到我们利用所有场合和借口来组织夜间聚会,这种聚会以俱乐部的名字为人所熟知。当一伙人发现他们在某点志趣上相投,尽管再没有比这再细小的了,但他们会基于这种古怪的相似性而建立联谊会,每周聚会一两次。"[②]

俱乐部往往以志趣相投为聚会基础,而"志趣"种类繁多,于是便形成了政治、文学、读书、科学、体育、娱乐、音乐等各式各样的俱乐部。据

[①] 具体对17、18、19世纪各种俱乐部的介绍与研究,参见 John Timbs, *Club Life of London*, pp. 1–8.

[②] Ibid., p. 7.

说,在1714年,仅伦敦就有成百上千个俱乐部。① 在18世纪中叶众多的俱乐部中,有两个汇集文坛名人的著名文学俱乐部:荒唐俱乐部(Nonsense Club)和文学俱乐部(Literary Club)。前者的创作风格主要以讽刺诗文为主,后者则汇集了当时著名的小说家。斯特恩作为文学场中的一员,与这两个文人圈子之间不可避免地存在社会交往和文学接受关系,从中可反映出他的群体归属意识、文化立场和政治立场,也反映出他与后奥古斯都讽刺诗文传统以及小说传统之间的亲疏关系。

一、对立：荒唐俱乐部和文学俱乐部②

荒唐俱乐部成立于1755年到1757年之间③,可考证的成员主要有博内尔·桑顿(Bonnell Thornton, 1725—1768)、乔治·科尔曼(George Colman, 1732—1794)、罗伯特·劳埃德(Robert Lloyd, 1733—1764)和威廉·考珀(William Cowper, 1731—1800)等人。查尔斯·邱吉尔(Charles Churchill, 1732—1764)和约翰·威尔克斯(John Wilkes, 1725—1797)的会员身份已无从查考,但与俱乐部成员之间交往密切,因而被视为成员。其中,邱吉尔在文坛更具影响力,因而被视为俱乐部的灵魂人物。尽管俱乐部成员的作品形式多样,有戏剧、诗歌以及散文,但创作风格极其相似,即借助讽刺戏仿来质疑权威。他们几乎对同时代的文坛名人都进行过指涉。这种指涉以1762年为界分为两个阶段:艺术领域内的无敌意批评、戏仿和具有政治内涵的讽刺攻击。

荒唐俱乐部成员最初对文坛名人的指涉是以艺术探索为目的,笔锋温和。科尔曼曾在《对英国古时戏剧作家的批评反思,致大卫·加里克》

---

① Kirstin Olsen, *Daily life in 18th—Century England*, p. 159.
② 在理解两个俱乐部之间的对立关系时,需注意以下几点:(1)18世纪的俱乐部主要是晚间聚餐谈话性质的集会,组织松散,成员资格认定并不十分正规。因此,对俱乐部圈子成员的划定不是落实在谁具有会员资格,而是谁与这个俱乐部圈子有重要关系。(2)从社交上看,两个俱乐部之间并非界限分明。两个团体的文人之间存在交往关系,并非两个圈子中的所有人都会形成对立关系。对立集中表现在俱乐部灵魂人物之间的对抗。(3)考察两个俱乐部之间关系的目的不是为了表现文人之间的争斗,也并非要对俱乐部的发展史进行细致考察,而是为了表明其中所隐藏的边缘和主导文化力量之间的对抗与较量。
③ 参见 Lance Bertelsen, *The Nonsense Club*, p. 92.

一文中,既表现出对著名戏剧演员及剧场经理大卫·加里克(David Garrick,1717—1779)戏剧表演艺术的钦慕,又对他的剧场管理问题略加批评。针对批评,加里克在1758年的回信中谈到:"我必须向你保证当读到一篇真正的善意批评时,尽管是批评我的,我感到愉悦而非不自在。我总认为我能达到朋友们所提出的目标。"①可见,科尔曼的批评温和友善,能让加里克欣然接受。邱吉尔起初也在诗作中对文坛名人进行无讽刺意图的指涉,如在《罗西乌德》(Rosciad,1761)中,他指出塞缪尔·约翰逊(Samuel Johnson)恐怕有些过于严肃,而劳伦斯·斯特恩则过于快乐。② 此外,荒唐俱乐部成员也有一些著名的戏仿作品,例如,科尔曼和劳埃德在1760年发表的《两首颂歌,致晦涩,与致遗忘》。他们戏仿著名诗人托马斯·格雷(Thomas Gray,1716—1771)和威廉·梅森(William Mason,1724—1797)的诗歌,批评二人的诗晦涩难懂,终将被人遗忘。这两篇颂诗得到塞缪尔·约翰逊的欣赏,他认为两人的讽喻切中要害,暴露出诗坛"一种非常不好的写作风格。"③此时,约翰逊与荒唐俱乐部成员之间还保持着友好关系,而在1762年约翰逊接受国王乔治三世(George III,1738—1820)和布特(John Stuart, 3rd Earl of Bute,1713—1792)首相所授予的每年300英镑的年金后,他成为荒唐俱乐部文人圈子敌意攻击的对象。

约翰逊成名之路崎岖坎坷。他早年发表过《伦敦》(1738)与《徒劳的人世愿望》(1749)两首著名诗篇,并自编散文周刊《漫游者》(1750—1752)。直到1755年,历时9年以一人之力在没有任何恩主资助的情况下编撰完成《英语词典》(A Dictionary of the English Language),才使他扬名文坛。从约翰逊接受年金前的从文道路来看,他没有依靠任何外部力量来帮扶自己,而且他在《致切斯特菲尔德伯爵书》(The Letter to Chesterfield,1755)中所表现出刚直不阿的独立个性也为人所敬重。如今接受年金的行为类似接受政府的"招安",使文化界对其产生极大不满。在所有批评和质疑的声音中,最尖锐的讽刺来自查尔斯·邱吉尔。

---

① Rihcard Brinsley Peake, *Memoirs of the Colman Family*, p. 53.
② 参见 Charles Churchill, "The Rociad," *The Poetical Works of Charles Churchill*, p. 5。
③ 转引自 Bergelton, *The Nonsense Club*, p. 98。

1762年10月,邱吉尔在讽刺长诗《鬼》(1762—1763)中讽刺约翰逊,"他诅咒他所获得的年金,/热爱他所抛弃的斯图亚特政权",并在脚注中称约翰逊为"犹大·约翰逊"。① 邱吉尔的讽刺有多层指涉:第一,约翰逊的《英语词典》对年金(pension)的描述是"在英格兰,年金是付给那些受雇用叛国之人用的",而对领取年金的人则被定义为"国家所雇用的来服从主人命令的奴隶。"②这种对年金极为贬低的定义恰巧与约翰逊领取年金的行为形成鲜明对照。第二,约翰·斯图亚特(又名布特伯爵)来自斯图亚特家族。这个家族的天主教背景和独裁统治曾导致社会动荡并引发资产阶级革命,后由汉诺威王朝继任。邱吉尔认为约翰逊从布特首相手中接受年金的行为是在认可这个家族的统治,他把约翰逊比喻为"犹大"可谓一针见血。

"年金"促使查尔斯·邱吉尔从最初对约翰逊的无敌意指涉到敌意攻击,这绝非文人相轻,而是有深层的政治原因。敌意攻击始于1762年,这与政局变化关系密切。

1760年国王乔治三世继位后,在议会中执掌大权的国务大臣威廉·皮特(William Pitt, 1708—1788)被逼卸任。随后,乔治三世在1762年任命他的老师苏格兰贵族布特伯爵为首相,与其合力发展出一批国王党人。政局变化导致文人群体分化为支持布特者和反对布特者两大阵营。1760年圣诞节,斯特恩写信给好友对政局评论道:"我希望你能在这里看一看,自从去年开始,政治理性发生了什么样的变化,这种变化几乎发生在每个人身上和每间咖啡馆中",在不远的将来我们将成为"支持布特的人或是反对布特的人"。(Letter 67)斯特恩的书信表明早在1760年国王乔治三世继位之初,政局格局的分化就已酝酿。1762年布特首相的任命使两种势力之间的对立公开化。"支持布特"与"反对布特"两大阵营之间的对抗,实质上是支持王权与支持议会权力两股势力之间的斗争。

政局变化使文人之间政治立场上的对立也凸显出来。1762年的政治事件发生后,由于阵营不同,邱吉尔等人与先前的朋友,如塞缪尔·约翰逊、小说家托拜厄斯·斯摩莱特等人,公然决裂,并相互攻击。无论是

---

① Charles Churchill, *The Poetical Works*, p. 236.
② Samuel Johnson, *A Dictionary of the English Language*, 1785.

约翰逊领取布特所授予的年金,还是斯摩莱特受雇于布特编写周刊《不列颠人》(Britons,1762—1763)与攻击政府之人进行论辩,都表明他们支持布特。而查尔斯·邱吉尔等人与政治家约翰·威尔克斯交好,威尔克斯是前国务大臣威廉·皮特的追随者,他们都在反对布特的阵营中。此次政治事件后,邱吉尔受威尔克斯所托编写《北不列颠人》(North Britons,1762)与《不列颠人》进行论战。政治立场的不同导致文人群体内部的纠纷。邱吉尔和威尔克斯等人所攻击的都是文化界赫赫有名之人。邱吉尔等人对这些人,尤其是对约翰逊的攻击,表明了荒唐俱乐部作为边缘文化力量与主导文化力量的对抗。因为,他们所攻击之人正走向文化权力的核心,标志性事件就是文学俱乐部的成立。

文学俱乐部成立于1764年,又称约翰逊俱乐部,由约翰逊博士与著名的肖像画家和艺术评论家乔舒亚·雷诺兹爵士(Sir Joshua Reynolds,1723—1792)联合发起。俱乐部成员主要包括埃德蒙·伯克(Edmund Burke,1729—1797)、奥利弗·哥尔德斯密(Oliver Goldsmith,1730—1774)、大卫·加里克(David Garrick,1717—1779)、亚当·斯密(Adam Smith,1723—1790)、爱德华·吉本(Edward Gibbon,1737—1794)以及詹姆斯·鲍斯威尔(James Boswell,1740—1795)等人[1],可以说汇集了文化界几乎所有重要文人,成为"英格兰广受欢迎和最有价值的非正式社团"[2]。18世纪中叶在英国文学史上又称"约翰逊时代",足见约翰逊及文学俱乐部在文坛上的重要影响力。

文学俱乐部的创建标志着文坛主导文化力量的崛起。极具象征意味的是,同样是在1764年,荒唐俱乐部的核心人物查尔斯·邱吉尔与罗伯特·劳埃德相继去世,这标志着荒唐俱乐部的解体。在崛起与解体之间展现了两股文化力量的此消彼长。在两种力量的较量中,不能单纯以

---

[1] 这里主要列举了18世纪中叶的重要文人。实际上文学俱乐部尽管是以作家为主要团体的聚会形式,但其中包括政治、法律、经济、宗教等各个行业中的精英与权威。文学俱乐部成员背景的多元化是由于除了以写作为谋生手段的文人以外,其他行业精英、贵族以及主教们也经常写一些文章,因此对他们的吸纳并不违背俱乐部的文学宗旨。文学俱乐部一直延续到20世纪初,最凸显其主导文化价值的历史时期则是在18世纪中叶。

[2] W. Jackson Bate, *Samuel Johnson*, p. 366.

支持王权或是反对王权来看待他们政治立场的差异,而是应以在政治立场中所体现出来的文化立场来看文人群体间的力量对比关系。约翰逊尽管在支持布特的阵营中,但不能就断定他赞成乔治三世或是布特首相维护王权的政策。他对政府的认可主要源于相对保守的文化立场,或是说他希望维护和谐的社会秩序与稳定的政治局面。

约翰逊曾把布特首相与罗马的奥古斯都大帝进行类比,"奥古斯都对于罗马来说,如果他没有出生的话会更好,或是他永远不会死。对于我们这个民族来说,如果布特伯爵从来没有任职首相的话会更好,或是他没有辞职。"①这说明约翰逊欣赏布特的领导才干,但又为他所引发的政局动荡而感到不安。布特在1762年上任后实施大刀阔斧的改革,因大量任用苏格兰人而不得人心,迫于反对势力的压力在1763年辞职。他引发了政局动荡,却又没有稳压大局,这就是约翰逊的话语所指。②

约翰逊和威尔克斯之间的争执在某种程度上也反映了保守与激进两种文化立场。约翰逊曾将威尔克斯等人在1762年前后抗议苏格兰人布特首相的领导、维护英格兰属性的所谓爱国者行为比作为"错误的警报",认为威尔克斯"出于个人私利而反对政府",这是一种"毫无缘由的不满和煽动性的暴力"。③ 作为回应,威尔克斯在《致塞缪尔·约翰逊书》(1770)中以讽刺语调再次提到年金,"让那些统治者,年金可以激励那些人,/投票将爱国者说成黑的,谄媚者说成白的。"④而约翰逊在1775年所讲的关于爱国者的话,可以说是对威尔克斯的评价,"爱国主义成为

---

① Boswell, *The Life of Johnson*, p. 349.
② 从埃德蒙·伯克的政治思想中,我们也可对约翰逊的保守立场窥见一二。伯克是文学俱乐部的早期成员,与约翰逊交情匪浅。他曾反对乔治三世对美国的殖民地政策并支持美国独立,被认为是王权的反对者。因而在1789年法国大革命爆发之际,民众以为他会支持以民主为目标的大革命。但令人瞠目结舌的是,他在1790年发表了著名的《对法国大革命的反思》一书,批判大革命的暴力激进,并预言这会带来大灾难,呈现出保守主义立场,所保所守的是平稳的社会秩序。这其实与约翰逊有一定的相似性,约翰逊支持政府,并不代表完全认同政府的政策或是维护王权,而是试图建构平稳的社会秩序。
③ Samuel Johnson, *The False Alarm*, p. 316.
④ John Wilkes, *Letter to Samuel Johnson*, preface.

那些恶棍的最后避难所"。① 约翰逊认为威尔克斯以爱国者和自由的名义为了维护私人利益而采用激进方式引发政局动荡,纯属恶棍行为。

荒唐俱乐部成员与约翰逊在道德观上的分歧也表现出他们文化立场的不同。荒唐俱乐部成员崇尚放荡主义(libertinism),在生活上放荡不羁,在文学作品中展现低俗色情。荒唐俱乐部如其名"荒唐"所指,常常与丑闻联系在一起。乔治·科尔曼曾与女仆生下私生子,七年后才与其成婚。查尔斯·邱吉尔公然宣称,"我人生的目的就是享乐,对于那些禁止的人,他们不值得我在意。"②他和约翰·威尔克斯在追欢逐乐方面最为臭名昭著的是在性行为方面的放纵。俱乐部成员荒唐和放纵的游戏态度表现出艺术品格上的低劣。他们的部分作品被视为是对亚历山大·蒲柏讽刺诗歌传统的继承,但艺术光芒与之相比却不可同日而语。威尔克斯曾戏仿蒲柏的著名长诗《人论》(1734)写出《女人论》(1755),这首诗与蒲柏的庄重旨趣相悖。蒲柏在《人论》中论及激情、自爱和理性之间的关系时写道:

> 人性中两个原则占主导;
> 自爱去推动,理性来克制……
> 激情,尽管自私,但它的本意是合理的,
> 在理性的控制下,需要她的照顾;
> 它所传授的,是对高尚目标的追求,
> 提升它,以美德的名义。③

蒲柏认为激情和理性是人类的本性,但人应以理性的自律和美德的名义去控制激情。威尔克斯则颠倒了蒲柏诗中原本的内涵,将激情和自爱置于理性之上,

> 人性中两个原则占主导;

---

① 鲍斯威尔在《约翰逊传记》中提到约翰逊认为威尔克斯方方面面都是一个"恶棍",参见 *Life of Johnson*, p. 307. 转引自 Linda Colley, *Britons*, p. 435。
② 转引自 Bergelton, *The Nonsense Club*, p. 169。
③ Alexander Pope, *An Essay on Man*, p. 40.

> 自爱去推动,理性来克制;
> 自爱,激情的源泉,表现出灵魂,
> 理性也要屈服于它的至高无上的统治。①

他在诗中大谈诱惑、欲望与激情,忽视道德。约翰逊是 18 世纪重要的道德家,他以斯多葛式的禁欲精神来面对人生"幸福"和"欢乐"可望而不可及的状态,正如他在《徒劳的人世愿望》中所表达的,"让我们用神赐的智慧使自己心静如水,/去创造那原本并不存在的幸福。"②约翰逊强调对欲望的节制,而非放纵。这与荒唐俱乐部成员放纵欲望、追欢逐乐的人生态度大相径庭。

从荒唐俱乐部解体与文学俱乐部崛起的历史脉络中,可以看到以约翰逊为代表的政治和文化保守主义占据主导地位。在 18 世纪中叶资本主义发展的关键时期,社会需要稳定而非动荡,稳定就意味着要在政治与文化上建构和谐秩序。而荒唐俱乐部圈子激进的政治立场引发政局动荡,同时他们所采用的讽刺诗文表达方式本身表现出对权威的挑战与攻击,加之他们的讽刺诗增加了蒲柏作品中所不具有的色情内涵,统统表现为秩序破除而非建构倾向,从而与时代发展趋向不合,因而居于边缘位置,并消失在历史的洪流之中。

二、亲近:斯特恩与荒唐俱乐部文人圈子

荒唐俱乐部文人圈子既包括其成员,又包括与其创作意旨相似的文人,如前面提及的查尔斯·邱吉尔和约翰·威尔克斯,另一位则是约翰·霍尔—斯蒂文森(John Hall-Stevenson, 1718—1785)。③ 他们的创作主要以讽刺诗文为主,代表了后奥古斯都时期讽刺文学的发展,尽管大部分作品已沉寂在文学史的某个角落,但他们与斯特恩创作之间的关系,为理解斯特恩作品的独特属性提供了重要参照。对两者之间关系的探讨也可弥补已有对斯特恩和讽刺文学传统之间的关系研究所忽略的

---

① John Wilkes, *An Essay on Woman*, p. 9.
② 译文引自刘意青:《18 世纪英国文学史》,第 131 页。
③ 对于斯蒂文森与威尔克斯的同一阵营,参见 Lodwick Hartley, *Sterne's Eugenius*, p. 430。

一面。

斯特恩与荒唐俱乐部圈子中的主要成员存在社会交往和文学接受关系。从社会交往来看,斯特恩预定了罗伯特·劳埃德 1762 年 3 月出版的《诗集》;在法国巴黎时,斯特恩与约翰·威尔克斯有过交往,威尔克斯在写给查尔斯·邱吉尔的信中谈到:"斯特恩与我经常见面并谈论到你。"(Letter 212)在文学接受上,荒唐俱乐部成员都是与斯特恩同时代的作家,作品又往往发表在《项狄传》第一、二卷出版前后,因而他们对斯特恩的创作风格有所评价和借鉴,表现出相似的文学品味。邱吉尔在讽刺诗《鬼》(*The Ghost*,1760—1762))中率先对《项狄传》的离题(digressive)形式进行赞扬,"我们如此地欣赏斯特恩,/每次离题,似乎徒劳,/却恰如其分地让人快乐,/回味中更是如此……"。① 邱吉尔在叹服斯特恩离题之巧妙的同时,在《鬼》中大量采用离题形式,与斯特恩遥相呼应、惺惺相惜。劳埃德则对《项狄传》中隐晦和影射等特点表达欣赏之情,"就像特里斯舛·项狄,我可以写作/从早晨到中午,从中午至夜晚,/有时隐晦,有时有一点偏离倾斜……"② 同时劳埃德还把《项狄传》和《鬼》两部作品中的离题艺术类比进行赞赏,"或是邱吉尔的《鬼》,或是《项狄传》,/忽而这里,忽而那里,伴随着迅速的前进,/你们如何将离题表现得如此聪明灵巧。"③ 劳埃德和邱吉尔对《项狄传》的欣赏表明他们在创作风格上的相似性,而当时的文学评论也意识到了这种相似性。《每月评论》评论者指出邱吉尔的《鬼》是"一部离题和支离破碎之作……它被定义为韵文《项狄传》的话,不是不合适的",并将其所具有的独特魅力与《项狄传》进行类比,"就像他兄弟斯特恩的不可模仿之作一样,这部杂乱无章之作有很多的道德、巧智和优秀片段,每部分都让人感到愉悦,但却又无从说起我们究竟在阅读什么。"④

俱乐部的核心成员分别对《项狄传》的叙事形式表示欣赏,他们自己的作品也有可能借鉴了它的艺术风格,但这不能简单理解为单向的借鉴

---

① Churchill, *The Poetical Works*, p. 131.
② Robert Lloyd, *The Poetical Works*, p. 83.
③ Ibid., p. 101.
④ 转引自 Bergelton, *The Nonsense Club*, p. 107。

模仿关系。威廉·考珀在《项狄传》出版前所写的作品就已经具有表达的自发性、叙事的离题性、自我意识和反思性以及结局的开放性等特点。[①] 现代仅熟悉《项狄传》的读者往往把其独特的艺术形式归功于斯特恩的独创,这一方面是由于荒唐俱乐部成员的作品没有达到经典的高度,属于非主流文化,后代读者不熟悉他们的作品,无从比较;另一方面大部分斯特恩研究者把他置于小说传统之中评价,因而忽略了他与讽刺诗人在创作风格上的相似性。

斯特恩与荒唐俱乐部文人圈子不仅艺术风格类似,而且政治立场一致。斯特恩在《项狄传》中讽刺布特首相为"苏格兰马无法忍受背上的马鞍"(Vol. 5. 2. 280),布特是苏格兰人,"马鞍"是指首相职位,这句话暗示布特无法胜任首相一职。斯特恩选择了"反对布特"的阵营,但这种选择不是以查尔斯·邱吉尔等人对布特政府口诛笔伐的激进态度表明立场,而是在《项狄传》首末卷中分别向前国务大臣威廉·皮特献词,隐约对其政治生涯之曲折表示同情。

斯特恩与荒唐俱乐部文人圈子在社会交往、艺术风格与政治立场方面表明两者的重要关联,这种关联集中呈现在他与约翰·霍尔—斯蒂文森的交往中。霍尔—斯蒂文森的创作风格,既受斯特恩影响,又受邱吉尔和威尔克斯的政治讽刺文影响,然而斯蒂文森在艺术形式上模仿有余而创新不足,因此与他们作品的艺术品质相比略逊一筹,属于末流之作。但斯蒂文森的文学生涯如影随形般伴随着斯特恩作品的出版过程,对其进行模仿与注释,从侧面烘托出斯特恩与讽刺诗文传统之间的重要关联。

斯特恩与霍尔—斯蒂文森同毕业于剑桥大学耶稣学院,私交甚笃。自《项狄传》第一、二卷出版后,两人保持密切的书信往来,尤其在斯特恩两次法国之行期间,两人之间的 15 封通信构成了斯特恩《通信集》的重要组成部分。信中斯特恩每每以轻松的语言介绍法国之行,尤其提到自己与妻子之间的紧张关系以及健康的每况愈下。斯特恩去世后,霍尔—斯蒂文森推动了斯特恩《布道词》(*The Sermons of Mr. Yorick*)第五、六卷

[①] 转引自 Bergelton, *The Nonsense Club*, p. 119.

的出版,并为其妻女奔走募捐,足见两人交情之深。而两人交往关系比较特殊的地方在于,霍尔—斯蒂文森以尤金尼斯(Eugenius)的人物形象多次出现在《项狄传》之中。尽管这个人物在故事情节发展中没有起到任何实质性的作用,但却表现出斯特恩透过文本与朋友之间的对话,展现了两人的亲密关系。

斯特恩与霍尔—斯蒂文森的作品之间存在互文关系,霍尔—斯蒂文森以斯特恩的模仿者身份出现在文坛之中。18世纪每个成功作家的作品都会吸引大量的三流作家和雇佣文人的粗糙模仿。① 模仿之作在品质上无法再现原作的神髓,却能从侧面烘托出被模仿作家的创作倾向和意图,从而与其形成互文参照关系。尽管这些作品可能会曲解原作,但却也可使其中晦暗不明之处以显见的方式呈现出来。霍尔—斯蒂文森对斯特恩作品的模仿就表现了这样的效果。

《项狄传》第一、二卷在伦敦出版后,斯特恩的出版商多兹利(Dodsley)公司随后出版了霍尔—斯蒂文森的《两首抒情书信体诗文:一首献给我的堂兄项狄,在他来城之际;另一首献给成年女士,****小姐》(1760)。第一首诗仅是借项狄之名,与《项狄传》内容没有丝毫关联;第二首则专注于诱发激情的描绘,与《项狄传》的艺术品格相去甚远。这两首诗的发表开启了斯特恩和霍尔—斯蒂文森在文学旅程中的映衬关系,同时也引发了评论界把二人联系在一起进行批评。

最早批评两人的是著名的文学评论家、格洛斯特主教威廉·沃伯顿(William Warburton,1698—1779)。《项狄传》出版后不久斯特恩即在伦敦文化圈内名气大增,在某种程度上得益于沃伯顿向主教群体的推荐。② 但让沃伯顿没有想到的是这部书一经出版,就出现了大量的模仿、戏仿和续写之作,这些作品的一个共性就是挖掘《项狄传》中写得极为隐

---

① 研究者对文学杂志上发表的斯特恩作品的模仿之作进行统计发现,这些模仿之作的数量甚至超过了塞缪尔·理查逊所引发的模仿之作的数量,但这些作品相对而言都不怎么成功。参见 Robert D. Mayo, *The English Novel in the Magazines*, p. 336。
② 《项狄传》第一、二卷在伦敦出版后,斯特恩借助女演员凯瑟琳·福曼德尔(Catherine Fourmantel)之手写信给大卫·加里克,希望他能向伦敦文化圈推荐这部作品。加里克不负所托将斯特恩引荐给威廉·沃伯顿,而沃伯顿又将《项狄传》推荐给伦敦的主教群体。

匿的诱发色情的元素。其中最重要的模仿者就是霍尔—斯蒂文森。意识到这种情况后,沃伯顿写信给斯特恩指出他最不能忍受的是其不谨慎的朋友霍尔—斯蒂文森的两首诗歌(前文提到的那两首),"无论谁是作者,他都是一个不敬和淫邪的恶魔";"一些人把这两首颂歌归功于你的朋友霍尔;而其他人则归功于你。"(Letter xii)①沃伯顿措辞严厉,内心极为恼怒。从沃伯顿的信中可见,他无法确定这两首诗是否出自斯特恩之手,但它们作品风格与《项狄传》相似,这使他如梦初醒般对斯特恩潜藏的色情倾向产生恐惧,最大的恐惧是他竟然推荐了这样一部作品,颇有助纣为虐之嫌。

威廉·沃伯顿何许人也? 通常人们只知塞缪尔·约翰逊在18世纪中叶文坛霸主的地位,而不知在约翰逊之前沃伯顿实质上是文坛霸主。②他博学多闻,以编撰莎士比亚作品集而闻名,同时他与亚历山大·蒲柏交往密切,蒲柏去世后,他拥有蒲柏的著作版权与编辑权。对于沃伯顿和蒲柏之间的相互推崇和借重,约翰逊认为,"蒲柏使沃伯顿成为有权势的大主教,而沃伯顿则洗去了蒲柏身上的异教性。"③就因为沃伯顿与奥古斯都讽刺诗传统有着密切关联,大卫·加里克向他推荐《项狄传》第一、二卷时,他对作品所具有的讽刺文式的幽默和巧智比较欣赏,因而才向文化圈力荐。而令他始料不及的是斯特恩作品中所隐藏的色情因素会引起轩然大波。

沃伯顿与斯特恩决裂的另一个重要原因就是他的主教身份。沃伯顿在决定推荐斯特恩之时,在写给加里克的回信中大加赞赏斯特恩令人愉快和极具创意,同时他从熟知斯特恩的人口中得知他在道德方面没有任何问题,因而他"感到非常自豪地推荐《项狄传》给我身边的朋友。"(Letter vii)当评论界开始指责《项狄传》第一、二卷中的低俗倾向和模糊的道德意识时,沃伯顿意识到他的大力推荐实质上在给自己的主教身份抹黑。著名的哥特小说家贺拉斯·沃波尔(Horace Walpole,1717—

---

① 正文标示的信件编号均出自 Laurence Sterne, *The Letters*, ed. Melvyn New and Peter de Voogd (Gainesville: University of Florida Press, 2009)。
② 参见 Melvyn New, "Exuberant Wit", p. 245。
③ Boswell, *Life of Johnon*, p. 147.

1797)在 1760 年 4 月写给友人的信中谈到,"沃伯顿大主教推荐给许多主教,并告诉他们斯特恩先生是英国的拉伯雷——而他们还从来没有听说过这样一个作者。"①鉴于评论界对斯特恩道德倾向的质疑,沃伯顿的推荐简直是个丑闻和笑柄。

  在写给斯特恩的信中,他说得非常清楚,他不是不知道三流作家肆意发挥夸大作品中极为微妙的暗示,但他无法忍受的是斯特恩本人和这些三流作家合谋推出诱发情欲意图的作品。这种怀疑有迹可循:第一,这两首诗歌同出版于多兹利公司;第二,斯特恩承认他曾经看过手稿;第三,霍尔—斯蒂文森与斯特恩是好友。权威文学评论期刊《批评评论》(Critical Review)的评论者也指出这两首诗歌所表现出的"怪异、幽默和独创性"使人会觉得这是《项狄传》的作者之作。② 因此,沃伯顿的愤怒和怀疑不无道理。即使斯特恩并不是这两首诗的作者,但有推动它们出版的嫌疑,其中的色情和低俗元素是沃伯顿主教无法接受也不能认可的。实际上,在《项狄传》第一、二卷中,这种元素所占分量微乎其微,而且极为隐晦,但这也暴露了斯特恩创作中所隐藏的某种让评论界无法接受的不道德倾向,对性秽语的使用在《项狄传》第三、四卷大张旗鼓地表现出来。这说明沃伯顿的激烈反应情有可原。

  斯特恩在给沃伯顿的回信中否认他与霍尔—斯蒂文森近年存在密切交往关系,但从斯特恩后期与霍尔通信中,很多情况下使用"我亲爱的堂兄"或是"我亲爱的安东尼"的称呼来看,他心照不宣地认可了霍尔—斯蒂文森的那两首诗歌。霍尔—斯蒂文森的第一首诗以书信体形式,称呼项狄为堂兄,而在落款处则注明为安东尼·项狄。霍尔—斯蒂文森在 1762 年出版了《疯狂故事集》(Crazy Tales)。这部故事集对《项狄传》的某些部分进行评论,其中的一篇故事是"我堂兄的公鸡和公牛的故事",《项狄传》第九卷正是以"公鸡和公牛的故事"为结尾,足见两者之间的重要关联。

  两者的相似性促使评论界始终将斯特恩与霍尔—斯蒂文森放置在一起进行评价,同时对斯特恩作品中隐匿的色情元素揪住不放,从而质

---

① Howes, *The Critical Heritage*, pp. 55-56.
② Hartley, *Sterne's Eugenius*, p. 430.

疑他作为牧师的道德倾向问题。有评论者认为霍尔—斯蒂文森的作品表现的是"对斯特恩的不纯洁的影响"①,更戏称斯蒂文森是斯特恩的"天生的兄弟"②。实际上,这种"不纯洁的影响"反映了斯特恩作品隐蔽的一面。霍尔—斯蒂文森的写作把斯特恩作品中的性暗示以更显见的色情手法公诸于众,言说了斯特恩所不能够或是不敢言说的。洛多威克在探索霍尔—斯蒂文森、邱吉尔和奥古斯都讽刺诗传统之间的关系时认为,讽刺诗传统从蒲柏到邱吉尔和霍尔—斯蒂文森出现了"一个逐渐退化的过程"。③ 斯特恩与这个正在退化的传统有着千丝万缕的联系。

三、疏远:斯特恩和文学俱乐部文人圈子

在18世纪英国小说史中,斯特恩作品的经典地位毋庸置疑,而令人费解的是他与文坛许多名人都有交往,如他曾与戏剧演员大卫·加里克结交并受到威廉·沃伯顿的欣赏和推荐,而且漫画家威廉·贺加斯(William Hogarth, 1697—1764)为《项狄传》画过插图,以及肖像画家乔舒亚·雷诺兹爵士为他画过肖像,但斯特恩却没有与小说家群体建立任何交往关系。彼得·M. 布里格斯(Peter M. Briggs)极具洞见地指出斯特恩"既没有与约翰逊博士正式会见,也没有和塞缪尔·理查逊喝茶,更没有和托厄拜斯·斯摩莱特会谈。"④斯特恩也没有和奥利弗·哥尔德斯密有过交往。这便意味着斯特恩与18世纪中叶的代表小说家群体没有任何社交关系,而这些小说家都属于以约翰逊为核心的文人圈子⑤。

在18世纪中叶斯特恩进入文学场之际,主要小说家除了约翰逊以

---

① Hartley, *Sterne's Eugenius*, p. 430.
② Ibid., p. 36.
③ Hartley, *Sterne's Eugenius*, p. 442.
④ Peter M. Briggs, "Laurence Sterne and Literary Celebrity in 1760," *Laurence Sterne's Tristram Shandy: A Casebook*, ed. Thomas Keymer, p.85.
⑤ 约翰逊的文学俱乐部成立于1764年,但在此之前,从《英语辞典》和《莎士比亚作品集》的编撰出版,到1762年获得政府授予的年金,这一系列的发展都促使以他为核心的文人圈子的形成与确立。因此,对这个文人圈子的考察不仅限于1764年之后的文学俱乐部的成员。俱乐部的主要组织形式是晚间聚餐与谈话,并没有成型的纲领。本文根据研究需要将对文学俱乐部的理解在时间段上限定在18世纪中叶,同时将约翰逊与小说家群体的密切关系来定义文学俱乐部圈子。

外,有理查逊、哥尔德斯密和斯摩莱特。在文学俱乐部正式成立之时,理查逊已经去世,但在 1761 年去世前,根据鲍斯威尔的《约翰逊传记》记载,"约翰逊经常出入理查逊先生的家"①,而且约翰逊对理查逊的作品极为欣赏。他认为理查逊善于表达人物心理,所塑造的人物更接近人性,最关键的是理查逊所塑造的主人公表现出美德意识。② 可见,约翰逊与理查逊关系密切,而且对其创作风格极为认同。哥尔德斯密是约翰逊始终伴随左右的朋友,也是最早的文学俱乐部成员之一,当其陷入债务潦倒之际,约翰逊曾伸出援手。在《约翰逊传记》中有多次对两人对话和交往记载的段落。斯摩莱特不是文学俱乐部的成员,他与约翰逊没有亲密情谊,但曾有往来。在 1759 年 3 月,他曾代约翰逊向约翰·威尔克斯写信请求其帮忙。在信中他写道,尽管他与约翰逊不是至交好友,但"我再次代表文学的密友(the chum of literature)塞缪尔·约翰逊向您请愿"。③ "再次代表"说明他曾经代表过约翰逊与威尔克斯进行沟通。更重要的一点是约翰逊和斯摩莱特的政治立场相似。约翰逊接受政府年金,支持布特政权,而布特于 1762 年曾雇佣斯摩莱特任《不列颠人》主编。同时,他与约翰逊两人在对稳定社会秩序的执着追求上有相似之处。④

  18 世纪中叶的著名小说家群体都与约翰逊有过交往,斯特恩却与他们没有任何私交,而这一文人群体除了斯摩莱特没有对斯特恩及其作品给出任何评价之外,其他人一律对《项狄传》持否定性评价。

  约翰逊共有三次提到斯特恩,分别在与哥尔德斯密、鲍斯威尔和玛丽·蒙克顿(Mary Monckton)的对话中对斯特恩其人、《项狄传》和《情感之旅》给出简短评价。在 1773 年,哥尔德斯密对约翰逊说:"先生,任何人只要有个名字或是具有愉悦他人的能力,那么他就会被伦敦所邀请。我被告知说斯特恩吸引了伦敦文化圈三个月的注意力,"约翰逊则

---

① James Boswell, *Life of Johnson*, p. 46.
② Ibid., p. 189.
③ 从后期威尔克斯的回复中可知他帮了这个忙,参见 John Wilkes, *The Correspondence of the Late John Wilkes, with His Friends*, p. 46。
④ 参见 Tobias Smollett, *Humphry Clinker*, pp. 33-34。

回答说斯特恩是"一个非常平庸无聊(dull)的人。"①而后在1776年与鲍斯威尔的谈话中,约翰逊对《项狄传》给出定论,"任何怪异的东西都不会持久,《项狄传》不会传世。"在1781年与蒙克顿的会面中,蒙克顿向约翰逊提及《情感之旅》情感真挚,打动人心。约翰逊反问道:"为什么,那是因为你是一个笨蛋",但随后在与蒙克顿的另一次会面,蒙克顿向约翰逊提及此事时,约翰逊却又以坦率的态度改口道:"夫人,如果我是那样想的,我无疑不应该那样说。"②约翰逊对斯特恩的评价并不是在其作品出版期间进行的,而且极为简短。从中无法判断他是否认真读过《项狄传》或是《情感之旅》,但在这些作品的出版过程中,周围的人一定向他反复提到过。约翰逊对斯特恩从其人到其作品都持否定评价。

哥尔德斯密和理查逊二人不约而同地对《项狄传》表达出与约翰逊相似的见解,即这部作品仅是一时的哗众取宠之作,不会获得永久的声名。哥尔德斯密在1760年6月《世界公民》中谈到,"那些低级下流和无礼之人,没有人比他们更时髦流行,也没有人能像他们一样拥有如此多的赞赏者……他们仅仅是笨蛋的脑瓜,但却通过合理使用而拥有巧智的名声"。③ 这里"低级下流和无礼之人"指的就是斯特恩。理查逊在1761年所做出的评价比较深入,显示出他对《项狄传》前四卷进行了比较细致的阅读。理查逊首先指出《项狄传》是时髦的产物,第三、四卷在品质上低劣于第一、二卷。他对伦敦的阅读风尚和读者品味十分不满,认为在这个愚蠢的城市,时尚成为阅读的风向标,而《项狄传》正是时尚的产物,"《项狄传》实际上是一本不值得一提的书,几乎没有什么优点,却对作者的回报极大……掌声一轮接着一轮,那些不认同的人反而显得特立独行。"④他预言尽管现在这本书被赞扬,但最后会被谴责,因为它没有内在的优点来阻止它的没落。

从斯特恩与小说家群体之间的关系来看,两者之间既没有社会交

---

① Howes, *The Critical Heritage*, p. 218.
② Ibid.
③ Ibid., pp. 91-92.
④ Howes, *The Critical Heritage*, pp. 128-129.

往,彼此的作品又没有风格上的影响与借鉴,表现为疏离。无论是约翰逊认为《项狄传》"怪异",还是理查逊认为这部作品没有"内在的优点",都在指涉《项狄传》的离题叙事以及无道德教导意图与18世纪小说的线性叙事与道德教导意图明显的基本模式表现出对立的属性,因而多是他们对斯特恩创作风格的否定批评。这种对立可从1790年发表的一篇评论文章中窥知一二。文章作者认为斯特恩与约翰逊几乎具有完全相反的个性和才干,他的独特才华可跟约翰逊相媲美和较量,并与其"争夺文学的帝座",从而打破约翰逊的专制,并推翻他的信条。① 这为两者之间的对立提供了最好的注解。

斯特恩与两个文学俱乐部的协商表明:第一,18世纪中叶主导文化力量发生了重要变化,即讽刺诗文作者居于边缘立场,而小说家们在占据主导立场,一改奥古斯都时期讽刺文学作者一统文坛的局面;第二,从斯特恩在文学场中的立场来看,他与荒唐俱乐部讽刺诗人群体之间更为亲近,而与以约翰逊为核心的小说家圈子无论在政治立场还是在文化立场上都是对立的。同时,荒唐俱乐部文人圈子对《项狄传》的欣赏与肯定以及小说家群体对《项狄传》的否定与排斥也表明,《项狄传》与讽刺诗文的艺术风格更为亲近,而与当时小说的主导范式疏离。

综合上述两点可知,斯特恩处于边缘文化群体的社会立场。但需要注意的是,斯特恩个人在创作风格上与讽刺诗传统有着相似性的同时,也与它保持着一定的距离。首先,斯特恩在政治上并不激进,由于他此前失败的从政经历②,他不想真正介入政治的唇枪舌战之中;其次,尽管斯特恩的作品中存在性指涉,但没有到公然表露的程度。最关键的是斯特恩在《项狄传》创作中采用的是散文而非诗歌的形式,这就为他向小说传统靠近,并与激进的讽刺诗文传统疏离提供了重要表达手段。迫于文坛整体形势的变化,斯特恩逐渐转变风格,这点主要表现在他与文学评论期刊之间的协商过程中。

---

① Howes, *The Critical Heritage*, p. 281.
② 参见本文第三章第一节对此有相关论述。

第三节　斯特恩和文学评论期刊的协商

　　——诸位先生,每月评论家们!——你们怎么能把我的短袄那样又剪又撕?——你们怎么知道你们也会剪我的衬里?
　　我真心实意地把你们和你们的事情托付给那位不愿伤害我们任何一个的神灵去保佑,——愿上帝保佑你们;——只是下个月如果你们哪位要像去年五月(我记得那一月天气非常热)里的一些人那样咬牙切齿地攻击我,泄私愤——那就别生气,如果我又一次脾气好不理会的话,——因为我下定决心只要我活着或者写作(在我的情况下二者是一码事儿),我对那位诚实的绅士说的就永远不会比脱庇叔叔骂那只晚饭时一直绕着他鼻子嗡嗡乱飞的苍蝇时使用的话更难听,表现的愿望更恶毒,——"去,——你这可怜鬼,去,"他说道,"——去你的吧,——我干嘛要伤害你呢?这个世界大的足以容得下你和我。"(164)

　　劳伦斯·斯特恩在《项狄传》第三卷第四章插入了这段与每月评论家们的对话。他戏谑地把自己的作品比作"短袄",将评论者们的批评视为对其作品的"剪撕"行为。每月评论家们是谁?斯特恩为什么与之对话?对话的内容表明了什么?这些问题涉及斯特恩在《项狄传》出版过程中与文学评论期刊的协商。斯特恩与文学评论期刊之间存在特殊的协商关系,这源于《项狄传》的独特出版方式与特殊出版时机。

　　《项狄传》共9卷本,并非一次性出版,而是历经8年分5次连载成书。① 当时代表性的文学评论期刊《每月评论》(Monthly Review,1749—1845)和《批评评论》(Critical Review,1756—1817)对《项狄传》的每次连载均有回应性的评论,累计共发表10篇评论。连载与连载之间至少相隔1年之久,这意味着评论界的意见往往对下次连载的创作基调施加了影响。同时斯特恩也必然清楚评论界的意见,从而在写作过程中有充

---

① 第1次(第一、二卷,1759年12月)、第2次(第三、四卷,1761年1月)和第3次(第五、六卷,1761年12月)连载之间的时间间隔分别是1年左右,第3次和第4次(第七、八卷,1765年1月)连载间隔3年多,第4次和第5次(第九卷,1767年1月)连载则间隔2年的时间。

足的时间调整创作风格。

《项狄传》第一、二卷最初于 1759 年 12 月在约克郡出版,而后于次年 1 月在伦敦出版。拉里夫·格里菲斯(Ralph Griffiths, 1720—1803)在 1749 年创立《每月评论》,也就是说《项狄传》最初出版时,《每月评论》已创立 10 年。尽管《每月评论》创立之初就对新出版的小说进行评论,但在最初的几年中对小说的评论往往止于情节介绍,缺少深入评论。直到托厄拜斯·斯摩莱特(Tobias Smollett)在 1756 年创立《批评评论》后,两本期刊展开激烈竞争,它们对小说的美学评论才出现系统化的倾向——即有意识地以具体的美学原则和标准,如一致性、连贯性、可然率、得体、合理等概念对小说进行评论。这就意味着只有在 1756 年后出版的小说才能得到《每月评论》和《批评评论》的深入评论。而在 18 世纪中叶的经典小说家中,塞缪尔·理查逊以及亨利·菲尔丁的主要小说①都于 1756 年前出版,所以并未经过这两本期刊的同步分析。② 纵观 1756 年后出版的斯特恩同时代的小说家的作品,这两本文学评论期刊也极少有精到、恳切与极为欣赏的分析。这有多种原因,每个小说家的情况也有所不同。约翰逊的《拉瑟勒斯》(1759)一经问世,《每月评论》和《批评评论》分别批评约翰逊为筹措金钱而在半个月内完成的这部小说叙述仓促,而且人物刻画刻板化和道德说教机械化。哥尔德斯密的唯一一部小说《韦克菲尔德的牧师》(1766)出版时评论界反应平平。托拜厄斯·斯摩莱特是一位多产的小说家,共有 8 部小说问世,1756 年后出版了《朗斯洛特·格里夫斯》(1760)、《法国和意大利之行》(1766)、《原子历险记》(1769)和《汉弗莱·克林克》(1771)等四部小说。但由于斯摩莱特是《批评评论》主编,也曾为《每月评论》撰稿,因此这两本期刊对他作品的评论多是浮于表面的赞扬之词,即使是批评之语,也决不深入辛辣。斯特恩创作

---

① 理查逊的几部小说包括《帕梅拉》(1740—1741)、《克拉丽莎》(1747—1748)《查尔斯·葛兰底森爵士》(1753);亨利·菲尔丁的三部小说包括《约瑟夫·安德鲁传》(1743)《弃儿汤姆·琼斯的历史》(1749)以及《阿米莉亚》(1751)。
② 这两个小说家的经典地位是不容置疑的,因为在文学评论期刊在对 18 世纪后半叶最新出版的小说评论时往往以他们小说的美学特点为依据进行评论。这就说明他们的美学思想经过沉淀已成为小说创作的基本准则。

期间,菲尔丁去世,理查逊封笔,与斯特恩在文坛一较长短的小说家们主要有约翰逊、哥尔德斯密和斯摩莱特。但这几位小说家的作品并没有《项狄传》第一、二卷问世时所产生的轰动效应,所引发的关注和争议也远远不及《项狄传》。斯特恩仅仅凭借第一部作品的前两卷就一跃成为文坛的名人,这是比较罕见的现象。而《项狄传》不仅经历了热议,而且经历了争议阶段,因而《项狄传》在连载过程中始终吸引着两本评论期刊的注意力。这是其他小说家们所无法比拟的一种情况。另外需注意的是,斯特恩不属于当时著名小说家群体中的一员,也便不在主导文化力量圈子之内,而且他与两本文学评论期刊的主编或是编辑没有任何私人交往关系,因此文学期刊对他作品的评价,相较对其他小说家的评论来说也便更为客观。

《项狄传》的跨年出版方式以及出版时机促成了斯特恩借助文本与文学评论期刊之间进行协商的独特风格。

一、协商基础:文学评论期刊的双重功能

18世纪是英国出版文化繁荣的历史时期,各种各样的文学性期刊杂志应运而生。许多文人都办过杂志或是任杂志的主编,例如,约瑟夫·埃迪森(Joseph Addison,1762—1719)和理查逊·斯蒂尔(Richard Steele,1672—1729)创办了《旁观者》(1711—1712)、塞缪尔·约翰逊创办了《漫游者》(1750—1752)以及托拜厄斯·斯摩莱特主编《不列颠人》(1762)等等。各种各样的政治性、娱乐性和文学性的杂志不胜枚举。在18世纪中叶出现了两本非常重要的文学评论期刊:《每月评论》和《批评评论》。这两本期刊对最新出版的文学作品进行深入系统地评论,发行年限都超过了半个世纪之久,具有较强的文化影响力。

《每月评论》和《批评评论》的文化影响力主要源于其美学鉴赏和恩主功能。

这两种功能可通过18世纪女性小说家弗朗西斯·伯尼(Francis Burney,1752—1840)的例子展示一二。伯尼在首部小说《埃维莉娜》(1778)的正文前向《每月评论》和《批评评论》的评论者致辞。她谦恭恳切地表明自己既没名气又没推荐人,只能求助于两本评论期刊的评论者

做她的恩主,因为他们是"所有文学行为的监查员(inspector)",恳请他们以公正无私的态度评价她的作品。① 而后,在前言部分,伯尼又与评论者进行对话,表明追求独创性的决心和声名获取的意愿。

那么,评论者、独创性和声名之间有什么关系呢?约翰逊在《漫游者》中谈到人类获取声名的目的是"使他人钦羡,使后代景仰和崇敬。"② 这表明声名是指出名和青史留名。劳伦斯·斯特恩在写给友人的信中谈道,"我写作不是为了生存,而是为了出名。"(Letter 45)这句话戏谑地改写了18早期的桂冠诗人、剧作家和小说家科利·赛博(Colley Cibber, 1671—1757)一句话,"我写作不是为了出名,而是为了生存。"③两句话的对比表明18世纪的文人写作有两个基本目的:一是获取金钱以供生存;二是获取声名(fame)使后世敬仰。从赛博到斯特恩写作目的的变化也反映出小说家的创作从18世纪早期以生存为目标过渡到18世纪中叶以声名获取为目标。对此,爱德华·杨(Edward Young, 1681—1765)认为独创性是人类声名的源泉,鼓励作家在创作中独创而非模仿,不可失去流芳百世的机会。④ 以杨的美学思想为比照,我们才会理解为什么18世纪小说家们会长篇累牍地向读者解释他们的独创性。对于他们来说,写作是生存层面的需求,更是一种美学实践。⑤ 菲尔丁在《约瑟夫·安德鲁斯》前言部分认为自己在尝试一种新的写作方式,即散文体滑稽史诗;理查逊也认为自己发现并实践了一种新的写作方式,他以书信体形式创作,并在文本中使用即时写作方式;斯特恩更是认为《项狄传》打

---

① Frances Burney, *Evelina*, pp. 4-5.
② Samuel Johnson, *The Rambler*, vol 2, p. 173.
③ 当时文学界普遍认为科利·赛博在政治上的机会主义使他获得桂冠诗人的职位。对此,蒲柏在《愚人志》中对他进行讽刺。赛博以"赛博先生致蒲柏先生的一封信"进行回应并在其中指明,"我写作不是为了出名,而是为了生存"。参见 Colley Cibber, *A Letter from Mr. Cibber to Mr. Pope*, p. 9.
④ Edward Young, *Conjectures on Original Composition*, p. 16.
⑤ 形成这种情况的一个重要原因是,这些小说家们最根本的谋生手段不是写小说。菲尔丁曾是伦敦的行政官,理查逊有自己的印刷厂,斯特恩是牧师,他们有稳定的收入和生活来源,这也是他们能够以超脱的眼光看待创作的一个重要原因。因此,斯特恩才能够向那些误解他的读者宣布他并非以哗众取宠之作来卖文为生,而是有着更崇高的艺术目的,即获取声名。

破一切规则,而在《情感之旅》中,他尝试以"情感"为内容的新的游记形式。这些都表明了小说家们借助文本的创新性而获取声名的意识。通过约翰逊和杨对"声名"的思考可知,小说家们声名获取的最有效的方式就是借助作品的独创性。

那么,又由谁来确认作品的独创性?如果把伯尼的致辞和前言融合思考会发现,文学评论期刊决定着作品是否具有独创性,这关乎作者能否获取声名。文学评论期刊的认可决定作者声名的获取,这其实包含了美学与文化两个层面的内涵:从美学层面来看,文学评论期刊具有鉴赏功能,确立美学标准并采用所确立的标准对作品的独创性进行评价;从文化层面来看,文学评论期刊具有恩主功能,具体表现为法国文化社会学家皮埃尔·布迪厄所论及的象征权力[①]的实施。

尽管文坛有多种文学杂志,但真正系统深入地对最新出版的小说进行评论的最具权威的杂志是《每月评论》和《批评评论》。18世纪的英国主要有三种形式的文学批评与小说评论相关。(一)传统文学批评。这部分文献主要是著名的美学评论家对某一美学概念进行思考论述。这类文学批评往往就概念本身进行美学维度的探索,极少落实到具体的小说分析之中。(二)具体的小说评论。这类评论是对小说创作探讨最多的评论方式,主要由小说家们完成。他们往往在作品前言部分以创作者的身份探讨小说形式,目的是突出自己的创作原则。(三)文学评论期刊的评论。此类评论以《每月评论》和《批评评论》为代表,它们通常会参考上述两种形式的文学批评所产生的美学概念,对最新出版的小说进行评论,因而,相比上述两种形式的文学批评而言,具有更为直接的影响力。这是因为评论者们是以专业的评论家而非小说家或美学家的身份对小说文类进行思索。而且,他们对最新出版的小说进行评论,表现出对作品的同步接受,因此指向性与引导性更为明确。这就使文学评论期刊成为小说文类美学标准系统化的关键中介。对此,有研究者指出18世纪中叶文学评论期刊的兴起,尤其是《每月评论》与《批评评论》的出现,对小说文类的发展具有重要价值。主要表现为:它们集中对小说进

---

① 象征权力是一种话语权力,主要表现在实施与制造关于艺术作品价值评断的合法性话语。这一概念细化了福柯的权力话语思想,把象征权力所制造出来的批评话语限于文学场域内部。

行评论,提升了小说在文类等级结构中的地位;评论者们对小说的评价深入、具体与系统,他们有意识地采用一致性、连贯性、可然律、得体、合理等具体的美学原则对小说作品进行评论,而在菲尔丁和理查逊的小说形式成为典范后,又以他们小说的特质为依据进行评价。① 可见,文学评论期刊促成了小说文类标准的确立。也正因文学评论期刊与小说文类发展的密切关系,小说家们才会如此重视文学评论期刊对自身独创性的认可,这是声名获取的一个关键。约翰·格罗斯(John Cross)认为直至1802年《爱丁堡评论》(*Edinburgh Review*, 1802-1929)的诞生才标志着文学评论体制化的形成,文学期刊才决定着作家声名的起伏。②但实际上早在18世纪中叶,《每月评论》和《批评评论》就已经表现出对作家声名获取的影响。

声名获取,不仅包含作者希望作品的独创性得到美学方面的承认,而且包含了作者获取文化资本的意向,这就涉及文学评论期刊的恩主功能。弗朗西斯·伯尼将《每月评论》和《批评评论》视为恩主并非个体行为。斯摩莱特对《批评评论》的定位就是"为公共品味的形成出力,成为天才和科学最好的恩主。"③那么,如何理解文学评论期刊的恩主作用?

恩主(patron)在约翰逊《英语词典》(1755)中的定义是"帮助者和支持者"。从根本上来说,恩主是指作者创作经济上的支持者。这就意味着所有能够提供经济资助的人都可被视为恩主。18世纪的恩主形式多种多样,主要有下列几种:政府提供资助、贵族或乡绅资助、订阅(subscription)和出版补贴。④其中订阅形式的恩主是比较流行的一种形式。它是指出版商为了确保作品在出版前就有一定的购买群体以降低风险,要求这一读者群体提前订阅,这些订阅者可称得上作者的恩主。斯特恩的《布道词》第三、四卷出版时就有800多个订阅者。作者—订阅者式恩主关系标志着恩主制度的重要转变,由文艺复兴以来的贵族和作者一一对应的恩主关系,转化为作者与购买者对应的恩主关系。这就意

---

① Robert D. Mayo, *The English Novel in the Magazines 1740-1815*, pp. 191-194.
② John Cross, *The Rise and Fall of the Man of Letters*, pp. 2-3.
③ Frank Donoghue, *The Fame Machine*, p. 143.
④ Paul J. Korshin, "Types of Eighteenth-Century Literary Patronage", pp. 453-473.

味着作者的经济收入主要来源于读者购买市场。虽然斯特恩在《项狄传》第一、二卷和第九卷中,分别向首相威廉·皮特(William Pitt)献词。但他极其自信地表明,并未期图以此结交权贵,更是明确指出此书并不需要皮特的保护,他相信它会"自立自强"。斯特恩的自信独立姿态说明,读者市场才是他经济收入的主要来源,而不是个别的贵族权贵。这进一步说明能够促使读者购买其书的机构或是个人皆可被称为恩主。这就为理解文学评论期刊的特殊恩主作用提供了具体背景。从根本上讲,具有购买能力的读者才是作者的恩主,但读者大众既是有形的恩主,又是无形的恩主。例如,出现在订阅名单上的是有迹可循的恩主,而未出现在订阅名单上的读者则是无形的恩主。文学评论期刊作为恩主作用的特殊性在于,它是作者创作与读者购买关系产生的重要中介,读者如何在大量的出版物中进行选择性的购买与阅读,而作者又如何了解读者的品味需求,这就需要借助文学评论期刊这个中介。尽管文学评论期刊并没有实施真正的购买行为以增加作者的经济收入,但评论者对作品的价值判断起到了推荐作用,从而增加了读者购买行为产生的机率。《每月评论》最初创办的用意就是"服务于那些想要购买并阅读的读者,让他们在购买之前对某本书有一个大致的概念。"[1]需要注意的是,文学评论期刊恩主作用的实施有其特殊性,它所增加的是作品的文化资本,因为文学批评"综合了广告和价值判断的功能"[2]。广告直接作用于读者的购买,而价值判断则决定出版商能够给作者多少版权费。评论者绝不仅仅是向读者宣传某一作家的作品而让读者购买,而是在这个过程中包含了对作品美学价值的认可。这时文学评论期刊所行使的就是象征权力,所增加的则是作品的文化资本,这也是小说家们极为看重期刊评论的另一重要原因。

斯特恩通过文学评论期刊的认可而获得文化资本,就是一个典型的例子。他最初向罗伯特·多兹利(Robert Dodsley)推荐《项狄传》第一卷时,仅要求50英镑的版权费,多兹利却拒绝了。《项狄传》第一、二卷在约克郡销售后,市场和文学评论反应好,这两卷的版权卖到了250英镑,

---

[1] Frank Donoghue, *The Fame Machine*, p. 23.
[2] James T. Boulton, *Johnson: The Critical Heritage*, p. 15.

而多兹利出版公司又花费650英镑购买《项狄传》第三、四卷的版权。可见文学作品的价格浮动空间非常大，这种浮动取决于文学作品被认定为艺术品还是普通的消费品。只有当其被确认为艺术品时，才具有艺术价值。相应的，作者所获得的就是超出普通消费品价值之上的文化资本。

这就可以回答本文开头部分所提出的问题，斯特恩提到的"每月评论家们"就是《每月评论》的评论者。斯特恩与之对话的目的，与伯尼类似，就是试图通过作品的独创性获取文学评论期刊对其声名的认可。文学评论期刊的美学鉴赏与恩功能构成了斯特恩与文学评论期刊协商关系产生的重要基础。

二、协商过程：斯特恩与《每月评论》

18世纪的文学评论期刊以《每月评论》和《批评评论》为首。在《项狄传》的出版过程中，相比《批评评论》，《每月评论》的批评与赏析更为深入，与斯特恩创作之间的互动也更为明显，对他的风格变化起着极为重要的引导作用。《项狄传》的首篇评论便是由《每月评论》的编辑威廉·肯里克（William Kenrick, 1725—1779）撰写的，他极为肯定地表示《项狄传》的独创性超越了当时文坛所有的小说家，这奠定了赞扬基调。而《批评评论》的首篇评论则平淡得多，虽肯定了《项狄传》在幽默和人物刻画方面的独到之处，但却着力指出其叙事上的散漫离题，并没有肯里克评论中的热情。《每月评论》不仅最早盛赞《项狄传》第一、二卷，而且在这部作品的出版过程中不断地进行深入评论。尽管后期评论激烈批评了《项狄传》的第2、3次连载，但在评论中把所遵循的原则以及判断的理由，解释得清楚透彻，极具洞察力。对《项狄传》第4、5次连载以及对《情感之旅》进行评论的文章均出自《每月评论》的主编格里菲斯之手。这三篇评论篇幅极长，在对《项狄传》的得失进行评论之余，情真意切地表现出对其优势的认同以及对斯特恩创作所寄予的殷切期望。与《批评评论》蜻蜓点水式的批评相比，《每月评论》对斯特恩的小说极感兴趣，评论也中肯深入，两者存在极为明显的对话关系。对两者对话关系的探索是理解斯特恩与文学评论期刊协商过程的关键。

斯特恩与《每月评论》之间的互动分为两个阶段：第一阶段围绕《项

狄传》的再现内容;第二阶段则围绕《项狄传》的再现方式。

首先,让我们回到本文开头部分所引用的斯特恩与每月评论家们的对话。对话的目的是回应《每月评论》的评论者的批评指责。斯特恩提及 1760 年 5 月,一些气得咬牙切齿的评论者攻击他以泄私愤。这是指斯特恩在《项狄传》首次连载大获成功后,趁热打铁以其中的人物约里克牧师的名义,出版了《约里克先生的布道词》(The Sermons of Mr. Yorick, 1760)。这在伦敦文化圈内引起轩然大波,主要原因是斯特恩以莎士比亚戏剧《哈姆雷特》中小丑约里克的名字来命名牧师的布道词。评论者认为这是对宗教的玷污与嘲笑,而斯特恩本人牧师身份的暴露更加剧了评论界的愤怒。对此,《每月评论》的欧文·拉夫海德(Owen Ruffhead)和威廉·罗斯(William Ross)发表评论:"这是基督教成立以来对理性与正派最为严重的暴行,这种骇人听闻即使在异教时代也让人无法忍受。"①对应他们的批评,斯特恩借助《项狄传》中叙述者之口把评论者比作苍蝇,并劝说道:"去你的吧,——我干嘛要伤害你呢?这世界大得足以容得下你和我。"(164)这段对话开启了两者文本内与外之间的对话关系。文本内是指斯特恩在作品中插入对话,或转变作品风格对评论者的评论所做的回应;而文本外则是评论者所发表的评论。

针对《每月评论》的评论进行调笑式的回击后,斯特恩又在此卷(第三卷)第二十章中插入"作者前言",郑重其事地对"反项狄的"评论者的质疑进行回应。评论界认为《项狄传》有巧智(wit)而无判断(judgment),这实质是认为其巧智中没有任何道德教导意图。斯特恩则回应为自己的巧智与判断相辅相成,是评论者缺少判断力,才没有从他的巧智中读到教导。针对评论界认为他大胆的文风是在有意亵渎他的牧师身份,斯特恩回应道:"至于神职人员嘛——不——如果我说一句反对他们的话,我就应吃枪子儿。——我没有这个意愿,——再说,如果我有,——为了我的灵魂,我也不敢碰这个话题。"(203)斯特恩此次回应的实质是在对自己并非有意违反道德原则的辩解。

此时,斯特恩对评论界的批评表现为不屑与愤怒,因此在这次连载

---

① Allan Howes, *The Critical Heritage*, p. 77.

中,以滑稽夸张的笔法在文本中插入了长达10页的以圣父、圣子、圣灵的名义进行诅咒的文字,同时在"什牢坑驳鸠的故事"中采用了性暗示这一极为明显的叙事方式。这种僭越行为触怒了整个评论界。《每月评论》在《项狄传》第三、四卷出版后,马上针对斯特恩在第三卷中插入的与"每月评论家们"的对话进行回应,"非常正确,项狄先生!这个世界的确足够容得下你和我。然而即使它十倍宽于这个距离,但当我们偏离谨慎的道路时,我们在行走时也不应该不被打扰。"①拉夫海德对这次连载发表了极具见地的评论,并对之前在1760年1月发表的对《项狄传》第一、二卷表达欣赏之意的首篇评论进行反思。他指出当初并没有料想到这本书会如此受欢迎,更没料到它出自牧师之手,并解释把作家本人身份与作品放在一起进行评价的道理:

> 在某种程度上,文学评论者在检视书籍的时候,不应该考虑作者本身的因素,这是文学评论的责任。但并非没有例外,尤其对于一个有明确身份并受公众瞩目的作家。这时,我们的责任就包含了要谴责明目张胆的不合规矩的人……简而言之,有一种能力是谨慎,而任何有理性的人都不会不尊重这点。而你牧师约里克先生,别称特里斯舛·项狄,已经竭尽全力地使其不再风行了。②

这篇评论篇幅较长,语言恳切。拉夫海德指出尽管文学评论者应该遵循客观原则,但却又不得不考虑作者的身份,尤其是一位受公众瞩目的作家。这说明他们在评论中考虑到作者的公众影响力,以及这种影响力所能带来的后果。他具体指出《项狄传》第三、四卷中"什牢坑驳鸠的故事"中的猥亵让人无法忍受。针对斯特恩对巧智与判断的辩驳,评论者再次指出,"如果真正具有巧智,就不会借助猥亵带给人愉悦。"③如果说评论界对《项狄传》第一、二卷是毁誉参半的评价,那么对第三、四卷则是众口一词的指责。指责的关键是《项狄传》的再现内容违反了小说文类再现的道德原则。

---

① Howes, *The Critical Heritage*, p. 123.
② Ibid., p. 120.
③ Ibid.

在着手准备第 3 次连载时,论及第五卷的创作意图,斯特恩向其友人谈到:"我一点都不在意批评家们的咒骂。"(Letter 72)虽如此说,他却在这次连载中调整了创作风格,这与评论界对第三、四卷极端愤怒的批评有很大关系。斯特恩在第三、四卷中有意与评论界对抗,而在第五、六卷中则做出适度妥协,减少了幽默风格的大胆下流元素,增加了诱发同情的场景描写:第五卷博比少爷死亡这一事件中,斯特恩对脱庇叔叔与特灵两人的情感描写真挚感人;第六卷中,叔叔以慈爱之心救济勒菲弗父子的故事成为他作品中最为打动人心的故事之一。这种对情感细腻之处的描摹深入读者之心,最关键的是同情场景中所表现的慈爱与善良具有深层的道德内涵,它不仅调动了读者的深层道德体验,而且打动了评论者。第五、六卷出版后,评论界注意到《项狄传》创作风格的调整,这开启了斯特恩与《每月评论》之间协商的第二阶段。

《每月评论》的约翰·兰霍恩(John Langhorne)认为《项狄传》第五、六卷已经远离了拉伯雷式的下流,并指出斯特恩的优势是"同情方式(pathetic)而非幽默方式(humorous)。"[①]《批评评论》的评论者也觉察出斯特恩在人物刻画方面所表现出的新风格,"我们的作者已将拉伯雷排除在视野之外,而将目光投向了更为本真的人性。"[②]无论是《每月评论》还是《批评评论》都排斥《项狄传》中拉伯雷式的幽默方式,却对其中所展现的同情方式表示欣赏。那么这两种再现方式的实质是什么?

《批评评论》曾发表评论界定斯特恩幽默风格所属的类别与实质。幽默分为或庄重或愉快的幽默、或文雅或低等的幽默、或自然或放肆的幽默,最后一种则是怪诞打诨。斯特恩的幽默属于最后一类,这一类主要由卢西恩(Lucian of Samosata, 120—180)和拉伯雷(Francois Rabelais, 1495—1553)使用。的确,《项狄传》中"什牢坑驳鸠的故事"中对鼻子荒诞并隐含色情意味的叙事,显而易见地继承了拉伯雷式的幽默风格。如果斯特恩与拉伯雷属于同一文学传统,那么就意味着评论界所指出的"幽默的方式"就是讽刺文的方式,而这就涉及到讽刺文与小说文类之间的关系。

---

① Howes, *The Critical Heritage*, p. 141.
② Ibid., p. 140.

讽刺文和小说之间很难区分，难点在于两者之间存在交叉。从欧洲小说史来看，拉伯雷的《巨人传》(1532—1552)、塞万提斯(Miguel de Cervantes, 1547—1616)的《堂吉诃德》(1605—1615)、斯威夫特的《格列佛游记》(1726)等讽刺文作品都被看作为小说，就是从英国小说史来看，《格列佛游记》与斯特恩、菲尔丁等人的作品也同被看作是小说。这两种划分方式掩盖了讽刺文与小说之间的区别。对此，查尔斯·A.奈特(Charles A. Knight)指出讽刺文与小说的确有所重叠，但重叠内部存在区分。他把对18世纪英国的散文体虚构叙事产生影响的讽刺文区分为两种传统：卢西恩式(Lucian)和堂吉诃德式(Quixotic)。与前者同一传统的，如拉伯雷的和斯威夫特的作品就是讽刺文，而与后者同一传统的，如菲尔丁的作品就是小说。① 这样看来，评论界所否定的《项狄传》中的

---

① 具体说来，奈特认为卢西恩式讽刺文主要包含伊拉斯谟斯、拉伯雷、斯威夫特、斯特恩、德尼·狄德罗(Denis Diderot, 1713—1784)、萨尔曼·拉什迪和米兰·昆德拉等人的作品，而堂吉诃德式讽刺文则包括菲尔丁、斯摩莱特、威廉·梅克比斯·萨克雷和查尔斯·狄更斯(Charles Dickens, 1812—1870)等人的作品。这就意味拉伯雷、斯威夫特以及斯特恩的作品是讽刺文，而菲尔丁、斯摩莱特的作品则是小说。奈特对讽刺文和小说的区分是本研究的重要参考。但任何归类和区分所面对的都是一大群作家，而当具体到某一位作家或某一特定作品时，这种归类和区分往往无法将其完全限定在所界定的范畴内，尤其是对于《项狄传》这样一部被认为是最难归类的作品。如果按照查尔斯·A.奈特的定性，那么斯特恩的作品，尤其是《项狄传》的文类就是讽刺文而非小说。但《项狄传》不仅具有拉伯雷—斯威夫特小说式讽刺文的特征，而且融合了塞万提斯讽刺文式的小说传统，如脱庇叔叔和特灵的主仆形象明显带有堂吉诃德和潘沙主仆二人的影子。同时，奈特指出小说对讽刺文的吸纳，但究竟是如何吸纳的，则没有深入触及。尽管奈特对斯特恩作品讽刺文的定性有些片面，但他对讽刺文和小说的区分以及两者之间的吸纳关系的思考为本文的研究提供了重要基础，本文将在他的研究基础上对斯特恩作品文类属性以及小说对讽刺文的吸纳进一步深化研究。

已有对讽刺文和小说文类之间关系进行梳理的文类理论极少。这种情况产生的原因有两点：第一，理论家们往往从整个欧洲小说史的角度来看讽刺文与小说之间的关系，忽略两者在英国小说早期发展史上的独特性，因而讽刺文往往被纳入到小说文类范畴之下。例如，M.M.巴赫金(M.M.Bakhtin, 1895—1975)并没有严格区分讽刺文和小说，他认为拉伯雷的《巨人传》是小说，而它的狂欢化属性也被泛化为小说的重要属性之一。但拉伯雷式的小说与其它类型的小说之间的区分仍然是不清楚的。第二，即使有研究者将两者放置到英国小说兴起的那一历史语境中进行思考，也往往忽略讽刺文内部两种传统之间的差异。罗纳德·保尔森在《讽刺文和小说在18世纪的英国》(1967)一书探索了18世纪中叶英国小说形成过程中对塞万提斯讽刺文传统的融合，但并未论及18世纪上半叶的奥古斯都讽刺文与小说文类之间的关系，因而并未真正对讽刺文与小说进行区分。

"幽默的方式"就是讽刺文文类的特性,那么,"同情的方式"又是指什么?

《项狄传》第七、八卷出版后,《每月评论》的主编拉尔夫·格里菲斯再次对其中"同情"(pathetic)场景描绘中的细腻文雅表示欣赏,认为即使是理查逊本人也没能"制造出与脱庇叔叔和沃德曼夫人之间的恋爱故事相媲美的作品。"① 18 世纪著名小说家理查逊以对女性心理情感的精微之处的把握而著称。格里菲斯借助他的作品风格来评价《项狄传》中同情表达方式运用的精妙,可见,"同情方式"即是小说方式。而且,细读《项狄传》会发现,几乎所有"同情方式"的运用都与脱庇叔叔和特灵上尉有关,这种主仆历险的叙事方式继承了堂吉诃德式的小说风格。最关键的是同情方式(pathetic)中所具有的道德情感内涵与 18 世纪情感主义小说传统有极大的渊源。因而可以确定,"同情方式"指的就是小说文类的再现方式之一。

斯特恩借助《项狄传》与《每月评论》的协商过程可见,最初评论者把《项狄传》界定为小说文类,随之在连载的过程中发现,《项狄传》再现内容违反了 18 世纪英国小说最重要的"道德"规约,继而发现这种违反是由于《项狄传》中具有拉伯雷式的讽刺文属性,于是无论是对再现内容还是对再现方式都进行了批评指责。与此同时,评论者鼓励并引导斯特恩减少"幽默方式"的运用,而增加"同情方式"的运用。斯特恩也逐渐在后期卷本的连载中增加小说属性,减少讽刺文属性,最终顺应了小说文类的"道德"规约。两者的协商展现出从对抗到共识的过程。

三、协商实质:社会文化语境的变迁

文学评论期刊的引导是《项狄传》小说属性形成的重要推动。从表层看文学评论期刊所具有的美学鉴赏与象征权力,促使斯特恩逐渐在《项狄传》中融入小说元素,但为什么文学评论期刊最初把《项狄传》定位为小说,最终又引导斯特恩融入英国小说传统? 这与 18 世纪中叶讽刺文衰落,小说兴起的历史文化语境有关。

---

① Howes, *The Critical Heritage*, pp. 166-167.

18世纪上半叶特别出产讽刺文,其中极具代表性的是继承了拉伯雷传统的斯威夫特的作品。《木桶的故事》(1704)、《格列佛游记》(1726)以及《一个小小的建议》(1729)分别对政治的腐败鄙陋、宗教的虚伪恶习以及英国对爱尔兰的殖民政策进行辛辣讽刺。此时,讽刺文集中对社会种种不公和阴暗进行批判与揭露。这与18世纪资本主义制度早期发展阶段英国的政治、经济以及社会不稳定有着重要的关联。这也是为什么讽刺文直至1750年都是统治文坛的主导表达方式,究其原因是对当时复杂多变社会的一种批判。①

但在18世纪中晚期,拉伯雷式的讽刺文已不再适应时代发展的要求。这不仅可从《每月评论》与《批评评论》对《项狄传》中讽刺文方式的质疑与否定中可探查,而且可从其他评论者对此的反应中有所了解。早在1760年6月,《劳埃德晚报》(Lloyd's Evening Post)的评论者就已经指出当时的社会"不是一个巧智和幽默的时代。武装和军事成就吸引了公众的一部分注意力,而欢乐和奢侈占据了另一半头脑。"②法国作家查尔斯·诺第埃(Charles Nodier,1780—1844)在1830年也曾比较拉伯雷与斯特恩所处时代的不同。他认为斯特恩生活在腐朽社会已经坍塌但新社会尚未建立的时代,正处于"一个死亡时代的最后阶段",而拉伯雷则生活在一个新社会萌生的躁动时期,因此,"拉伯雷的时代更为荒谬,而斯特恩时代则更为悲哀"。③这些评论者们都意识到拉伯雷荒诞的讽刺文方式并不适合于斯特恩的时代。

18世纪中叶讽刺文衰落而小说文类兴起,已成文学史定论。但在这一兴衰过程中两者之间有什么样的联系呢?从文学评论期刊对《项狄传》讽刺文方式的否定和对小说方式的鼓励,以及《项狄传》在连载过程中文类属性的变化来看,小说文类在吸纳和替代讽刺文。查尔斯·奈特认为这是由于相比讽刺文,"小说再现和评价周围世界具有优越性。"④但究竟这种优越性体现在哪方面?实质上,文学评论期刊对斯特恩幽默

---

① 黄梅:《推敲"自我"》,第99页。
② Howes, *The Critical Heritage*, p. 85.
③ Ibid., pp. 419—420.
④ Charles A. Knight, *The Literature of Satire*, p. 227.

方式的否定就说明讽刺文与小说之间存在一个根本差异。《批评评论》认为《项狄传》中幽默的不合法度与常理,是由于其继承了卢西恩与拉伯雷传统,而这两位作家"在写作中或是完全抛弃人性,或是将其再现为扭曲的状态。而且两者的作品中似乎没有任何道德意图,除非搞笑的设计本身被看作是道德目的。"①可见评论界不认同斯特恩所采用的幽默形式,根本原因在于这一传统在表述幽默时没有任何道德教导意图,这就是讽刺文与小说的差异所在。

18世纪的小说家们往往开宗明义指出其作品的道德教导意图。丹尼尔·笛福(Daniel Defoe,1660—1731)在《鲁滨逊漂流记》(1719)中提出:"此书是以谦逊严肃的态度并运用宗教自省来分析具体事件,以此来教导他人,从而证明并尊敬上帝智慧的无所不在。"②理查逊创作《帕梅拉》(1740)的目的是在休闲娱乐之余,以愉悦方式灌输美德的观念,以此教导并提高男女青年的智慧。③菲尔丁更是保证《汤姆·琼斯》(1749)不会持有"任何对宗教与美德事业的偏见,也不会违背最严格的体面原则,更不会亵渎最贞洁的眼睛。"④可见,道德教导意图是18世纪英国小说的一项重要规约,《项狄传》的幽默方式恰恰违反了这一规约。

其实,拉伯雷、斯威夫特和斯特恩,都具有牧师身份。从这点来看,他们本身不可能不具备道德意识。评论界对斯特恩缺乏道德意识的批评应从社会维度而非个人修养角度来理解。从社会维度上讲,道德所体现的是对秩序的尊重与构建。小说家们在作品中表现出这一点,而斯特恩及其所承袭的讽刺文传统中深层的怀疑主义,恰恰表现出对"秩序"的颠覆与质疑。这种怀疑主义不利于社会稳定秩序的建构。正如约翰逊所言,怀疑主义增加了世界的疑惑,"弱化了道德责任的义务,并消除了善与恶之间的界限",从而制造了不确定性。⑤这正是文学评论期刊认为《项狄传》的"幽默方式"没有表现道德倾向的主要原因。

---

① Howes, *The Critical Heritage*, p. 125.
② Daniel Defoe, *Robinson Crusoe*, p. 25.
③ Samuel Richardson, *Pamela*, p. 31.
④ Henry Fielding, *Tom Jones*, p. 7.
⑤ Samuel Johnson, *The Ramblers Vol. IV*, pp. 133-134.

讽刺文表现的是对失序的社会进行批判与质疑,而小说则通过"道德"以秩序建构的方式应对社会的种种混乱。这从侧面反映出为什么小说会在18世纪中叶兴起,而奥古斯都讽刺文会衰落。如果说在18世纪上半叶讽刺文对腐败的讽刺占据主导,而小说对新秩序的建构处于潜伏状态的话,那么在18世纪中叶情形发生变化,小说中所透露出来的对新秩序的建构则居于主导。这就说明文学评论期刊之所以否定"幽默方式",而肯定"同情方式",是由于讽刺文已经不适应时代发展需求,而对道德情感进行再现的小说则是时代的呼唤。文学评论期刊与小说文类这一主导文化力量的合力促成小说对讽刺文的吸纳,这一吸纳过程恰巧再现在《项狄传》的连载过程中。

《项狄传》9卷本连载完成后,斯特恩转向《情感之旅》的创作。《情感之旅》的创作标志着其创作风格向"同情方式"的整体转变,尽管这种转型颇有无奈之感。斯特恩也意识到"幽默方式"已经不适应时代需要,而对贞洁与文雅的再现的"同情方式"成为社会之所需。在《情感之旅》中,主人公约里克与伯爵的对话表现了这点,

> 我们朝廷已经没有小丑了,伯爵先生,查理二世在位的荒淫时期,我们那个小丑,是最后一个——从此以后,我们的言谈举止逐渐变得文雅,以致在目前的朝廷中,满朝文武都是爱国者,他们一心只想为国争荣誉,谋财富,别无所图——我们的女士都十分贞洁,洁白无瑕,非常善良,也很虔诚——没有可供小丑编笑话的材料。(157)①

《情感之旅》在1768年出版后,《每月评论》的主编拉尔夫·格里菲斯发表重要评论,在赞赏这部作品中对"同情"场景的再现后,再次提醒读者斯特恩的卓越之处"在于同情而非幽默场景的刻画"。②斯特恩与《每月评论》之间的协商最终促成了其作品在"幽默(讽刺文)"和"同情

---

① 所有关于《情感之旅》原文的引用都出自石永礼所译的《多情客游记》,后文将仅在文中标出页码。
② Howes, *The Critical Heritage*, pp. 199-200.

(小说)"两种文类再现形式的转换。① 《情感之旅》使斯特恩最终融入小说传统之中。

综上所述,在文学场内社会关系结构中,斯特恩与三类真实评价读者之间的协商是基于文化资本获取与象征权力实施,表现出作者与评价读者之间协商关系的文化维度。斯特恩与出版商的协商再现出讽刺文衰落与小说文类兴起的端倪。荒唐俱乐部与文学俱乐部文人圈子的力量对比关系表现出讽刺诗文作家的边缘文化立场以及小说家群体的主导文化立场。斯特恩与讽刺诗文作者圈子之间的亲近关系表明他最初的讽刺文定位,而斯特恩与文学评论期刊之间的协商推动了斯特恩在《项狄传》创作过程中逐渐剥离讽刺文属性,增加小说属性,最终融入18世纪小说传统。斯特恩与三类真实评价读者的协商过程不仅见证了小说文类兴起过程中对讽刺文的吸纳,而且折射出新旧文学传统更替背后的社会文化语境变迁以及主次文化权力之间的力量对比关系。

---

① 对于斯特恩逐渐脱离讽刺文的创作风格的原因,另一种看法是斯特恩为了与穷街讽刺文保持距离。参见 Bosch, *Labyrinth of Digressions*, p. 255。

第二章

叙事协商:《项狄传》的逆反生成结构

> 我的作品既是前进的,又是离题的。
>
> ——斯特恩《项狄传》

> 在某种意义上,我们所写的任何东西都不是独创的,我们所创作的每件事情都是对事件、场景和思想的重新排序,而这些在我们出生前很长时间就已经由其他的故事作者综合在一起了。如果某人创作了一个全新的故事,可能我们反而不会将其认作是一个故事。
>
> ——菲利普·普尔曼

《项狄传》的叙事形式始终是评论界研究的焦点,这种情况产生的一个重要原因是这部作品打破了当时已建立的小说叙事常规,而这是斯特恩有意识地与评价读者进行对话的结果,这个对话过程呈现于文本之中。需要指出的是,第一章中斯特恩与真实的评价读者之间的对话与本章中作者—评价读者对话关系存在区别,前者表现为文化维度,而后者表现为审美维度。

第一节 对话中越界:《项狄传》中的评价读者意识

作者—读者对话关系的形成是 18 世纪小说文类形成那一历史时期所特有的一种现象。斯特恩更是在《项狄传》中以虚构读者和真实读者为媒介与评价读者进行对话①,将这种对话意识推至极致。

一、《项狄传》中的评价读者意识

《项狄传》中随处可见"小姐"、"先生"、"女士"等关于读者的种种称呼,小说叙述者在行文中不仅通过虚构读者而且借助真实读者与评价读者进行对话,娓娓道出创作原则与创作思想。

第一,性格刻画。

叙述者以亲近对话的方式向读者展示性格刻画原则。他向读者谈到:

> 先生,古往今来聪明绝顶的人,所罗门本人也不例外,哪一个不曾有自己的爱巴马儿(hobbyhorse)——他们的跑马,——他们的硬币和贝壳,他们的鼓和喇叭,他们的琴,他们的抹子,——他们的蛆和蝴蝶?——只要人们沿着国王的大道平平静静地驾驭各自的爱巴马儿,而不是逼着你我步他们的后尘——那么请问,先生,它与你我有什么相干?(13—14)

叙述者向读者讲述人物性格塑造的"爱巴马儿"原则。这一原则是指每个人都有自己独特的癖好,而对人物的性格塑造,展现其独特癖性即可。依据这一原则,斯特恩塑造出热衷于哲学思辨与知识探索的沃尔特·项狄,以及沉迷于模拟军事防御工程游戏的脱庇·项狄。

---

① 下列文中除了评价读者一词表示进行评价活动的读者外,所用的"读者"一词都是指阅读状态中的读者或是以阅读为目的的读者。

斯特恩塑造人物性格的"爱巴马"原则,体现在人物外表的描摹上则是漫画式的形象塑造。对此,斯特恩透过文化界名人漫画家威廉·贺加斯(William Hogarth,1697—1764)与读者进行对话。在以漫画手法描述出臃肿笨拙的产科医生斯楼泼医生的可笑形象后,叙述者谈到:"这就是斯楼泼医生体形的轮廓,——如果您读过贺加斯的《美的分析》,如果您没读过,那么我希望您能读一读;——您必须知道,这寥寥三笔在脑海中勾勒出的形象抵得上三百笔。"(106)斯特恩一方面表达出对贺加斯艺术手法的认可;另一方面,指出自己对人物进行漫画式的形象塑造写法与贺加斯的漫画艺术有异曲同工之妙。漫画主要着重突出并夸大人物某些方面的独特特征,将之付诸于笔端。而斯特恩在《项狄传》中的人物形象与性格塑造其实采用的就是这一创作原则。斯特恩本人酷爱画画,《项狄传》的一大特色就是对肢体动作、表情等透过文字进行传神描绘,而这无疑说明斯特恩的写作技巧与贺加斯的绘画技巧有暗合之处。①

第二,情节模式。

叙述者向读者陈述与解释情节模式,

> 借助于这样的手法,我的作品的情节机制便别具一格了;两种相反的运动被引进到里面,受到协调,而两者本来被认为是水火不容。简而言之,我的作品是离题的(digressive),它也是前进的(progressive),——而且是在同时进行的。(72)②

斯特恩借叙述者之口长篇累牍地向读者陈明此书的叙事风格,以及所采用的"前进—离题"情节模式的叙事依据。这些介绍中包括对历史、时间以及约翰·洛克"观念联想(association of ideas)"概念的思考,构成了斯特恩对叙事形式方面的重要思考。

考虑到自己的情节模式不符合当时小说的叙事模式,并预想到评论界可能会对这一风格进行批评与质疑,叙述者向读者详细解释。这点表

---

① 对于此点有专门的专著进行探讨,参见 W. B. Gerard, *Laurence Sterne and the Visual Imagination* (Berlington: Ashgate Publishing Limited, 2006)。

② 蒲隆把 digressive 译为东拉西扯的,把 progressive 译为循序渐进的。

现最明显的是叙述者与虚构出来的批评家之间的对话。虚构的批评家首次出现在第二卷第八章中。在这部分之前,斯特恩对时间进行了一番实验性的尝试。项狄母亲快要生产了,这时脱庇叔叔拉铃让男仆奥巴代亚备马去请男助产士斯娄泼医生。从这一时刻起直至奥巴代亚敲门告知医生的到来,作者插入了大量的离题。叙述者计算出读者可能需要读一个半小时才能读完这段离题。这是对读者阅读时间的计量。但实际事件发生时间,也就是从脱庇叔叔拉铃到医生的到来才用了"两分十三又五分之三秒"。读者阅读时间与事件实际发生时间之间出现明显对比。这时,叙述者对苛刻的批评家谈到:

> 如果吹毛求疵的批评家要吹求这一点;还下定决心要拿一个钟摆来计量一下从拉铃到敲门的实际间距;——而且发现这段时间总共不超过两分十三又五分之三秒以后,——便悍然污蔑我破坏了时间的统一性,或者不如说是可能性;——我可得提醒他,持续及其简单模式的概念只是我们的一连串概念中得出来的……(105)

斯特恩实质上是在向批评家解释他对时间与持续期间(duration)概念的区分与理解,以此来为自己的情节模式提供理论依据。时间的计量所普遍采用的是物理方法,也就是依靠时钟的行走进行计时。但斯特恩探索了另一种时间计量方法,就是依据头脑在经历一连串概念(a succession of ideas)时所产生的心理时间感。例如,人在紧张状态下会觉得两分钟内头脑中所经历的各种各样的想法会让人感觉有一个小时或是更长的时间那么长。物理时间与心理时间存在巨大的差异与反差。斯特恩在向批评家们解释他所使用的叙事方式所依据的是心理时间计量模式。

第三,道德主题。

如果说斯特恩与读者在有关性格刻画与情节模式的对话中,既庄重严肃,又诙谐机敏的话,那么在有关道德主题的对话则表现出轻佻与模棱两可。

《项狄传》中有大量透过身体意象来指涉性,但斯特恩并没有直写,而是以隐蔽的方式诱发读者联想。在假设斯娄泼医生的产钳如果把特里斯舛的屁股当成脑袋时,叙述者吞吞吐吐地谈到:"——有可能(如果是个男孩)产钳就 **************************。"(192)叙述者用星号表示没有说完的话诱发读者对此的连篇想象,而后在与读者谈话中补充说明,"从道德的角度来说,读者不可能明白这点。"(Vol.3.17.221)这就隐约表明星号是违反道德的一些语言,暗示若是斯娄泼把特里斯舛的屁股当成脑袋时,产钳就可能夹到他的生殖器,在后面所有涉及到性的地方,斯特恩或是以星号标识或是使用隐语激发读者想象,但从没有直接言明。在第五卷"说胡子"这章时,斯特恩与评价读者进行对话的意识非常明显,

> 抱歉我许诺——这是一个大男人想到的最为轻率的诺言——写一章说说胡子!哎呀!这个世界可受不了——这可是一个娇嫩的世界——可我不知道它是什么材料构成的——我也未曾见过下面写的断章;不然,如同鼻子为鼻子,胡子也仍是胡子一样;(随世人尽管去说什么好了)我也肯定会避开这危险的一章。(349)

"胡须"表示男性气质,并隐含对性能力的指涉。斯特恩预见到读者可能对其中不道德的倾向进行指责,因而以戏谑的方式辩解到鼻子是鼻子,胡子是胡子,并没有其他含义,但他后来所说的"肯定会避开这危险的一章",又在提醒鼻子与胡须就是在指涉性能力。斯特恩以性暗示作用于读者的想象是其有意而为之的一种艺术行为。对此,斯特恩在第三卷中明确表明,这是读者心中的想象,与我无关。而如果读者本身在道德上纯洁无暇的话,那么也就不可能做如此想象,因此此书是否违道德纯粹依靠读者的想象是否有违道德。这既是为了避免评价读者对《项狄传》进行不道德批判的一种游戏行为,也是《项狄传》中作者—读者关系极其巧妙之处。斯特恩颇具讽刺意味地与读者对话到,

> 在道德严谨和推理严密的书中,正如我所写的这本书,——疏忽大意是不可原谅的。上天可以作证,由于我在模棱两可的困局(strictures)中留下了大量的空白,而这些空白的填补要依赖读者想象中的纯洁来填补。为此世界已经对我进行了报复。(Vol.3.31.257—258)

所谓"模棱两可的困局"与"大量的空白"指的都是斯特恩在文本中性暗示,而"报复"则是指当时评论界对他有违道德的行为的批评指责。此段对话的目的是对当时文学评论者对其作品的不道德批评的一种回击。

《项狄传》讲述的是绅士特里斯舛·项狄的生平与见解,而在特里斯舛生平中出现的与之具有密切情爱关系的人是珍妮。斯特恩借助珍妮这一形象与读者进行对话。珍妮并不是以显在的女主人公形象出现在作品中,而是若隐若现地伏于叙事之中。在第一卷第十八章中,珍妮首次出场,

> 今天是一七五九年三月九日,——我正在写这部醒世之作,仅仅在一周以前,——我亲爱的,亲爱的珍妮注意到我神情有点严肃,当时她正在对二十五先令一码的丝绸杀价,——她给绸布商讲,给他造成这么多麻烦十分抱歉;——并且立即过去给自己买了十便士一码的料子。(43—44)

叙述者用"我亲爱的,亲爱的珍妮"这一称呼,而且这段话可见珍妮参与到叙述者的日常写作与生活之中。这时,读者自然会存有疑问,两者究竟是什么关系。对此,在本章结尾部分,叙述者向读者谈到,

> 在结束这一章前,我必须请求允许我向我公正的读者做一番解释——事情是这样的:——不要把我在本章内信笔写下的一两句轻率的话绝对地看做理所当然,——'我是一个有妇之夫。'——我承认把我亲爱的,亲爱的珍妮的芳名,——不时地和另外一些关于婚姻知识的笔触混杂在一起,可能自然而然地误导世界上最公正的法官做出不利于我的裁定。——小姐,在这个问题上,我唯一的请求是,绝对的公正……不至于预先判断或接受对我的这样一种印象:除非你有比我目前确信能拿出来指控我的更好的证据:——小姐,我也不可能如此虚荣,不讲道理,以至于希望您会因此而认为我亲爱的,亲爱的珍妮是我所供养的情妇……(47—48)

从解释之中,叙述者试图向读者说明尽管他是有妇之夫,但用"亲爱的"来称呼珍妮,不代表珍妮是他的情妇,除非读者能够拿出证据来,而后又指出珍妮有可能是他的女儿,也有可能是他的女性朋友。斯特恩意识到

这一"情妇"形象违反了道德原则,评论界可能会进行指责,因此写下这篇欲盖弥彰的辩解之词与读者进行对话。

在《项狄传》中存在大量的叙述者与读者进行对话的现象,文本中出现的绝不是阅读意义上的读者,而是评价意义上的读者。因为无论是叙述者向读者所做的陈述、解释还是辩解,所涉及的都是自己的独特创作原则,如性格塑造、情节模式与道德主题;所指向的是读者可能对其作品的价值具有的评价、判断与衡量。这种基于与评价读者进行对话而对自身创作原则进行展示的风格,表现出叙述者所具有的"自我意识"属性。这也是斯特恩被奉为后现代元小说与元叙事的鼻祖的一个重要原因。实质上,尽管《项狄传》具有"元小说"或是"元叙事"的属性,但这种属性的根源在于18世纪小说创作本身所具有的独特的作者—评价读者对话意识。

二、评价读者意识产生的历史背景

18世纪中叶的小说中评价读者意识十分明显,有其独特的对话模式,同时这种现象的产生也有其深层的社会背景。

通常而言,作者与读者的对话主要涉及两个主要方面:创作风格与道德主题。

小说家们往往在前言部分指出自己发现了新的写作种类,并对自己所创造的写作风格向读者进行介绍。菲尔丁认为自己发明了新的文学种类,把小说定义为散文体滑稽史诗,以此与传奇进行区分。他谈到:

> 仅用英语阅读的读者可能会同本书作者对传奇的理解不同,结果他们发现无法在此书中找到所期待的娱乐,而这种娱乐也并非是此书所要提供的。在这里预先对这种写作方式进行说明并非不合适,因为我不记得这种写作方式曾有人以我们的语言进行过尝试。①

于是在下面,菲尔丁借助喜剧、史诗以及散文等方面对他所定义的新型写作方式——即散文体滑稽史诗进行定义。理查逊所发明的书信体即

---

① Henry Fielding, *Joseph Andrews with Sahmela and Related Writings*, p. 3.

时写作方式同样是在这个阶段产生。斯特恩在《项狄传》中宣称既不会受贺拉斯所制定的清规戒律的限制,"也不会受古往今来任何人定的章程准则的约束。"这些都说明小说家们试图创造新型写作方式。这些宣言的终极对话对象是评价读者,目的是建构小说文类的期待视野。

道德主题是小说家们与评价读者进行对话的另一个关键内容。笛福、理查逊、菲尔丁等小说家不仅在作品前言或致辞中向读者表明其道德教导宗旨,而且在正文的行文中具体落实这一宗旨。菲尔丁在《汤姆·琼斯》正文中插入一些与读者对话的章节,作者就像一个舞台解说员一样向读者解释文本中关于善的思索。笛福的摩尔·弗兰德斯每次犯罪时都会表现出试图发掘其中的道德意图以警示读者,似乎在合理化自己的行为。在理查逊的小说中,帕梅拉由于其美德而最终得到报偿,克拉丽莎由于私奔失贞行为而走向死亡的结局,而导致她毁灭下场的拉弗雷斯的最终也在决斗中死亡。这些都贯彻了"诗意的公正(poetic justice)"原则的具体运用,其终极目的是呈现道德立场。尽管这些小说家们关于美德内涵的理解不同,但道德训教的目的是一致的,最终都是使评价读者相信他们作品的正当性与合法性。

可见,斯特恩在《项狄传》中与评价读者进行对话绝非个人行为,而是群体行为。这一现象的形成有其深层的美学、社会与经济原因。

作者与读者关于创作风格方面对话的形成主要是美学上的原因。在18世纪,小说是新兴文类。由于其"新"便意味着它在文类等级结构中处于较低的地位;由于其"新"所以并没有统一的文类规范和原则。因而小说家们不可避免地需要在作品中对创作原则、风格与特色进行解释说明,同时小说家们往往要为自己所采用的新文类风格的合法性进行辩护,他们通过与评价读者的对话来争取其理解与同盟关系。

小说家们与评价读者有关道德主题的对话,主要是社会意义上的原因,即小说作为大众文化形式需要承担社会责任。J·保罗·亨特在《小说之前:18世纪英国小说的文化背景》中对这种道德说教意识进行了很好的解释。他认为18世纪是西方历史上独特的青年文化产生时期。小说承担着教育年轻一代与指导青年生活的历史使命,小说使青年在获取信息、娱乐或是教益并最终获得"道德进步。"①基于这一历史使命,小说家们在写作中需要"持续定义和操控这一读者需要。"②另一方面,这种道德说教意图也是为了获取道德家与文化守护者的支持而采用的一种文本策略。当时的评论界认为大量的小说流向市场会"增强读者的期待与点燃读者的欲望"③,从而对社会构成威胁。因而整个18世纪总是时不时地出现对小说的攻击。为此,小说家们不得不在作品中向评价读者申明自己的道德立场。当时社会整体的道德说教意识造就了小说中作者—评价读者之间的对话关系。即使是道德说教意图并不明显的斯特恩在"道德"话题上也是小心翼翼地考虑读者接受的可能界限。斯特恩在写给大卫·加里克(David Garrick,1717—1779)请求其向伦敦文化圈推荐《项狄传》的信中,明确提出他谨慎地考虑到了女性读者的接受。他写道:"较为庄重的人会认为这并不适合年轻女士阅读",尽管如此,但大家都认为这部书不错,虽说"某些部分有些小小不雅"。(Letter 43)这说明斯特恩对读者的道德期望了然于心,但他视其逾越道德界限的行为仅为"小小不雅",而无伤大雅。他没有料到后来正是这"小小不雅"使《项狄传》大受评论界的责难。

  作者—评价读者对话关系产生的另一重要原因涉及到经济因素。在日渐兴旺的图书出版市场中,读者对小说有大量的消费需求。伊恩·瓦特在《小说的兴起》中指出读者阅读群体兴起是小说兴起的一个重要决定性因素。18世纪中叶读者的读写能力极大提高,其中"至少有40%的女性和60%的男性都能读能写。"④读者所具有的基本读写能力,从根本上保证了阅读行为的产生,同时读者又具有足够的经济购买能力,这两点就为小说在市场上的崛起开辟了道路。这时,作者—读者之间关系

---

① Barbara M. Benedict, "Readers, writers, reviewers, and the professionalization of literature," *The Cambridge Companion to English Literature 1740-1830*, eds., Thomas Keymer and Jon Mee, p. 3.

② J. Paul Hunter, *Before Novels*, p. 296.

③ Ibid., p. 79.

④ 转引自 Barbara M. Benedict, "Readers, Writers, Reviewers, and the Professionalization of Literature," *The Cambridge Companion to English Literature 1740-1830*, eds. Thomas Keymer and Jon Mee, p. 5。

不仅是纯粹美学意义上的创作与阅读行为,而且包含了生产者与消费者之间的关系。在经济驱动下,读者成为作者小说创作所考虑的一个重要因素。18世纪恩主制度发生了重大转变,而促使恩主制度转变的关键是作者—读者之间的创作—阅读关系转换为以市场购买为基础的经济行为。在《项狄传》第一卷第八章末尾,斯特恩以致"阁下"为名,写了一篇献辞,并随后在第九章的开篇指出以上献辞并非献给王储、主教、教皇、君主,或是公爵、侯爵、伯爵、子爵、男爵之类的贵族,而是正在阅读的阁下们,"如果阁下们觉得献给阁下比较贴切,而且觉得作品足够匠心独运,那么各位可以照单全收"。(17)然后他诙谐地指出,"好心的阁下,请将该付给作者的这笔款项汇到多兹利先生手里,下一版中我将会留意删去这一章,并将阁下的头衔、文章及功业,置于前一章开头。"(17)斯特恩并未将特定的贵族群体视为作品的保护人,而是把此刻正在阅读这本书的读者作为恩主,贵族与普通的阅读者一样被视为潜在的购买者。这意味着作者创作的主要经济来源来自于读者市场,这在18世纪小说家群体心中是有共识的。这也是如此在意读者评价的一个重要的原因。

透过上述的背景分析,18世纪小说文本中作者—读者对话关系中的潜在的评价读者意识也便很好理解了。

三、《项狄传》中评价读者意识的独特性

虽然《项狄传》中所表现出的作者与评价读者之间的对话意识是18世纪小说中普遍存在的一种现象。但《项狄传》中的这种对话意识无论在形式上还是在内容上都十分独特。

从形式上来看,早中期小说家,如笛福、菲尔丁以及理查逊等人往往在作品前言部分与读者进行对话,而在正文叙事中则极少插入与读者之间的对话,即使插入也是以独立章节的形式出现,与整体故事叙事相区分。《项狄传》没有采用在前言中与读者对话的形式,而是在正文叙事中处处与读者进行对话,也就是说与读者之间的对话与整体叙事密不可分。这与《项狄传》的独特叙事结构有关。《项狄传》的全称是《绅士特里斯舛·项狄的生平与见解》,其故事主要包括两部分:生平与见解。见解部分的主要内容是叙述者对生平中所描写的人物与事件进行评价,这

里就包含了大量与读者之间对话。叙述者通常以各种各样的称呼,如女士、先生、小姐、阁下或是直接称之为读者与评价读者进行对话。也就是说,"读者"成为斯特恩与评价读者之间对话的媒介。

从对话内容来看,与早期小说家试图塑造评价读者对小说的期待视野相似,斯特恩也就创作风格、主题与评价读者进行对话,但在对话内容上则在挑战读者已经初步形成的小说文类期待视野。斯特恩出现在文坛时,小说作为新兴文类已经具有基本的主导文类规则,即普遍人性、线性叙事与道德主题,这些规则是以菲尔丁和理查逊小说创作为标准建构的。如果以这些标准来关照斯特恩与评价读者对话的内容会发现,斯特恩完全违反了这些标准,而这种违反是有意而为之。正因为它清楚读者在评价时可能会持有这些标准对《项狄传》进行评价,所以他向读者进行解释、说明甚至是辩护。首先,他所创造的"爱巴马儿"原则实质所关注的并不是普遍的人性,而是某一人物所具有的独特癖性,例如脱庇·项狄喜欢军事防御工程模拟游戏,这与他所经历的战争生活有关,在退役后的日常生活也围绕着军事防御知识与游戏进行。如果按照这一原则来塑造人物的话,假设一个人喜欢踢足球,那么对这个人物的塑造就全部以"足球"为核心进行塑造。因此,斯特恩所关注的是人物的个性而非共性。其次,斯特恩提出的"前进—离题"情节模式以离题为主,前进为辅,其实质以非线性叙事为主,线性叙事为辅。18世纪的小说往往以个人的历史、传记、生平为题,叙事时依托物理时间为主,斯特恩的离题叙事则以心理时间为依托,有意识地违反这一情节模式。最后,斯特恩在道德主题上违反了18世纪小说叙事最重要的道德原则。几乎所有18世纪中叶的主要小说家都在道德原则上小心翼翼、如履薄冰,而《项狄传》不仅没有明确的道德说教意图,反而涉及到性话题并使用有关性方面的隐语和秽语。虽然斯特恩巧妙指出所谓的不道德主要依赖于读者的想象,他试图以这种越界的形式与评价读者进行对话,但实质在挑战已初步形成的小说文类规则。

前文分析可见,斯特恩与评价读者对话的目的并非仅仅是在建构小说文类规则,而是在挑战已有的小说文类标准。如果以18世纪小说家所宣称的"独创"或是小说的创新性语境来思考斯特恩的行为,可解读为斯特恩的性格塑造原则与离题叙事是在创造一种新的写作风格,这种挑战行为名正言顺,但斯特恩在正文中与之对话的读者不仅包含虚构读者,而且包含真实读者,这就模糊了虚构与真实之间的界限,这种挑战就意味着越界。真实读者是指真实存在的读者,它大致分为以下两类:(1)文化界的名人;(2)斯特恩生活中的亲密朋友。文化界名人包括漫画家家威廉·贺加斯、肖像画家乔舒亚·雷诺兹、戏剧演员大卫·加里克等人。生活中亲密的朋友则以暗示的方式呈现出来,就是《项狄传》中出现的人物珍妮(Jenny)与尤金纽斯(Eugenius)。

18世纪小说的作者声音极为突出,或是描述或是评论作品主人公的行为与性格,但作者声音与主人公之间的距离感非常清楚。读者不会把汤姆·琼斯认作是菲尔丁本人,也不会将理查逊作品中的某一主人公与理查逊本人联系在一起。斯特恩借助叙述者特里斯舛之口与真实读者之间的对话会使读者意识到故事主人公与作者本人是合二为一的,从而相信故事内容的某些部分是斯特恩本人真实生活的呈现。尤其《项狄传》是以传记形式出版,就更加加深了这种印象。而斯特恩本人也的确将自己的人生经历投射到《项狄传》这部作品之中。

斯特恩的密友约翰·霍尔—斯蒂文森以约里克的朋友与谨慎的忠告者尤金纽斯的形象出现在《项狄传》第一卷第十二章中,在后期卷本中伴随其中的人物形象牧师约里克出场两次。这个人物实际对故事发展没有任何实质作用,但由于他作为约里克的朋友与其同进同出就有一定的现实指涉。斯特恩借约里克之名出版《约里克布道词》,他本人和约里克牧师身份的重叠就表明了约里克是他本人的自画像。尤金纽斯与约里克在一起表明了两人文本内和文本外的密友关系。作为约里克苦口婆心的忠告者,尤金纽斯规劝约里克时谈到,

> 相信我,亲爱的约里克,你这样信口开河,调笑逗趣儿,早晚会使你陷入困境,事后聪明也救不了你。——在你那些俏皮话中,我常常见到这样的情形,遭到讥笑的人认为自己是受害者,在这种情况下他当然有权利这样想;而且你也这样看待他,而他又把他的朋友、家人、亲属和同党也算了进去……说你每讲十个笑话,你就竖起了一百个仇敌,这是一个明明白白的算术问题,决不是耸人听闻;你继续讲下去,在你耳边召来一大群黄蜂,直到被他们叮得半死时,你才

相信事情原来是这样。(29)

尤金纽斯预言约里克的调笑逗趣终将使他树敌过多而受迫害,同时见证了约里克因此而受到攻击,最终被众人伏击而亡的情境。由这篇劝说词可知约里克由于一贯的处事风格而得罪了一批人,最终这批人将其打倒。约里克代表斯特恩,他诙谐打趣的性格形象与斯特恩本人性格有相近之处。这里的死亡则是象征性的,是指对宗教事业继续向上发展的死心。这段话极具象征意义地表明了斯特恩在文学事业发展之前宗教事业发展的失败与挫折。斯特恩在1759年迈入文坛前执着于宗教事业的发展。在剑桥大学毕业后受时任克利夫兰执事长的辉格党叔父雅克·斯特恩(Jaques Sterne)的推荐,斯特恩去约克郡的林中萨顿小镇担任牧师。这一阶段,他充当叔父的政治写手,扶植首相罗伯特·沃波尔(Robert Walpole, 1676—1745)政权来攻击托利党。早期两人相处愉快,斯特恩指望叔父在事业上提携他,但在1742年沃波尔的选举中,斯特恩不愿意在叔父创办的杂志《约克公报》(*York Gazette*)上为其写政治讽刺文,并公开表明这种意图。两人关系决裂,斯特恩失去了政治上的依靠。后期在宗教事业发展中,斯特恩又结交了身居权位的剑桥学长约克的主任牧师约翰·方泰(John Fountayne, 1714—1802),并帮助他写政治讽刺文来攻击竞选对手,而方泰许诺给他更高的职位,这促成了他的政治讽刺文《一场政治传奇》(1759)的诞生。这篇讽刺文模仿斯威夫特的文体风格,辛辣讥讽竞选对手。但最终由于约克大主教的干涉,这本小册子被命令烧毁,而斯特恩也最终没有获得他期待中的职位,宗教事业的向上发展也成为泡影。因此,约里克在《项狄传》第一卷中的死亡是宗教事业发展前途终止的象征性表现。在约里克奄奄一息时,尤金纽斯说道,"来日方长,你还能当上主教。"(31)而约里克则借《堂吉诃德》中的人物桑丘·潘沙的俏皮话回应:"主教冠就是多的像雹子一样落下地来,也没有一顶合我的脑袋",而后闭眼而死。(31)可见斯特恩对最终能否当上主教有一种破灭心态。霍尔—斯蒂文森见证了斯特恩宗教事业的破灭,而这以象征方式呈现于作品之中。

人物"珍妮"也是与斯特恩具有亲密关系的女性友人在文本中的映

射。评论界认为珍妮就是斯特恩的婚外情人职业歌唱家凯瑟琳·曼福德尔(Catherine Manfudel),斯特恩与她有着半公开的情人关系。这种推断有一定的依据,珍妮共出场三次,每次出场都出现了叙述者的创作时间,叙事中的创作时间与斯特恩的实际创作时间有吻合之处。同时,斯特恩在私生活方面放荡不羁,当时社会就有传言说斯特恩与其妻子的婢女私通被捉奸在床,其妻子的精神疾病与此有关。他公开的婚外恋爱关系就有一段,即他与伊莱扎·德雷珀(Eliza Draper)的柏拉图式的精神恋爱,这在斯特恩的《给伊莱扎的日志》(*Journal to Eliza*, 1768)中有明确记载。从这些外部事实来看,珍妮是斯特恩婚外情感生活的投射有迹可循,而从文本中来看,珍妮的每次出现都会与性意识有关,暗示出两人的婚外情人关系。

斯特恩在《项狄传》中与真实读者之间的对话是对18世纪小说文类的一种越界行为。这种越界体现在斯特恩在与真实读者对话的过程中创造了作者—读者亲密关系的同时,却没有任何道德说教意识,反而涉及性话题。读者会认为《项狄传》中的不道德意识是斯特恩本人所持有,再与斯特恩本人的牧师身份以及私生活的放纵不羁相联系,这就反映出斯特恩在公然以牧师身份传递不道德思想,这会在读者中造成极其恶劣的影响。约翰逊曾指出小说的"主要写作的对象是年轻人、无学识之人以及闲散之人,对他们来说,小说会成为他们行为举止的训诫",由于这些人缺少生活经验,因而"易于接受错误的建议或是片面的描述",[1]因此小说一定要指出美德有报而邪恶获得惩罚才行。斯特恩的创作风格触犯了小说文类的底限,即道德原则,因此是一种越界行为。

18世纪小说中作者与读者关系是非常特殊的。伊瑟尔在《隐含读者》中对18世纪、19世纪和20世纪小说中作者与读者关系进行比较时指出,与19世纪小说相比,"在18世纪小说中,读者被分配了特定的作用,能够直接或是间接地被作者引导……而在19世纪,读者却没有被告知应该扮演什么样的角色";[2]18世纪的作者与读者关系亲近,而在现代

---

[1] Cheryl Nixon, *Novel definitions*, p. 149.
[2] Wolfgang Iser, *The Implied Reader*, p. xiii.

主义小说阶段,作者声音隐藏,两者距离拉远。① 实际上,这种情况在18世纪就有所体现,18世纪早中期的小说家们往往在作品前言或是正文中与读者进行对话,但在中后期小说家如奥利弗·哥尔德斯密、托拜厄斯·斯摩莱特、弗朗西斯·伯尼以及创作技巧上比较成熟的简·奥斯丁(Jane Austen, 1775—1817)的小说中,情况发生了微妙变化,与读者的外部对话逐渐隐藏在小说文本叙事之中,同时读者的形象也越来越模糊。可以说,英国小说的发展进程代表了作者与读者之间距离逐渐拉远的历史。② 而18世纪早中期小说中作者与读者之间的亲密对话现象实质上是作者创作时的深层评价读者意识所决定的,这是由当时独特的美学、经济与社会背景所决定的。但斯特恩的特殊性在于他对已形成的小说文类标准的越界行为,这种越界行为如果仔细考量,会发现无论是他在《项狄传》中指涉文坛名人、生活中的亲密朋友,还是在道德话题上模棱两可、放荡不羁,都与18世纪讽刺诗文群体在创作风格与生活方式有着明显的相似性。因此,这种越界带有着讽刺文的痕迹。

第二节 对话中质疑:《项狄传》的前进—离题情节模式

《项狄传》的情节模式一直以来是评论界评议的对象。塞缪尔·理查逊批评其为"异想天开"、"缺少连贯性"与"语无伦次"。③沃尔特·司各特(Walter Scott, 1771—1832)认为《项狄传》本身并不算做叙事,"不过是通过场景、对话、描写等将事件聚集在一起,以幽默滑稽打动人

---

① Wolfgang Iser, *The Implied Reader*, p. 102.
② 如果从这一角度看待学界有关"小说之死"的争议时,会发现无论学界多么不愿意承认这一点,都得清楚地认识到小说中作者与读者之间距离的拉远意味着小说与消费者之间的距离也在拉远,这证明小说作为大众传播媒介的确在衰落。
③ Allan Howes, *The Critical Heritage*, p. 128.

心"。① 塞缪尔·泰勒·柯尔律治则认为"小说的离题精神不无道理,这正是这部小说天才性的表现。各部分的连贯性主要源于性格塑造的统一性。"②20 世纪前的评论者或是认为《项狄传》的叙事没有统一性(unity),或是从其他方面,如"幽默滑稽"或"性格塑造",而不是透过情节分析来解释其中的统一性,颇有避重就轻之嫌。直至 20 世纪初,俄国形式主义文论家什可洛夫斯基才在《斯特恩的〈项狄传〉:文体评论》一文中真正对《项狄传》的情节形式本身进行分析,指出《项狄传》偏离现实主义小说叙事常规,极为夸张地违背了其惯常的情节模式。③ 这篇文章被收录到约翰·特劳戈特所编写的第一部斯特恩研究论文集中时,题目变为《一部戏仿的小说:斯特恩的〈项狄传〉》。④ 实际上,什氏在文章中并未提及戏仿的概念。题目的变化表现出 20 世纪 50 年代以来评论界对《项狄传》叙事形式的普遍认知,即它戏仿了现实主义小说情节模式。⑤ 戏仿是指"对另一文化产品或是实践进行模仿,这种模仿具有相对性、辩论性和影射性。"⑥这个定义包含两个要点:一是对戏仿对象进行模仿;二是模仿中包含了与戏仿对象进行辩论的过程。如果说《项狄传》戏仿了现实主义小说情节模式,那就意味着它一边模仿这种模式,另一边又在模仿过程中对其进行质疑或是反思。《项狄传》的情节模式的确存在戏仿特征,因为斯特恩的确是自觉或是有意地建构新的情节模式,以此对已有的小说叙事模式进行反思甚至是质疑,但其质疑与反思的动力基础与动力来源是什么? 这一为评论界所忽视的问题是深入理解这部作品情节结构实质的关键。

---

① Allan Howes, *The Critical Heritage*, p. 373.
② Ibid., p. 356.
③ Victor Shklovsky, "Sterne's Tristram Shandy: Stylistic Commentary," *Russian Formalist Criticism: Four Essays*, trans. Lee T. Lemon and Marion J. Reis, p. 55.
④ Victor Shklovsky, "A Parodying Novel: Sterne's *Tristram Shandy*," *Laurence Sterne: A Collection of Critical Essays*, ed. John Traugott, pp. 66–89.
⑤ 国内外对《项狄传》叙事形式研究都指出这部小说颠三倒四的离题叙事与现实主义小说传统的异质性。在此基础上,对《项狄传》叙事形式的研究表现出两种趋势:第一,将其与现代主义意识流小说比较进行分析;第二,将其与后现代主义小说进行比较研究。
⑥ Simon Dentith. *Parody*, p. 9.

斯特恩在《项狄传》第一卷中明确提出前进—离题情节①模式,

> 我身不由己十分意外地进行了一段很长的离题。而在我所有的离题(只有一处例外)中存在着离题的高超技巧,它的优点,我担心,一直以来被我的读者忽视了,——并非读者缺少锐利眼光——而是因为这种卓越手段很少能在离题中寻找到或是期望得到……两种相反的运动被引入其中,彼此协调,尽管两者被认为水火不容。简单地说,我的作品既是前进的,又是离题的,——两者同时进行……我将主体工程和它的附加部分交叉建造,并且把前进(progressive)和离题(digressive)的运动,纠结在一起,一个轮子里又套一个,这样一来,整台机器,总体看来,就一直不停地运转。(Vol. 1.22.80-81)

在这段对话中,斯特恩意识到他所采用的情节结构违反了当时小说的叙事常规,因而向读者进行介绍。前进与离题被描述为两种相反的运动,彼此相辅相成,实现了对立中的和谐,本文把这种叙事结构定义为前进—离题情节模式。那么,两者又是如何相辅相成的?

一、线性与非线性

前进—离题情节模式是对小说线性叙事的反思。18世纪的小说通常冠以历史或是传记式的名字,《汤姆·琼斯》的全名为《弃儿汤姆·琼斯史》,《克莱丽莎》的全名是《克莱丽莎,或一位年轻女士的历史》,《鲁宾逊漂流记》的全称则为《鲁滨逊·克鲁索的生平与冒险》。题目本身预示了作品内部的历史叙事方式。这种历史叙事方式在当时主要表现为线性叙事,即依照时间以及事件发生顺序进行叙事。《项狄传》的全称是《绅士特里斯舛·项狄的生平与见解》。从题目上看斯特恩依照了小说命名的规范,把自己的作品定义为历史或生平,但斯特恩并非单纯顺应已有的线性叙事模式,而是要探索历史生平叙事中除了线性形式以外的另一种可能形式。在对历史写作进行思考时,叙述者谈到:

---

① 情节取自亚里士多德在《诗学》的定义,是指"对事件的组织",参见 Aristotle, *Poetics*, p. 10. 这一概念还包含了亚氏在时间顺序、因果关系、开端—发展—高潮—结局结构以及可然律和必然律等方面的思考。

> 当有人坐下来写一部历史时,——尽管只不过是杰克·希卡思里夫特或是大拇哥汤姆的历史,他对一路上将会遇到什么样的艰难险阻心中没谱,——也不知道写完之前,某一次偏离会给他导致什么麻烦。历史学家,能像骡夫赶骡子那样,把他的历史,——一直朝前赶吗? 譬如说,他会从罗马一直奔洛雷托,途中从不左顾右盼一下,——或许他会贸然向你一时不差地语言他什么时候到达旅程的重点;——但这种事,从道理上说,是不可能的。(36)

这段话提出了一个非常重要的问题,就是历史叙事若要真正地再现事实就不可能完全采取直线式的前进叙事。这既是对直线再现模式的反思,也是对读者阅读认知习惯的反思。叙述者指出读者喜欢照直往前读是一种不好的阅读品味,因为"照直往前读,为的是追求冒险刺激,而不是这类书所具有的深沉的学识。"(55)直线叙事会使读者追求冒险的情节和结局,满足急不可待的欲望,而忽略了作品本身的精华与知识。斯特恩借助叙述者之口提出历史叙事除了线性前进模式之外还存在另一种可能,即非线性离题模式,"毫无疑问,离题是阳光;——它们是生命,阅读的灵魂;——譬如说,把它们从这本书中拿掉,——你也许就已经将这本书跟它们一起拿掉了。"(Vol. 1.22.81) 因为只有离题才能使读者超越阅读直线叙事时追求冒险和结局的习惯,进而关注书中的知识内涵。

基于上述反思,斯特恩提出了前进—离题式的情节模式,即线性—非线性共存模式。这时整体叙事就呈现出直线与曲线交错的状态。"前进"是指事件的发生一直向前进行,"离题"则是指事件的发生偏离了直

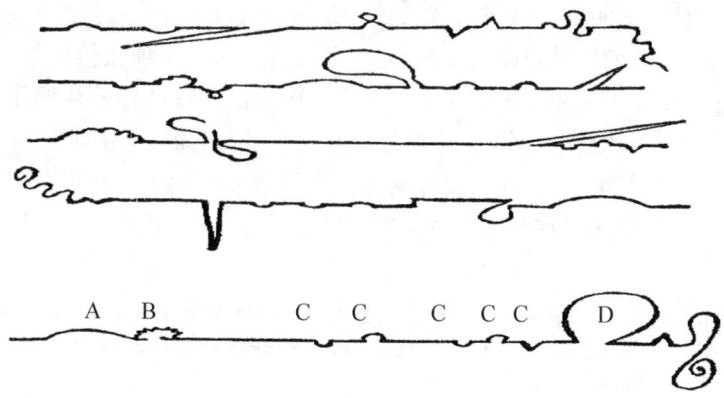

线轨道,但这种偏离划了一个弧线后又会回到直线轨道上。整个前进—离题的过程中,发生了多次偏离,但最终仍会回归到直线轨道上,最终抵达故事发展的末端。直线表示的是线性方式,曲线则表示非线性方式。这就如同斯特恩在第六卷结尾针对前几卷所画的情节结构图一样。

具体到作品中,斯特恩的确遵循前进—离题结构来设计情节。《项狄传》的全称是《特里斯舛·项狄的生平和见解》,从题目上看,这部自传式作品的叙事内容包括两部分:生平和见解。故事的叙述者是成年后的特里斯舛,他从受孕开始一直讲到自己的成年时期,这构成了叙事者的生平。而在叙事过程中,成年后的特里斯舛不断地对生平部分的人物言行进行评论,这构成了见解部分的叙事内容。这种生平与见解交织的叙事结构非常特殊。通常而言,18 世纪的小说主要记叙生平,极少采用生平和见解混合的形式。菲尔丁在《汤姆·琼斯》中插入了大量作者评论的章节,但作者评论并非是琼斯生平中的一部分。而特里斯舛的见解与生平都源自于特里斯舛,因此是一体的。如果特里斯舛的生平表现为线性前进叙事的话,那么特里斯舛的见解就是对生平叙事的离题,构成了上面结构图中的曲线部分,使叙事呈现出非线性结构。尤其对于在阅读中追踪生平故事始末的读者来说,特里斯舛的见解就是明显的离题,我们将其定义为生平外离题。这是从《项狄传》整体叙事结构来看前进和离题的线性与非线性属性。如果从特里斯舛生平叙事部分来看,它包含三重历史:主人公特里斯舛·项狄的生平史、脱庇·项狄的个人史与社会史,以及沃尔特·项狄的思维史。通常而言,整个故事应集中在主人公特里斯舛的生平史叙述上,但《项狄传》的大部分篇幅却用来讲述脱庇叔父与项狄父亲的历史。也就是说,斯特恩把特里斯舛父亲与叔父的历史容纳到特里斯舛的生平之中,使其喧宾夺主,这就是对特里斯舛生平叙事的离题,我们把它定义为生平内离题。其中,仅有特里斯舛的历史呈现出线性前进结构,项狄父亲和脱庇叔父的历史断断续续地夹杂在特里斯舛生平中呈现出来,表现出非线性离题结构。总体而言,《项狄传》的情节结构是离题为主,而前进为辅。

生平外离题主要散布在特里斯舛的生平叙事之中,以见解性片段呈现出来,又可称为见解性离题。它是生平叙事的一部分,尽管对故事的进程没有任何推动作用。生平外离题主要包含与生平有关和与生平无关两种方式。与生平无关的离题内容主要是作者与读者之间关于创作原则的对话;与生平有关的离题则是叙述者对生平部分出现的人物的性格、行为、事件等进行评论,或是插入一些与生平叙事相关的断章。第一种形式的见解性离题在前一节有详细分析,不再赘述。后一种例如在第三卷第三十一章到三十三章中插入了曾祖母和曾祖父由于曾祖父鼻子小而拟定的婚前协议。这章与生平叙事有很大的关系。特里斯舛出生时鼻子被产钳夹扁,这引发了项狄父亲关于鼻子大小的纠结与思考。斯特恩插入这一断章烘托出项狄父亲重视鼻子大小有其家族历史原因。在断章插入后,叙述者对婚前协议行为评论道,

> 至少有三代人,这种喜欢长鼻子的信条渐渐地在我们家扎下了根。——传统一直支持它,兴许每半年就会插足进行强化它;所以我父亲想入非非的脑子远远没有把这当做全部的荣耀,因为它还有几乎其他各种怪念头的光荣。——在很大程度上,可以说他把这一信条跟他母亲的奶一起砸进去了。不管怎么样,他尽了他的一份力量。——如果是教育栽培出了这个错误(假使这是一个错误的话),我父亲则给它浇了水,使它更加成熟完善。(224)

这部分见解即是对与生平有关的时间进行评论。这种与生平相关的见解性离题遍布《项狄传》始终,成为生平部分的陪衬,也扰乱了生平部分的线性叙事,使整个叙事呈现出非线性。

生平内离题主要围绕特里斯舛的生平而形成三种历史的交叉。特里斯舛的生平仅是主导故事向前推进的叙事线。这条叙事线围绕特里斯舛自受孕、出生、成长过程中一系列的不幸事件展开,其中包括受孕时动物元气被冲散、出生时鼻子被产钳夹扁、受洗时被错误命名以及五岁时生殖器被窗扇砸伤。这部分不幸事件是《项狄传》叙事非常精彩的部分,节奏紧凑。而后续事件中又包括父亲为特里斯舛编《教育大全》、胡须、裤子、青年时期去法国旅游等事件,这部分节奏相对松散。特里斯舛出生以及成长过程中的重要事件都是按时间顺序写出,构成统摄全文的线性脉络,但却仅起到线索的作用。叙事的主体则主要集中在父亲与叔父的历史。

特里斯舛的父亲沃尔特·项狄原是土耳其公司的外贸商人,离开商界后退隐于项狄家宅中,而后见证和参与了特里斯舛每一次不幸与意外。因而,父亲的历史与特里斯舛的历史相辅相成。父亲历史的表现形式极为特殊,并非是他的生平史,而是思维史。他以哲学家式的思维方式对具体事件以及事件引发的想法进行思辨。思辨的过程中往往联想到各种概念、假说和推理。对此,叙述者特里斯舛戏谑地指出父亲所构建的是"项狄体系"。(67)只是这一体系是围绕特里斯舛出生后的一系列事件建构而成的。在项狄母亲即将生产时,沃尔特查阅有关剖腹产方面的书籍,思考剖腹产和顺产之间的区别,"这种对剖腹产和子宫的开剖问题在我父亲的脑海里一连萦绕了六个星期;——他读过一些书,满意地发现了腹部和子宫的伤口并不是致命的;——因此可以在母亲的肚子上很好地开个扣子,给孩子一个通道。"(154)当得知特里斯舛的鼻子被斯楼泼医生的产钳夹扁后,父亲又开始了关于鼻子的种种思考、阅读和联想,得出鼻子小不是好兆头的假说。根据这一假说,他系统收集了讲述鼻子的论著,搞到了布吕斯康比尔关于长鼻子的序言,买到斯克罗德鲁斯等人所著的夜话,找出名家所论鼻子的用途以及长鼻子的重要性,甚至翻译了什牢坑驳鸠关于鼻子的故事。沃尔特·项狄钻研这些论著以支持他的假说。项狄父亲的历史就是以各种假说(如生产假说、名字假说、鼻子假说、胡须假说等等)以及围绕这些假说出现的论辩、推理和判断等思维活动呈现的。父亲的各种假说围绕并依托于特里斯舛的生平展开,成散点状分布在叙事之中。

脱庇·项狄的历史更为复杂一些,融合了战争史和个人感情史。相比特里斯舛和项狄父亲的历史,无论就人物形象塑造而言,还是情感层次表现而言,他的历史都是最成功的描写。特里斯舛虽是主人公却影子般存在于叙事之中,他的历史仅是一条线索。沃尔特的历史以各种论辩和假说的方式呈现,枯燥乏味,同时他学究式的形象尽管生动却缺少质感。而在脱庇的历史中,斯特恩塑造了天真善良富有同情心的脱庇叔叔和聪明机巧、忠心耿耿的仆从特灵上尉,相比特里斯舛和沃尔特而言,他们有血有肉。脱庇·项狄的历史再现了17世纪末和18世纪初英国战争的历史背景。脱庇叔叔在1695年围攻那慕尔的战役中受伤,经过四年卧床治疗，在这期间他发展了对军事防御知识的爱好。伤愈后，他与特灵开始在住宅空地上模拟正在进行的敦刻尔克战役。项狄叔叔和特灵的模拟游戏与真正的战争史交相呼应。1713年战争结束，《巴黎和平条约》签订之时也是两人模拟防御游戏结束之际。游戏结束后，项狄叔叔开始了他的个人感情史，即他与寡妇沃德曼之间的恋爱故事。这一切都是在1718年特里斯舛出生之前发生的。伴随着特里斯舛的生平的展开，叔叔的历史以插叙的方式安插在特里斯舛生平叙事中，与沃尔特的思维史一样片段式地散布在各个章节之中，给读者一种极为不连贯的印象，呈现出非线状脉络。

上述分析可见，特里斯舛的生平呈现出线状叙事脉络以外，生平内离题与生平外离题构成非线性叙事，构成《项狄传》的主题叙事内容。

二、因果原则与联想原则

《项狄传》的情节模式呈现出离题为主的非线性脉络。《项狄传》的每次离题看似漫不经心，实则是有意为之。这是斯特恩深思熟虑之作，因为每次离题的的确确都围绕特里斯舛的生平。他的离题形式具有深层的哲学理论基础。

E.M.福斯特在《小说面面观》中指出因果关系蕴含了事件之间的联结关系，是情节的重要组织原则。这一定义代表了对现实主义小说传统情节模式的一个非常重要的认知。如果以此来衡量《项狄传》，那么这部作品中的因果关系原则的运用仅占极小的一部分。脱庇·项狄的历史是唯一呈现因果关系的历史叙事。脱庇叔叔在1695年围攻那慕尔的战争中腹股沟受伤，1697年回乡卧床养病四年期间经常有人探访关怀，他就养成了给众人讲述受伤过程的习惯，这一习惯培养了他对军事的兴趣，由此发展出阅读各种军事战争防御工程书籍的嗜好。病愈后，这种嗜好以新的方式表现出来，他和特灵下士在乡村住宅的空地上模拟战争走向建造防御工事。项狄叔父与沃德曼夫人之间的恋爱也是围绕这一腹股沟受伤事件展开，两者的交往始于沃德曼夫人对项狄叔父伤势的关注。这一些系列由腹股沟受伤所引发的事件之间存在因果关系。

但这种因果关系在事件与事件的联结之中所占分量微乎其微，联想关系才是主导组织原则。联想关系由洛克的"观念联想(association of ideas)"这一概念发展而来。斯特恩借助叙述者之口向读者发问,"请问,先生,在您所读过的书中,您是不是读过洛克的《人类理解论》这么一本书?……它是一部历史。"(87)洛克在《人类理解论》(*An Essay Concerning Human Understanding*, 1690)中提出"观念联想"的概念。"观念联想"是指基于某种相似性而产生的观念或是想法的连结。斯特恩把《人类理解论》这部哲学论著定义为"一部历史"的主要原因是其中"观念联想"概念为历史叙事提供了一个可参照的模式。它为《项狄传》的离题叙事提供了一定的理论基础。在《项狄传》第一卷中描写特里斯舛出生时,叙述者介绍接生婆、牧师约里克、项狄父亲和项狄母亲等人入场,然后,大费周章地叙述接生婆的背景、约里克的历史以及父亲、母亲伦敦生产和结婚协议等事件。通常而言,如果是关于特里斯舛的生平历史,故事叙事会集中在主人公身上,但斯特恩的离题叙事却把故事的主体放在这些非主人公身上。仔细揣摩这些离题又有一定的合理性,因为他们都是与特里斯舛出生相关的人或事。斯特恩巧妙地把洛克的联想原则应用到小说叙事之中。

在微观的语言对话层面,斯特恩也巧用联想原则,把日常对话与叙事脉络有机结合在一起。特里斯舛的鼻梁被斯楼泼医生的产钳夹扁后,医生在厨房忙活着修鼻梁(bridge)。听到特灵说医生在修鼻梁后,脱庇叔叔误以为是吊桥的桥(鼻梁与桥是同一英语单词),"——他可真热心,脱庇叔叔说;——代我向斯楼泼医生致敬,特灵,告诉他我打心眼里感激他。"(210)紧接着引发出两部分由"桥"产生的联想:脱庇叔叔的个人史和项狄父亲的思维史。叔叔的历史由他与特灵下士所修建的吊桥展开,提到叔叔与沃德曼寡妇恋爱期间,特灵追求沃德曼寡妇的女仆时,带领她参观堡垒时不小心滑下去把整个吊桥压垮成碎片,随后又引发至要重建一座吊桥。直至离题了两章才再次回到特灵与项狄叔叔对话的地方。脱庇叔叔说道:"——他真是太热心助人了……——特灵,请转达我对斯娄泼医生的恭敬,告诉他,我衷心感激他。"(217)项狄父亲听到两人谈话,以为谈的是吊桥,便说道:"——你这座倒霉的吊式桥梁"。(217)特灵这才向他们解释道:"这是为少爷的鼻子做的鼻梁"。(218)他的解释终止了叔叔的联想与父亲的误会,他们才知道特里斯舛的鼻子被产钳夹扁的事情。项狄父亲感到极为痛苦,随后展开了他头脑中关于鼻子的家庭历史、典故、假说等等叙事。从《项狄传》第三卷的第二十八章至第四卷的第十三章都是围绕鼻子所引发的观念联想:曾祖父由于鼻子小在结婚协议中对曾祖母做出了让步、哲学家们关于鼻子的辩论、各种关于长鼻子的假说、什牢坑驳鸠鼻子的故事等等。这些由于语言的模糊性而围绕鼻子产生的联想整整用了二十七章才结束。脱庇叔叔的吊桥与特里斯舛的鼻梁没有任何因果关系,但却可以有同一个词"bridge"而产生联想。《项狄传》主体叙事的展开都是以观念的联想为原则。

三、物理时间与心理时间

任何叙事都包含了作者对时间的思考。伊恩·瓦特(Ian Watt, 1917—1999)在《小说的兴起》(1957)中以形式现实主义来定义18世纪英国小说,这种形式现实主义的一个重要表现是小说往往按时间顺序进行叙事,并且时间标志非常明显。这里的时间标志指的是有形的物理时间。斯特恩在《项狄传》对这一主导模式进行反思,在情节中尝试物理时间与心理时间的并置。物理时间是指能够用日期、时钟或是其他手段,如页码等等,进行计算所表现出来的时间感,而心理时间是指作用于读者意识所表现出来的心理层面对时间的体验。

《项狄传》中的物理时间意识主要表现在特里斯舛和脱庇叔叔的历史中。有关主人公特里斯舛的历史,叙述者从他受孕开始讲起,然后讲述了出生、命名、鼻子被夹断、生殖器被窗扇砸伤、胡须的故事、父亲撰写《教育大全》、裤子的故事等等一系列伴随着他出生与成长的事件,都是按先后发生顺序写出,表现出明显的时间顺序以及情节发展的前进模式。这一叙事方式符合18世纪小说按照时间顺序进行叙事的写作方式。即使《项狄传》的离题风格使整体叙事显得杂乱无章,但在混乱中也有明显的时间标识。例如,叙述者明确交代特里斯舛的受孕日期是1718年3月。同时,脱庇叔叔的历史中各个阶段的时间标识比较明显,托马斯·贝尔德在《〈项狄传〉中的时间计划》一文中详细列举了叔叔的历史以及特里斯舛的历史各阶段的时间标识,针对评论界认为这部作品时间混乱,指出这是一部在物理时间上精心设计的作品。①

斯特恩的确在物理时间上计划周密,表现出他对叙事时间的思考,但他对时间的反思与设计意识真正体现在他对心理时间的尝试。下面从时间感最为明显的"出生"这一事件入手,来分析斯特恩对心理时间感的巧妙运用。②

在"出生"这一事件的描写中,斯特恩通过作者的写作时间、故事实际发生时间、读者阅读时间之间的对比表现张力。作品的写作时间和故事实际发生时间都在作品中有明显标志。读者的阅读时间以阅读的页数为量进行计数。出生这一事件自第一卷第二十一章项狄母亲即将生产那一时刻开始写起,叙述了出生后一天内发生的事情外加各种离题性的叙述,一直写到第四卷第十三章。在写作跨度上,横跨四卷本。对此,叙述者提到:"这个月我比十二个月前那个时候的我整整大了一岁;而且你们也看见了,我已经快到第四卷的中间了——还没有超出我第一天的生活。"(290)故事的实际发生时间不过一天,但读者却需要从第一卷第二十一章阅读到第四卷第十三章,而作者从第一卷写到第四卷时的时间却是一年。写作时间、故事实际发生时间与读者阅读时间形成强烈的对比。

从表层叙事角度来看,"出生"事件表现出斯特恩对物理时间的实验,而如果从深层角度来看,会发现斯特恩在《项狄传》中所进行的时间实验最明显的是故事实际发生时间与读者阅读时间之间的对比。这一方面表现的是前进与离题之间的强烈对比;另一方面表现出物理时间和心理时间的对比。

《项狄传》第一卷第二十一章中母亲开始生产时,项狄家一片忙乱,斯特恩没有直接写出生场景中的忙乱场面,而是以写与出生无关的父亲

---

① 参见 Theodore Baird,"*The Time-Scheme*",pp. 803—820。
② 《项狄传》共分 5 次连载,历时 8 年完成。在连载中,各卷本的叙事风格发生了一定的变化。对前进—离题叙事艺术最为精湛的实践部分集中在前两次连载,也就是前 4 卷中。后面的连载结构松散。这主要由于斯特恩受肺病困扰,创作力下降。尽管在后几次连载中基本延续了之前的风格,但是在胡须、裤子等章节的描绘中笔力大不如前,第 7 卷中对法国之行的描绘在整部书中更是显得突兀。在叙事艺术上的匠心独运主要表现在前 4 卷对"出生"这一事件的描绘。

与叔父之间的对话,从侧面映衬出生场面,

——我不知道楼上吵吵闹闹干什么,跑来跑去为哪般,沉默了一个钟头之后,我父亲对我的托庇叔叔说道,——您必须知道,他正坐在炉火的对面,一面对他穿的一条新的黑色长毛绒裤沉思默想,一面一个劲儿地抽着他那支高级烟斗;——他们可能在做什么呢,兄弟?父亲说,——我们连自己的谈话都快听不见了。(62)

这段对话将特里斯舛即将出生的情景引入后,紧接着就是大段的离题。离题中描述了叔叔与父亲的个性、两人关于姑奶奶私奔事件的争执、叙述者关于离题创作的构想、爱巴马儿原则以及叔叔受伤卧床养病到病愈后从伦敦奔往乡下别墅的事情。这段离题一直持续到第二卷第六章,也就是整整十章共三十九页的离题,才又回到这个出生场景中。在第二卷第六章开头部分接前言,

——他们到底在干什么呢,兄弟?我父亲问道。——我想,脱庇叔叔答道,——我给你说过,开始说话时,他把烟斗从嘴里拿下来,磕了磕烟灰;——我想,他答道,——哥哥,我们不妨拉一下铃来叫人问问。奥巴代亚,请问我们头顶上在闹腾什么呀?——我父亲问道;——我们兄弟俩简直听不清自己的谈话了。(101)

事件的实际发生时间也就是这段话与上段话之间的停顿也就仅仅几秒钟而已,但读者则需要阅读39页才又能与之前的对话衔接上。

通过故事实际发生时间和读者阅读时间之间的对比,斯特恩想要说明在极短的时间内,人的大脑可"联想"到各种想法,而如果把这些想法写下来后,读者阅读这部分的时间要远比故事的实际发生时间要长。这可以与心理时间进行类比,心理时间在人的感受中要比实际的物理时间要长。例如,恋爱中的人彼此间会有"一日不见如隔三秋之感"。这种感觉的产生是因为瞬间或是短时间内大脑浮想联翩,各种过去的情境、想法如潮水般纷沓而至。

对此,斯特恩具体在《项狄传》中对物理时间和心理时间之间的差异

进行了比较。

> 要想正确地理解什么是时间,没有时间我们就永远不会理解永恒,因为一者是另一者的组成部分,——我们应该认认真真地坐下来,思考一下,对绵延我们有一种什么观念,以便对我们获得这种观念的方式给出一个令人满意的解释。——对随便一个人来说,那算什么呢?脱皮叔叔啊。如果你愿意把目光转向你的内心,父亲接着说,并注意观察,兄弟,你就会发现,当你我一起交谈,一起思考,甚至一起抽烟时;或者,当我们脑海里连续不断地接受一些观念时,我们知道,我们是存在的,因此我们就叫我们自己的存在,或者把同我们心中观念的连续相应的别的任何东西的存在的连续叫做同我们的思想共存的任何东西的绵延,……
> 这是因为,父亲答道,当我们计算时间时我们习惯于分、时、周、月,——还有钟表把分、时、周、月的不同的量,给我们,以及属于我们的那些人度量出来,——所以在将来的时间里,如果我们观念的连续对我们有什么用处,那就很好了。(194)

在这部分,斯特恩对时间的绵延属性和物理属性进行区别。我们可以用物理时间来对事件或是生活进行度量,但是能够体现内在存在感的时间是心理时间。心理时间表现为各种观念的联想所引发的时间的绵延。如果以此来理解特里斯舛出生时项狄叔父和项狄父亲的那两段对话,会发现从"我不知道楼上吵吵闹闹干什么"到"他们到底在干什么",真实事件发生的物理时间也就几秒钟而已,但斯特恩插入大量的离题来填补时间的空隙。空隙的填补可以理解为叙述者写作时大脑中联想了成百上千个念头,表现出内在时间的绵延。而这些念头被记录下来后,读者就需要阅读很多页码才能完成这部分故事的阅读。这时,读者的心理会感觉到怎么过了这么长的时间,故事才向前推进这么一点。

斯特恩把对物理时间与心理时间之间的差异性的思考用于前进—离题的情节模式之中,从而从时间性方面,指出了离题叙事的合理性。

四、前进—离题情节模式的实质

斯特恩的前进—离题情节模式表现出对以线性、因果关系以及物理时间为基础的小说叙事进行质疑与反思,其质疑与反思的动力基础与动力来源是什么?

查尔斯 A. 奈特(Charles A. Knight)认为小说和讽刺文在叙事方面的差异是小说"重视因果和动机,尤其是人物的时间性成长,同时假定行动具有连贯性和同一性",而讽刺文与之相反,忽略因果动机以及人物的时间性成长。[①] 这样看来,《项狄传》的离题叙事容纳了讽刺文的属性,前进—离题情节模式从根本上混合了小说和讽刺文两种叙事形式。《项狄传》的前进叙事表现出 18 世纪中叶的小说叙事风格是毋庸置疑的,关键是能否将离题结构定义为讽刺文形式。这一论断的成立存在一个难点,即斯特恩与现代主义和后现代主义小说之间的关系问题。

现代主义和后现代主义小说也呈现出非线性、非因果关系和心理时间等叙事特征。这也是斯特恩研究领域往往把《项狄传》置于现代主义和后现代主义小说传统之中进行思索的一个重要原因,因为它的叙事形式与这两个传统之间具有相似性,即都违反了现实主义小说叙事中的线性、因果关系和物理时间等几个要素。但是否由于斯特恩与这两个传统在叙事方面表现出相似性,就可以忽略《项狄传》与它们之间的差异?这就涉及到如何理解《项狄传》离题模式中的非线性、联想关系和心理时间的问题。下面从《项狄传》与现代主义意识流小说的区别为例来看两者之间的差异。

现代主义意识流小说与《项狄传》表现出来的共性有非线性、非因果关系以及心理时间。尽管从外表特征上看存在着相似,但深入探究后会发现它们的内部存在巨大差异。差异一,《项狄传》受洛克经验主义哲学中"观念联想"概念的启发,将各种想法以联想形式表现出来。这种表达方式与意识流小说中的自由联想方式有重要区别。现代主义意识流小说受西格蒙德·弗洛伊德(Sigmund Freud, 1856—1939)与亨利·柏格森(Henri Bergson, 1859—1941)心理哲学影响,表现出心理深处的意识流动,而《项狄传》中表现的并非是心理层面的意识流动,而是大脑理性状态中的思想或是想法的流动,它是为人物之间的对话或是各种事件之

---

① Knight, *The Literature of Satire*, p. 223.

间进行关联而设计出来的外在的沟通方式。"观念联想"和"意识流"存在表层与深层、外在与内在的差异。严格来讲,《项狄传》并非是意识流,因为并没有意识的流动可言。差异二,在心理时间方面,意识流小说是对人心理意识的记录,因此在时间上表现出真正的心理属性。而《项狄传》的心理时间仅是在形式上作用于读者的心理状态而产生的心理对比,离题所表现出来的绵延属性并非真正是故事中任何人物的心理意识流动,而是形式上的心理时间。斯特恩所使用的"联想关系"和"绵延"的概念的根源并非是现代心理哲学思想,而是18世纪经验主义哲学思想。差异三,历史叙事的线性方式即是指按照事件发生的先后顺序进行叙述,而非线性则打乱这种时间顺序。但与现代主义意识流小说以及后现代小说的非线性叙事不同,《项狄传》中的非线性叙事不是围绕主人公一个人的叙事,如弗吉尼亚·沃尔夫(Virginia Woolf,1882—1941)的《达洛维夫人》(1925)和詹姆斯·乔伊斯(James Joyce,1882—1941)的《尤利西斯》(1922),尽管采用非线性的方式,但是仅仅围绕主人公的历史进行叙事。而《项狄传》并非围绕主人公的历史,而是围绕沃尔特·项狄和脱庇·项狄的历史进行叙事,是离题式非线性叙述。

通过上述比较可知,《项狄传》的叙事特质与现代主义意识流小说有着本质的不同,这种不同的根本在于《项狄传》叙事风格的产生有其独特的历史文化背景,它与讽刺文之间存在重要联系。

从斯特恩与荒唐俱乐部文人圈子的关系来看,查尔斯·邱吉尔是第一位表现出欣赏《项狄传》离题属性的评论者,而且在讽刺诗《鬼》中采用了这一形式。这就说明离题形式与讽刺诗艺术风格存在相似性。更重要的是,斯特恩采用离题模式的目的是为了容纳讽刺文的内容。这点在见解性离题(生平外离题)中表现最为明显。特里斯舛的见解是对特里斯舛生平叙事中的事件及人物进行评论。评论者往往语中带讥讽,矛头对准沃尔特·项狄学究式或是哲学家式的思辨。在见解部分,读者才会体会到斯特恩对所塑造出的人物形象的些微讽刺。但这种讽刺比较温和,并没有斯威夫特讽刺文的那种锐利锋芒以及对社会问题一针见血的敏锐意识。与斯威夫特的讽刺文相比,斯特恩的讽刺更多表现为一种嘲弄。例如,叙述者对沃尔特·项狄性格中的特性的见解,

——先生,我的父亲项狄先生,他决不肯按别人的观点看待事物;——他看待事物有他自己的观点;——他不会用同行的标准衡量事物;——不会的,——他是一名过细的研究人员,不会上这么粗俗的欺骗行为的当。——他常说,要用科学的秤杆称出东西的准确重量,秤杆的支点应该是几乎看不见的,这样才能避免通行原则的摩擦;——没有这个,应该总会改变,那种平衡的哲学的琐细将无重量可言,——他坚持认为,知识像物质一样,是可以分割 in finitum;——气质和顾虑像全世界的引力一样是知识的一部分。——一句话,他会说,谬误就是谬误,——不管它出现在什么地方,——不管是小,——是大,——对于真理来讲,都同样是致命的,真理不可避免地被一个谬误压在她的井底下,蝴蝶翅膀粉尘中的一个谬误,——跟把太阳、月亮和所有的天体都集于一身的圆盘中一个谬误作用是相同的。(147—148)

这段有关项狄父亲对知识与真理的科学态度与执着精神的描绘,可以与斯威夫特在《格列佛游记》中描述科学家们从黄瓜中提取阳光的科学精神相媲美。在这段见解性离题中,读者可体会到叙述者对故事中人物的嘲弄性讽刺。斯特恩通过离题来容纳讽刺文内容的另一种形式是各部分中插入的断章,如什牢坑驳鸠的故事、项狄父亲与母亲的结婚协议、祖父母的结婚协议、胡须的故事等等。这些断章以滑稽打诨的形式表现出拉伯雷式讽刺文的特性,尤其是其中隐秘幽微的性暗示与拉伯雷《巨人传》中的某些语言如出一辙。

前文分析可见《项狄传》的离题模式的确具有讽刺文的内涵,而《项狄传》的两个结尾也表明了这部作品综合了小说与讽刺文文类属性。

《项狄传》有两个结尾:一是以叔父与沃德曼寡妇恋爱终止为结尾;二是以公牛与公鸡的故事为结尾。《项狄传》第八、九卷中完完整整地交代了脱庇叔叔与沃德曼夫人之间的恋爱过程,这种交代一直延续到第九卷的倒数第二章。在第九卷的最后一章中则以公牛母牛不育问题为主题。这两个结尾对前面卷本中所设定的悬疑给出了答案。脱庇叔叔与沃德曼夫人的恋爱事件是斯特恩在前各个卷中反复留给读者的重要悬念,而公牛的故事也是前几卷中设下了伏线,在《项狄传》的末尾斯特恩就这两方面给出交代。

如果将脱庇叔叔的故事单独提取出来,会发现脱庇与特灵的故事符合塞万提斯式小说中主仆二人历险模式。项狄叔叔与特灵的人生历险表现为共同经历军事战争、共同受伤、共同以军事防御工程游戏为人生之事业、又共同经历了恋爱事件,这一系列的人生历险表现出人生的荒诞和悲凉之处。叙述者尽管对他们的怪癖加以嘲弄,但由于他们善良本性和令人同情的人生境遇,这种轻微的讽刺唤起的不是读者对他们的厌恶,而是深深的同情。这与堂吉诃德和潘沙的形象与人生际遇在读者心中所唤起的感情何其相似。此外,脱庇叔叔的历史中时间标志明显,不同事件中存在因果关系,而且他的故事以恋爱事件为结局符合18世纪小说中对爱情和婚姻的关注。因而,托庇叔叔的故事表现出的是小说属性。

斯特恩在结尾处把《项狄传》总结为"公牛与公鸡"之类的荒诞故事。这就从讽刺文方面对这部作品进行了定性。那么"公牛与公鸡"的故事到底指的是什么?项狄父亲养了一头公牛为堂区所用,一年夏天仆人奥巴代亚牵着他的母牛突然来访。事后,奥巴代亚就盼望着母牛能生小牛犊,盼了好多天一直没生,这时他将疑心落到那头公牛身上,怀疑这头公牛不能生育。故事就在对公牛生育能力的讨论中结束了。"老天!我母亲说,这到底是什么故事呀?——无非是公牛、公鸡之类的荒诞故事,约里克说,——这可是我听到的这类故事中最好的。"(670)九卷本的《项狄传》就在项狄母亲和约里克的这段对话中结束。斯特恩把《项狄传》定性为"公鸡公牛"之类的荒诞故事指明了这部作品中的讽刺文意图。"公牛的故事"隐含了《项狄传》的一个关键脉络,即对项狄家族男子的生育能力的质疑。沃尔特·项狄共夭折两个儿子,直到四十多岁才有特里斯舛。脱庇·项狄腹股沟受伤,而特里斯舛·项狄生殖器被窗扇砸伤等事件都指涉生育能力的有无与强弱。斯特恩以"公牛的故事"为结尾点明了《项狄传》指涉性能力的这一叙事主旨。对此,拉尔夫·格里菲斯在第九卷的评论中指出这卷本整体叙事无可指责,除了最后一章中的关于教区公牛的故事,它"乏味、粗俗和下流",并表示对斯特恩的荒诞滑稽(buffoonery)方式的叙事表示非常遗憾。① 而"荒诞滑稽方式"正是

---

① Allan Howes, *The Critical Heritage*, p. 183.

拉伯雷讽刺文的风格。约翰·霍尔—斯蒂文森曾在他的《疯狂故事集》中对这个故事进行指涉,他以"我堂兄的公鸡和公牛的故事"为题写了一篇讽刺诗。①可见,"公鸡和公牛"故事表明《项狄传》的讽刺文属性。

通过对《项狄传》中的前进—离题情节模式的分析可见,斯特恩的确戏仿了现实主义小说传统,其动力源泉是在小说叙事的表层结构下容纳了讽刺文式的叙事。斯特恩通过讽刺文式的离题情节模式与评价读者期待视野之中的小说式的前进情节模式进行对话,这种对话既肯定又否定了读者的期待视野,而否定多于肯定,于是便形成了质疑性的对话关系。而对于这种质疑,评价读者会运用其期待视野中潜在的文类规范来反作用于斯特恩及其作品。

第三节 《项狄传》的情节模式与隐匿的社会伦理制约

《项狄传》一经问世,评论界就注意到它的离题特征逾越了小说叙事模式,而表现出抵制的态度。《每月评论》的首篇评论提醒作者,希望他不要再使用这样的把戏,"如果我们确定他不再这样做的话,就不反对他采用自己的方式进行叙事。"②《批评评论》的首篇评论则认为《项狄传》的离题形式无法向读者传递任何清晰的想法。③抵制性评论的形成,表面上看来是由于 18 世纪没有系统的小说批评去深入关注并阐释某一作品的叙事形式或是离题形式超越于那一时代,因而当时的评论界无法欣赏它的独特性。但实质上,18 世纪英国小说的情节模式具有独特的审美内涵与深层的社会意义。《项狄传》的情节模式在产生时代不被认可,不仅是由于其违反了小说情节的审美规范,而且背离了它所隐含的社会伦理规范。

---

① 参见 John Hall-Stevenson, *Crazy Tales*, p. 23。
② Howes, *The Critical Heritage*, p. 4。
③ Ibid., p. 52。

一、《项狄传》与18世纪小说情节模式的审美内涵

  18世纪的英国,文学批评还未成为一个相对独立的领域,此类文章主要散见于各种杂文、评论、哲学对话、演讲课程等论说文之中,同时见于小说、讽刺诗、戏剧等文学类型的前言或是正文中。① 小说在当时并不是成熟的文类,小说评论更不成体系。现代学者在编撰文学批评史时,有关18世纪英国小说批评部分的经典篇章,往往仅收入亨利·菲尔丁(Henry Fielding)在《约瑟夫·安德鲁斯》(1742)前言部分关于小说文类的思考。实际上,尽管没有形成系统的小说批评,但小说在18世纪是新兴文类,小说家们会尝试去定义、实验这种文类,因此衍生出大量关于小说创作的思考,这些思考往往出现在小说作品的前言或是正文章节中。当时的小说家就已经自觉地思考小说的情节模式并有意识地借鉴亚里士多德的戏剧情节观,而评论者也以这一情节观为参照评价小说叙事。

  最初尝试对戏剧情节模式进行借鉴的是威廉·康格里夫(William Congreve,1670—1729)。康格里夫以戏剧创作闻名,也曾写过一部名为《隐姓埋名》(*Incognita*,1692)的小说。在前言部分,康格里夫言明借鉴了"戏剧创作对情节的设计、构造与结果",并认为这种方式还没有在任何小说中出现过。② 这是最早关于小说创作借鉴戏剧情节方面的思考。18世纪中叶,塞缪尔·约翰逊(Samuel Johnson)则进一步在亚氏戏剧情节观的基础之上对情节的统一性(unity)分三点进行思索:首先,叙事应开始于自然而然发生的状态,结束时读者思维处于宁静状态,这时读者不会期待任何更进一步事件的发生;其次,叙事的中间部分要一环扣一环按照因果逻辑关系组织事件,任何与前面故事没有关联或是对后面故事没有铺垫的无关插入都不可以出现;最后,要描述重大关键事件,而不是描写过于繁琐的细节或是进行不必要的点缀。③ 这其实就已经指出了小说叙事应顺应亚里士多德所提出的关于悲剧情节的开端、发展、高潮、

---

① Simon Jarris, "Criticism, taste, aesthetics," *The Cambridge Companion to English Literature 1740–1830*, eds. Thomas Keym and Jon Mee, p. 25.
② Cheryl Nixon, *Novel Definitions*, p. 78.
③ Ibid., p. 187.

结局的模式。

如果说约翰逊对情节的探索是以批评家的身份,从美学角度来思索亚里士多德的情节观与18世纪文学叙事中的关联,或18世纪叙事应该借鉴亚里士多德情节概念的地方,那么亨利·菲尔丁则是亚氏情节观的具体实践者,他把亚氏情节观准确地用于小说叙事中,创作出典范之作《汤姆·琼斯》。阿瑟·墨菲在《亨利·菲尔丁作品集》(1762)的介绍部分对《汤姆·琼斯》的完整叙事艺术进行赞美。他指出这部作品"在行动方面具有统一性,堪比创作中的伟大典范。"①之所以这样评价主要是由于他认为这部作品仅仅围绕一个核心事件,并关注这一事件在不同处境以及多次偶然事件中的发展,同时在叙事过程中设定悬疑诱发读者的想象力与好奇心,最终这些悬疑随着事件的进展而逐渐揭晓直至故事的高潮部分。总之,在这个过程中,《汤姆·琼斯》严格遵守了合适(propriety)与必然律(probability),最终将故事引入不可避免的结局之中。墨菲认为这种设计呈现出了"完美的情节"。②与菲尔丁类似,塞缪尔·理查逊(Samuel Richardson)在《克莱丽莎》(1747—1748)中也有意识地尝试这种情节观,在作品附言中,他言明这是"一部历史"或是"戏剧性的叙事",并指出其中借鉴了亚里士多德悲剧理论,同时指责那些仅仅将其看作为"一部微不足道的小说或是传奇"之人。③ 理查逊与菲尔丁的实践行为标志着亚里士多德的戏剧情节观成为小说文类的主导情节模式。

18世纪中叶的小说家们为什么把亚氏情节观应用在小说叙事之中? 亚氏情节观对那一时期的小说发展有什么独特意义?

小说文类内部经历了从事实性到虚构性界定的发展过程。早期小说家如阿芙拉·贝恩(Aphra Behn, 1640—1689)、伊莱扎·海伍德(Eliza Haywood, 1693—1756)等人分别在小说的前言或是致辞部分指出故事的真实性。丹尼尔·笛福(Daniel Defoe)则在《鲁滨逊漂流记》

---

① Cheryl Nixon, *Novel Definitions*, p. 192.
② Ibid.
③ Samuel Richardson, *Clarissa*, pp. 1495-1498.

中声称这是一个水手的真实经历①;而在《摩尔·弗兰德斯》中,他同样宣称是根据新门监狱女罪犯的真实经历撰写而成。直到 18 世纪中叶理查逊还在《帕梅拉》中宣称这些信件有迹可循,但在《克莱丽莎》中就发生了转变,他不再否认故事的虚构性,但坚持这种虚构符合真理和人性。这种转变的最重要的标志是亨利·菲尔丁在《约瑟夫·安德鲁斯》的前言部分对小说的散文体滑稽史诗的定位,这表示承认了小说文类的虚构性。一旦小说从事实性到虚构性的界定发生转化,就涉及一个重要的问题,即如何设计或是计划故事发展的脉络。如果是真人真事的记载,就按照原有的主人公生平事迹按照时间顺序叙事即可,而虚构性一出现,就促使小说家们思考如何通过美学手段使虚构性呈现出真实性,从而建构文本内部的真理认知模式,②这就涉及到"必然律"。

18 世纪小说家或是批评家在论及情节时,多使用设计(design)情节(plot)以及虚构(fable)等词,可见情节内涵等同于虚构和设计。而虚构和设计所遵循的原则是必然律(probability),必然律是 18 世纪中叶小说批评中的关键词。道格拉斯·莱恩·佩蒂在《必然律和文学形式:奥古斯都时期的哲学理论与文学实践》(1984)集中探讨了 18 世纪必然律在文学实践中的重要意义,认为必然律的概念是当时对自然和文学结构之间关系理解的核心。③ 自然和文学结构之间的关系是指,通过文学作品结构的起转承合的设计表现必然律的同时,呈现出自然的真理属性。对必然律的理解要在与可然律的区分中进行。可然律(improbable possibilities)和必然律(probable possibilities)在《诗学》中表示真实发生与可能发生两种事件。作者所描述的对象应是可能发生,而不是真实发生的事件,即遵照必然律而非可然律,这样才能达到艺术上的设计。尽管艺术是对现实的模仿,但艺术再现本身有它自身的规律,它需要对客

---

① Defoe, *Robinson Crusoe*, p. 25.
② 帕特里夏·迈耶·斯帕克斯指出现代理论通过各种方式解释情节的本质,但却极少注意情节的功能。他认为情节的功能包含两方面:作为艺术的一个组成要素的意义和反映生活的方式。因此,他认为"虚构叙事通过情节来创造和传达真理",同时吸引读者的欲望并控制读者对作品的理解。参见 Patricia Mayer Spacks, *Desire and Truth*, p. 2.
③ Douglas Lane Patey, *Probability and Literary Form*, p. xi.

观现实进行筛选,将客观现实糅合到艺术再现形式中,实现形式与内容的统一,从而呈现出艺术中的真理属性。菲尔丁认为,"唯独可然律不足以支撑叙事,我们必须遵循必然律。"①这也就说明小说由对事实性(真实发生的事情)的强调转移到虚构性(可能发生的事情)的强调,这种对虚构性的强调必然要求小说家们在叙事形式上建构符合必然律的认知模式,至此亚氏情节观融入到小说文类之中。

小说从事实性到虚构性的发展过程中融入了亚氏情节观,意味着把古典主义原则移入小说创作之中,提升了小说在文类等级结构中的地位并完善了小说叙事艺术,满足了小说作为新兴艺术形式的发展需要,同时这标志着小说达到了美学认知层面的建构,发展为一种相对独立的美学形式,就要有美学原则和规范。亚氏情节观成为小说文类重要的审美规范。如果以约翰逊等人所提倡的亚氏情节观来考察《项狄传》,会发现这部作品的离题风格几乎全部违反了其中全部的规则。

首先,故事主导的组织原则并非是因果律,而是约翰·洛克(John Locke)的"观念联想(association of ideas)"概念,这违反了必然律。"观念联想"是指基于某种相似性而产生的观念或是想法的连结,而非由因果关系而推动的事件之间的连结。

其次,《项狄传》中所关注的是小事而非大事,这部作品的叙事核心是特里斯舛的受孕、出生、命名、鼻子、胡须、马裤等小事件,这些构成整个叙事线,而主人公特里斯舛的生平历史反而是叙事的边缘。大量的离题导致主次颠倒、本末倒置、枝叶大于主干现象。

最后也是最重要的是《项狄传》没有真正地给出结局。小说结尾处并未对主人公特里斯舛做任何交代,这违反了18世纪小说的基本结局模式。18世纪小说的基本结局往往是主人公终止于人生暮年、历险结束,婚姻或是死亡。这些结局形式一直延续到19世纪英国现实主义小说传统中。但《项狄传》却违反了这些基本模式,没有给出上述任何一种结局。弗兰克·克莫德(Frank Kermode,1919—2010)认为情节是"建构人类意义"的行为,而结局则呈现出意义之所在。②《项狄传》没有结局

---

① Henry Fielding, *Tom Jones*, p. 258.
② Frank Kermode, *The Sense of an Ending*, p. 41.

就意味着这部作品并没有传达真理和意义。

斯特恩对亚氏情节观在小说叙事中的主导地位一清二楚,他故意在《项狄传》中插入"什牢坑驳鸠的故事"讽刺并戏仿这一情节模式。在即将叙述完这个关于长鼻子的荒诞故事时,叙述者对其情节模式进行反思,

> 现在我们赶向我的故事的结局——我之所以说结局(什牢坑驳鸠喊道)是因为作为一个各部分安排得当的故事,不仅具有一出戏剧的结局和突变,而且更具有戏剧的一切基本要素——它有戏剧的序幕、发展、高潮,他的结局或突变,一个接一个地出现,遵循的是亚里士多德首先确立的顺序——如果没有这几个阶段,一个故事就不能称其为故事。(269)

在提出故事中应具有亚氏情节模式的几要素后,叙述者对这个关于长鼻子的故事的情节进行分析。他把长鼻子生客迭戈的到来看作为序幕或是引子,号手老婆以及博学之士争论鼻子是故事的高潮,故事的结尾则是斯特拉斯堡人倾城去追长鼻子客人迭戈,于是法国军队趁虚长驱直入,最终斯特拉斯堡城沦陷。

"什牢坑驳鸠的故事"是《项狄传》整个情节模式的缩影。故事以迭戈的旅程为叙述对象,通常故事叙事要交代主人公旅程的来龙去脉,并围绕主人公的言行展开叙事。但这个故事却从他的鼻子方面大做文章,这与《项狄传》整体叙事非常相似,都是围绕特里斯舛的名字、鼻子、生殖器和胡须之类的枝节性的事件进行叙事,反而忽略了主人公本人的描述与介绍。即使在介绍迭戈的鼻子之时,也并非仅仅围绕迭戈鼻子进行叙事,而叙述出鼻子所引发出旁观者的好奇心,以及整个斯特拉斯堡各个阶层和博学之士对长鼻子的争论。观念联想而非因果关系在支撑叙事。故事的结局斯特拉斯堡城这一军事要塞的沦陷,与长鼻子生客之间没有必然的因果联系。尽管斯特恩在讨论亚氏情节观之时,名义上遵循,实质上是以戏谑的方式进行改写,其中既没有遵循因果律,也没有情节突变,更没有所谓的结局。他有意识地违反了18世纪中叶小说的主导情节模式。

二、《项狄传》与 18 世纪小说情节模式的道德内涵

对于现代读者来说,尽管斯特恩并没有运用亚里士多德的悲剧情节模式,但现代叙事理论已经把离题叙事容纳到小说情节的讨论范畴之内,因而不影响读者对其作品的理解与阅读。但对于 18 世纪的小说发展来说,亚氏情节模式却有着极其特殊的意义,它不仅标志着小说审美规范的建立,而且包含了社会道德规范的建构。这是由情节模式中所蕴含的作者与读者交流关系所决定的。

西蒙·哈里斯(Simon Harris)指出 18 世纪小说批评中有两个关键的问题:必然律和道德倾向。① 必然律和道德倾向既相互独立,又相互关联,这种关联在读者。

对必然律的遵循,如果从作者创作角度来看是把形式和内容融为一体,建构一个蕴含真理的认知脉络,即使这种建构是虚构的,但如果从读者接受角度来看,这种建构的最终目的是符合读者的认知规律,使读者相信作品中所传达的真理。因此,必然律并非如字面所讲是"必然发生的事件",而是指符合人类或是读者认知规律的必然发生的事件,这就是为什么"因果律"原则在亚里士多德情节观中极为重要。虚构叙事应该是在提炼现实中事实的基础上再现"真理",而这种真理的再现过程按照因果律支配下的"发生、发展、高潮、结局"的顺序发展,从而符合读者的认知规律而让读者相信。保罗·利科在《时间与叙事》中指出了必然律所包含的读者认知维度,认为所谓的"必然的"就是"有说服力(persuasive)的。"② 这个"有说服力的"所说服的对象就是读者。这就意味着小说家们要通过叙事形式向读者传达真理。那么,究竟需要向读者传达什么样的真理?

18 世纪小说文类向读者所传达的真理即是道德。约翰逊在《英语词典》(1755)中对道德(moral)的定义表现出虚构叙事中情节(fable or design)和道德之间的密切关联。他在词典中指出,"道德"是"所有虚构

---

① Simon Harris, "Criticism, Taste, Aesthetics," *The Cambridge Companion to English Literature 1740–1830*, eds.Thomas Keym and Jon Mee, p. 36.

② Paul Recoeur, *Time and Narrative*, Vol. 1, p. 49.

作品(fiction)所灌输的教义",而后又具体给出例子,"道德是诗人①的首要责任,是其教导的基础。诗人通过设计或是虚构(design or fable)以形成最为合适的形式来进行道德教导。""design"和"fable"指的就是情节设置,这就把情节和道德绑定在一起了。

情节与道德之所以密切相关是由于18世纪那一历史时期小说与读者之间极为亲密的关系所决定的。18世纪小说注重对家庭生活以及个人心理细节进行再现,这符合当时读者希望从文学作品中读到真实生活细节的需要。正如威廉·康格涅夫所言,"小说具有熟悉的属性,与我们的生活接近,激发我们的好奇心,通过意外与怪异的事件博取我们的欢心,但是这些事件不完全是不寻常或是前所未有的……"②小说家们不仅在再现内容上贴近读者需要,而且在形式上采用熟悉的(familiar)的文体风格与读者之间进行对话。简·巴克(Jane Barker)指出其创作原则除了采用情感现实主义与历史准确性再现生活细节,而且强调语言的熟悉性(familiarity)在小说创作中的作用,因为"采用时代熟悉的语言风格,既不会过时,也不会过于文雅而使其深奥难解。"③小说所创造的日常生活和语言上的熟悉感都极易作用于读者意识并对其行为产生重要的影响,因而小说也便更加需要表现道德。④

前文分析可见,小说吸收亚氏情节观的一个深层目的是通过情节设置向读者传达道德。《项狄传》的离题模式非但没有传达任何道德,反而整个叙事线都在指涉性。《项狄传》的主导叙事线中有个重要的点:受孕、出生、鼻子、生殖器、胡须和马裤。这一系列与生殖器相关的点全部

---

① 约翰逊用诗人泛指从事文学创作的人。
② Nixon, *Novel Definitions*, p. 77.
③ Ibid., p. 81.
④ Ibid., p. 203. J.保罗·亨特在《小说之前:18世纪英国小说的文化背景》中对这种道德说教意识做出了很好的解释。18世纪是西方历史上独特的青年文化产生时期,小说承担着教育年轻一代的历史使命。读者的阅读目的有一个阶段性的发展过程,最初他们为了获取信息、娱乐或是获得教益,但随着时间流逝,他们"为了一个更深层的原因——道德进步。" Barbara M. Benedict, "Readers, writers, reviewers, and the professionalization of literature," *The Cambridge Companion to English Literature 1740−1830*, eds., Thomas Keymer and Jon Mee, p. 3.

指涉性能力的强弱。

《项狄传》的一个独具特色的地方就是对主人公的生平从受精开始叙述,

> 我希望我的父亲和母亲,或者他们两人,都意识到了他们怀我的时候,自己是在干什么,因为对于这件事情,他们俩都是责无旁贷的;如果他们适当地考虑过他们当时的所作所为是多么地事关重大;——这不仅牵涉到一个理性生命的产生,而且还可能关系到他的健全的体格和气质,或许还旁及他的精神和思想模式。(4)

这就预示着受精过程的不顺利,而后叙述者又以委婉笔法描绘了父母做爱时的场景,"请问,我亲爱的,我母亲说道,你该没忘了上钟吧?——老天——!父亲惊呼了一声,同时注意把声音压低,——自古以来,哪有女人用这样愚蠢的问题打扰一个男人的?"(5)尽管他在描绘中没有使用任何污言秽语,但是"上钟"一词本身暗指"性交"。《项狄传》以极具喜感的做爱场景描绘拉开了整个故事的序幕,可谓前无古人,后无来者。

受孕时,母亲与父亲行房事时不合时宜的问话,驱散了父亲体内的动物元气,导致精子元气不足,这使特里斯舛在受孕时就注定了身体的羸弱,为后续一系列指涉性能力强弱的叙事埋下了伏笔。出生时,斯娄泼医生的产钳夹到了特里斯舛的鼻子,导致鼻梁塌下去,这就为项狄家族的小鼻子遗传雪上加霜,而鼻子大小则暗指性能力的强弱。斯特恩在第三卷和第四卷中插入的"什牢坑驳鸠的故事"极为大胆地描写了整个斯特拉斯堡的居民为一个陌生人的超大鼻子而疯狂的荒诞故事。居民对大鼻子的探究和痴迷状态,所潜藏的就是对性能力强弱的探究。5岁时,特里斯舛站在窗口撒尿时被意外落下来的窗扇砸伤生殖器,这又进一步指涉性能力。而后在关于做"马裤"的一章中大谈特谈是否给特里斯舛做马裤的问题以及关于胡须浓密的思考都在暗指生殖器的意象,以及对性能力的评估。

有关特里斯舛的一些列暗指男性生殖器的意象贯穿整部《项狄传》的叙事脉络,以极为显眼的方式占据叙事的主场。在这一主体叙事脉络之下,还存在一个情节相对完整的伏线,就是脱庇·项狄和沃德曼寡妇之间的恋爱故事,这个故事也仍然是以生殖器的意象为主导,并指涉性能力。脱庇叔叔在围攻那慕尔城时腹股沟受伤,卧床四年后恢复健康。沃德曼寡妇在对脱庇展开恋爱攻势前已经过了7年的寡居生活。她的恋爱攻势以咨询脱庇叔叔如何受伤这事为起点,终极目标是探查其腹股沟伤势是否影响他的性能力,当然这一切都以隐蔽暗示的方式呈现出来。斯特恩把脱庇叔叔和沃德曼寡妇与特灵的堂兄汤姆和犹太寡妇之间的恋爱相类比,目的是暗示寡妇再次择偶时的关键标准是男性性能力的强弱。当特灵向脱庇·项狄讲述汤姆和犹太寡妇的恋爱故事时,频繁出现的是香肠的意象,"报告老爷,再没有比一个女人做香肠时去讨她的欢心那么尴尬的事儿了——于是汤姆谈论起香肠;起初,还很严肃,——'香肠是怎么做的——用什么肉,什么香草,什么香料'——接着就有点儿轻浮——诸如'用什么皮——是不是它从不破——是不是最大的就是最好的'。"(630)"香肠"大小指涉男性生殖器大小,实质是指涉性能力的强弱。汤姆就是在这次关于香肠的谈话中以实际的性行为赢得了犹太寡妇的欢心。在特灵的提示下,脱庇才明白沃德曼寡妇旁侧敲击的真实目的。脱庇与沃德曼寡妇之间的恋爱故事就围绕着对性能力强弱的探究展开叙事。

斯特恩在《项狄传》以对性能力的指涉与探询来设计主体叙事脉络,从根本上违反了小说情节模式所应具有的道德内涵。

三、《项狄传》与18世纪小说情节模式的社会内涵

小说情节模式所具有的读者维度要求作者向读者进行道德说教,道德说教形式形成的另一个重要原因则涉及私人空间与公共空间之间的关系,也便涉及到小说家的社会责任问题。

18世纪是英国资本主义早期发展阶段,在这一历史时期,私人空间和公共空间形成区分并开始分离。与封建部族社会不同,在资本主义社会中个体与集体之间的关系并不仅仅局限于个体与某个私人领主之间的关系,而是个体与整个社会有机体之间的关系,这是由以劳动分工为基础的经济制度所决定的。正如哈贝马斯(Jurgen Harbemas, 1929—)所认为的18世纪资本主义商业经济的发展粉碎了封建权力的根基,发

展出"高度个体化的社会性框架",这时,私人空间与公共空间才真正分离。① 越是在"个体化"盛行的时期,越是需要一个"社会性"的公共空间来规范私人空间内的行为活动,以实现个体与社会之间的和谐发展。

如果我们以公共空间对私人空间的制约来理解作者—评价读者之间的关系时,会发现评价读者对作者创作存在制约关系。例如,文学评论期刊就是文化界公共空间的重要表现形式,所代表的是"公共权威(authority)空间"。② 文学评论杂志只有作为"公共权威"才能行使规范小说创作的权力,而它行使权力的最重要的原则就是道德。道德原则才能规范个人空间和公共空间转型时期的混乱状态,从而维持社会秩序。

小说创作最初模糊了公共空间和私人空间之间的界限,而后逐渐进入到公共空间之中。这种转型既是有主动,也有被动的一面。小说本身是一种自我个性表达、个体欲望伸张或是个体私密空间呈现的文学类型。但小说一经出版,小说家的创作就已经成为公共空间领域的一部分。小说创作模糊了私人空间和公共空间之间的界限。小说语言通俗,关注普通人的日常生活与当下境遇,上至贵族、中产阶级,下至仆从阶层,小说的阅读群体极为广泛,因而对公众有巨大的影响力。也正是小说的巨大影响力以及对个体欲望的张扬使当时的评论界认为大量的小说流向市场会"增强读者的期待与点燃读者的欲望"③,从而对社会构成威胁,于是整个18世纪总是时不时地出现对小说的攻击。面对这些攻击,18世纪中叶之后的小说家们逐渐有意识地承担起公共空间的道德训教以及秩序建构的责任。小说文类既是一种作家主体极为个性的表达方式,又是社会道德规范监控下极具社会性的文学再现形式。在小说文类的形成过程中,一方面表现出个人主义价值观以及个人欲望的彰显,另一方面又表现出受制于社会性的要求而对个体欲望进行规训,实现道德训教的目的,并起到社会道德传播者的媒介作用。小说的道德说教成为对私人空间和公共空间最初分离时期的混乱秩序进行调节的一种有效手段。这也是为什么18世纪中叶的文学评论以道德为评价标准,因

---

① Jurgen Habermas, *The Structural Transformation*, pp. 10–11.
② Ibid., p. 18.
③ Paul Hunter, *Before Novels*, p. 79.

为小说家们要承担起公共空间内的社会道德责任。

这种社会责任使小说家们不仅为自身正名,同时成为对私人空间和公共空间最初分离时期的混乱秩序进行调节的一种有效手段。道德的终极目的是建构稳定的社会秩序,从而使私人空间和公共空间和谐发展。这就是为什么小说家们不得不在作品中申明自己的道德立场。斯特恩在《项狄传》的情节模式中指涉性与情欲,却没有表现出节制欲望与宣传道德的目标,而且对"真理"本身都存在怀疑,因而无法承担公共空间内的社会秩序建构功能。这是为什么当时的文学评论界不认可它的一个重要原因。

通常而言,情节通过时间脉络或是因果关系建构文本内的真理,读者则通过阅读以解谜的方式来理解作者所传递的真理。但《项狄传》的离题模式则质疑真理存在的可能性,并否定读者寻找真理和意义的行为,表现出怀疑主义和不可知论。在《项狄传》中,叙述者对读者探究真理的行为进行评价,

——如果您乐意,您不妨推测一下,——趁您的想象活动的当儿,您可以激励它纵横驰骋,从而发现我的脱庇叔叔到底因为什么因果关系,腹股沟受伤后变得谦虚了。——您可以建立一套理论体系通过婚姻契约来说明我损失鼻子的原因,——向全世界说明到底是怎么回事,我倒了大霉,名叫特里斯舛,这与父亲的假说,全家人,包括教父、教母的愿望完全抵触。——这些问题上,加上尚未搞清的别的五十个疑点,如果有时间,您可以努力去解决;——不过我事先告诉您,您的努力将是徒劳的,因为《希腊的堂贝利阿尼斯》中的圣人魔术师阿尔基夫,他的妻子,同样著名的女巫厄甘达都不能声称与真理(原译文是实情)能搭上界(如果他们还活着的话)。"(156)

斯特恩对因果关系、读者的解谜行为以及真理属性进行反思,并指出读者通过因果关系来对《项狄传》所传递的真理属性进行解谜是徒劳的行为。这基本概括了斯特恩前进—离题情节模式的不可知论思想。斯特恩将这种探究真理和知识的欲望视为欲壑难平的表现,"对知识的需求,如同对财富的渴望一样,总是得寸进尺,欲壑难平,"(90)他还认为"探究真理永无止境!"(91)于是叙述者劝告叔叔道,"——停下!我亲爱的

脱庇叔叔,——停下！不,不需要对这种棘手、困惑的轨道进一步探究了,——步骤是错综复杂的！这迷宫中的曲径是错综复杂的！对知识这一诱惑人的幽灵的追求将会带给你的烦恼是错综复杂的。——我的叔叔啊！快跑——快跑——就像避开一条毒蛇那样快跑。"(92)斯特恩将对真理和知识的渴求比作为原罪,他通过"蛇"意象指涉《圣经》中亚当、夏娃受蛇(撒旦)的引诱偷吃知识树上的禁果,而后人类便陷入无休无止地对知识和真理的探索与求知的迷宫之中,但真理的寻求本身是无最终结局的。上述对知识与真理的思考所表达的是对人类理性状态的反思,表现出真理的复杂性与不可知性。

美国的讽刺诗人约翰·特朗布尔(John Trumbull, 1750—1831)在《乏味的演进》(1773)年写道,"具有双重含义,整洁方便,/从罗切斯特和《项狄传》。/因而在裁缝和演奏者之间,/休谟、特里斯舛和伏尔泰。"①特朗布尔,一面将17世纪末善于写讽刺诗,并且诗文中有明显的情色意味的罗切斯特伯爵二世与《项狄传》进行类比,指出两者在性暗示方面使用双关语的相似性；另一方面又将特里斯舛与18世纪英法哲学上的怀疑主义者大卫·休谟(David Hume, 1711—1776)和伏尔泰(Voltaire,原名Franois-Marie Arouet, 1694—1778)并置。这极具洞察力地指出了斯特恩的讽刺文风格和哲学上怀疑主义之间的关系。怀疑主义是指对真理和知识的获取持怀疑态度。休谟的怀疑主义主要表现在对因果律的反思之中,他用联想关系质疑因果律,在他看来一件事成为另一件事的原因,是由于两件事的观念的联想关系所致,但不能就此推断两者之间存在因果关系。这就对认识的可能性采取了怀疑的态度。②斯特恩在《项狄传》中以观念联想来质疑因果律,表现出与休谟的怀疑主义志同道合。③

《项狄传》中独特的前进—离题叙事模式融合了小说与讽刺文的属

---

① Howes, *The Critical Heritage*, p. 211.
② 参见 David Hume, *A Treatise of Human Nature*, pp. 73-78.
③ 实际上,洛克在使用"观念联想"时指的是疯狂的念头产生的联想,而非人类正常的理性状态时发生的思想变化。而真正将这一概念用于描述人的思维运转的正常状态的是休谟,而非洛克。

性,而表现出怀疑主义式(skepticism)的张力。① 这种离题情节模式表现的是对真理、对小说情节模式传达真理属性的怀疑主义。那么我们应该如何理解斯特恩的怀疑主义,是哲学式的还是文学式的?斯特恩不是哲学家,但他以文学的形式来思考哲学上的问题,因而与哲学有交合之处。同时,文学话语和哲学话语本身有着密切的关系,例如哲学家们可通过文学作品的分析表现对哲学的思考,例如雅克·德里达(Jacques Derrida, 1930—2004)对弗朗茨·卡夫卡(1883—1924)作品的分析。而很多作家的作品中蕴含了哲学上的思考,斯特恩作品中对洛克哲学以及对真理等问题的思考就属于这一类,因此才会有在绪论部分提到的关于斯特恩作品的哲学研究。但斯特恩的怀疑主义与讽刺文传统所具有的怀疑主义传统一脉相承。斯特恩受到了卢西恩、拉伯雷和斯威夫特讽刺文传统创作风格的关键影响,他们的作品中也表现出怀疑主义倾向,②这才是斯特恩怀疑主义的根源。

斯特恩对真理和知识的怀疑主义使其在 18 世纪中叶无法完成公共空间的真理与道德的说教功能。后奥古斯都讽刺文传统的一个根本的特征是怀疑主义,而这也是斯特恩在其作品自始自终所表现的显著特征。因此,他们的作品反对一切既定的规则,对文坛的权威进行质疑,以自由(liberty)来反抗权威,从而导致思想上的放纵不羁,进而表现出"破"的倾向。而约翰逊的道德思想基本上代表了 18 世纪中叶小说家们"立"的倾向,他对这种怀疑主义持否定的态度。在与鲍斯威尔谈到那些否认基督教真理的人,他说到,"站在否定的一边总是非常容易的。"③在 1751 年 2 月《漫游者》第 95 期中,约翰逊直接表示对怀疑主义的不赞同态度,他认为怀疑主义者"向已成为标准的观念和已确立的规则宣战,尤其将枪口瞄准那些普遍的原则,而这些普遍的原则在历史的变迁兴衰中

---

① 这也便解释了为什么《项狄传》的叙事形式为什么会在 20 世纪被重新发掘,不仅是由于形式主义美学的兴起,而且是由于现代主义和后现代主义运动对现实主义小说所具有的亚里士多德情节模式的真理观又出现了新一波的怀疑主义。对此,查尔斯 A. 奈特认为 20 世纪讽刺文成为主导后现代主义小说的主导特征,尽管它们仍然被称为小说,但实际上是讽刺文。参见 Charles Knight, *The Literature of Satire*, p. 225.
② Parnell, *Swift, Sterne and the Skeptical Tradition*, pp. 23–49.
③ Boswell, *Life of Johnson*, p. 145.

已经屹立不倒,它们被认为是不可侵犯的真理之神殿和坚不可摧的科学堡垒。"①这就直接增加了世界的怀疑和疑惑,"弱化了道德责任的义务,并消除了善和恶之间的界限",从而制造了不确定性、缺少目标、缺少理性原则和行为的动机。② 从约翰逊对怀疑主义的批判中,我们才能了解为什么18世纪的小说通常以因果律,或是以传记、生平为主导叙事模式,并以道德训教为主题,因为这在内容和形式两方面构建了一种社会秩序。这也是为什么《项狄传》最终无法让评论界在18世纪接受为经典作品,主要是由于它所具有的后奥古斯都讽刺文传统中的"破"而不"立"的倾向,缺少对道德秩序的建构。

上述分析可见《项狄传》的情节模式之所以受到批判或是攻击是由于它不仅违反了18世纪小说情节模式的审美内涵,而且违反了其中所蕴含的道德和社会内涵。早在《项狄传》发表之初就有评论者指出这是一部令人无法读懂的作品,"当我说我没读懂《项狄传》,因为这可能就是作者有意使读者不能读懂。这对我来说像是一种欺骗。"③还有评论者指出读者们在不断地解谜,希望知道结果或是谜底是什么,"某些人想象着他已经在打诨(buffoonery)场景中找到了深远的意义,然而却没有一丁点意义……他的作品就是一个没有谜底的迷。"④《项狄传》的前进—离题情节模式本身表现了对真理和知识的怀疑主义,因此没有传达意义,这就意味着没有任何道德立场,更无法承担社会秩序建构功能。

实质上,作者采用某种文类的叙事形式并不仅仅是作者创作上的选择,而且包含了读者的审美认知和社会评价的维度。E. D. 赫斯(E. D. Hirsch, 1928—)认为读者对作品文类的认知限定了读者可理解或是阐释的范围。⑤ 弗雷德里克·詹明逊(Frederic Jameson, 1934)也认为"从本质上来讲,文类是文学体制或是作者与某一独特的受众之间的社

---

① Samuel Johnson, *The Rambler*, vol. 4, p. 131.
② Ibid., pp. 131-134.
③ Howes, *The Critical Heritage*, p. 104.
④ Ibid., p. 169.
⑤ E.D. Hirsch, "Validity of Interpretation," *Theory of the Novel: A Historical Approach*, ed. Michael McKeon, pp. 15-16.

会契约。"①可见,文类是作者与读者之间对某一特定的美学类别与规范的契约式关系。《项狄传》的情节模式逾越了这种文类契约关系,斯特恩表面上以18世纪典型的生平历史线性小说叙事来作为整部作品的形式,但主导叙事却采用离题式的讽刺文模式,这不仅背离了小说情节模式的主导审美规约,而且违反了其中所隐含的社会伦理维度,必然不会被当时的评论界所认可。这同时也说明了为什么在18世纪中叶奥古斯都讽刺文会衰落,而小说文类会兴起。因为在个体空间与公共空间分离的历史阶段,小说文类一方面成为私人空间再现的一种文类形式;另一方面在公共空间权力体制的训导之下,承担着教育读者、维持社会秩序的功能,而这些都是讽刺文本身所具有的怀疑主义属性所无法承担的作用。

18世纪小说家往往借助"读者"这一媒介与评价读者进行对话,斯特恩更是凭借这一形式在创作原则陈述以及具体叙事实践层面与评价读者进行对话,与此相对应,评价读者在评价小说家的作品时,其中所考察的一个关键因素就是其对普通读者的影响,这构成了作者与评价读者作用与反作用协商关系的形成。在作者—读者对话现象和前进—离题情节模式两方面,斯特恩借助讽刺文方式挑战小说叙事模式常规。叙事形式本身不仅具有审美内涵,而且具有社会内涵,《项狄传》对小说主导叙事模式的违反的关键在于它违反了小说形式本身具有的道德说教的内涵,这导致这部作品没有真正被评论界所接纳。而评论界之所以无法接纳这部作品的原因的关键是考虑到无道德意图作品对读者会产生恶劣的影响。鉴于此,斯特恩在《情感之旅》中进行了创作转型,转型的主要标志就是道德主题传达。

---

① Fredric Jameson, *The Political Unconscious*, p. 196.

第三章

道德协商：《情感之旅》的顺应生成结构

女性读者可以在卧室读《项狄传》，而在客厅读《情感之旅》。
——斯特恩《书信集》

詹姆斯·A·沃克曾如此评价《项狄传》中的作者—读者关系，"读者已不止一次地感觉到斯特恩那炯炯有神的目光在注视着他……整部小说就是斯特恩和读者的会话，就是一部斯特恩和读者扮演主演的戏剧。"①的确如此，但斯特恩"那炯炯有神的目光"注视的不单纯是阅读读者，而是对其作品价值进行评估的潜在评价读者。与《项狄传》相比，《情感之旅》中作者与读者对话的意识仍十分强烈。弗吉尼亚·沃尔夫指出《情感之旅》中感伤情调过重，而这一缺点的主要成因是"斯特恩关心我们对他的心底的好评而造成的。"②这就指出了这部作品中无所不在的评价读者意识。

---

① 引自詹姆斯·A·沃克为《项狄传》为1940年的奥德赛版本写的序言，参见劳伦斯·斯特恩：《项狄传》，蒲隆译，第60页。
② 引自沃尔夫为《情感之旅》写的序言，参见劳伦斯·斯特恩：《多情客游记》，石永礼译，第237页。

两部作品中作者与评价读者之间的对话意识相似,但对话的焦点却发生了变化。《项狄传》对话的焦点是叙事形式,而《情感之旅》则是道德主题。从"形式"到"主题"的重心变化表明斯特恩有意识地在《情感之旅》中转变创作风格,从而回应评论界对《项狄传》徒有幽默形式而无实质内容的批评。斯特恩是一位在创作形式上具有极端自省与自觉意识的作家,《项狄传》和《情感之旅》无一不是精心缔造的产物,这展现了他在艺术探索方面的光彩与情思。其自省意识表现在反思评论界对《项狄传》的批评,进而在《情感之旅》中反复传达道德主题,从而矫正《项狄传》缺少道德说教意识的问题①,这表明斯特恩有意融入小说传统之中。②其自觉意识则表现在与评价读者对话的同时,把情感主义形式发展到极致,开创情感主义小说流派。

那么,究竟什么是18世纪中叶的主导道德原则?《情感之旅》如何顺应了这一规范?本章将对18世纪道德哲学进行梳理,以此为基点分析《情感之旅》所表现出来的道德意识。

第一节 情感主义的哲学思考

在《情感之旅》的开篇,斯特恩就把"多情善感(sentimental,或可译

---

① 《情感之旅》和《项狄传》之间尽管创作风格迥异,但两部作品存在内在关联。斯特恩在《项狄传》连载完成后,马上转向《情感之旅》的创作,而且对法国之行的描绘是对《项狄传》第七卷中法国之行描绘的延伸和矫正。而最能表现两部作品的内在关联的是文学评论期刊的评论和引导,从而促使斯特恩在《情感之旅》中进行创作转型。对此,托马斯·基默也指明《项狄传》和《情感之旅》之间具有连续性,而非断裂感,一是《情感之旅》的同情等特性在《项狄传》中就存在,二是跨年连载特性是斯特恩结合当时的读者文化品味进行调整。参见 Thomas Keymer, "A Sentimental Journey and the Failure of Feeling," *Cambridge Companion to Laurence Sterne*, p. 80。
② 融入的另一种表现是斯特恩不仅进行道德说教,而且《情感之旅》的叙事形式也发生了重要变化,离散式的讽刺文形式被塞万提斯式的小说叙事形式所取代。在《情感之旅》中,斯特恩依据在法国与意大利旅行地点的转换进行时间顺序的叙事,讲述了牧师约里克与他的法国仆人拉弗勒的情感历险。这种叙事的形式与堂吉诃德和潘沙,以及脱庇叔叔和特灵下士的刻画如出一辙。因此,《情感之旅》无论是在叙事形式上,还是在道德主题呈现上都与主导的小说叙事规范相一致。

为情感)"这一字眼带入读者眼帘。主人公约里克刚踏上法国领土开始旅程的那一刻,就将法国人看作以多情善感著称的民族。多情善感与《情感之旅》的题目中的"情感(sentimental)"是同一词,彼此照应。由此可见,斯特恩创作这部小说的意图十分明显,即描述情感。那么,情感具有什么样的内涵?根据埃里克·艾哈迈莎(Erik Erämetsä)对"情感的"(sentimental)一词的溯源发现,它最初出现在1749年布拉德莎夫人(Dorothy Bradshaigh,1705—1785)写给小说家塞缪尔·理查逊的书信中。《情感之旅》出版前,它仅零星出现在日常用语之中,而《情感之旅》的出版推动了这个词被大量使用。根据"情感的"(sentimental)一词在1746年到1759年的使用情况发现其定义包括三方面:(1)用来描述人的性格和行为所具有的情感(sentiment)特征,最初主要是指某人展现了优雅高尚的感受(feeling)。(2)用来描述情感,这种情感来源于感性,而非理性。(3)用来指文学创作中对情感的表达,或是对细腻温柔情绪尤其是对爱的表达。[①] 这三点概括了"情感的"一词在18世纪中叶的意义内涵。而实际上,sentimental是由sentiment这一名词拓展而来,sentiment最初的含义是观点、思想、想法,而直至18世纪中叶才具有情感的内涵。无论是sentiment,还是sentimental,它们之所以增加了最初所不具有的情感内涵,都与18世纪的道德哲学对这一词的使用有着重要的关联。

  18世纪中叶的道德哲学家大卫·休谟(David Hume,1711—1776)和亚当·斯密(Adam Smith,1723—1790)分别使用sentiment一词表示情感内涵。休谟在《论品味的标准》(1757)中多次提到情感(sentiment)一词。在他的使用中,情感是与理性(reason)以及判断(judgement)相区分的情感感受能力。这种能力作用于感官,主要表现为感受(feelings)和情绪(emotion)。亚当·斯密的《道德情操论》(1759)中以情感(sentiments)一词作为醒目的关键词。在论及人类的道德情感(moral sentiments)时,斯密着重举出了同情的例子。他认为在对别人慈爱的同情中,我们所展现的是友好的美德,这种美德表现为细腻、精致和温柔的感受力。[②]他所用的"细腻、精致和温柔的感受力"表达的都是情感的内

[①] Erik Erämetsä, *A Study of the Word "Sentimental"*, pp. 19-20.
[②] Adam Smith, *The Theory of Moral Sentiments*, p. 16.

涵。在他的使用中,这种内涵与道德感受,如"同情"、"慈爱"等等紧密相连。可见"sentiments"在他的使用中也与情感紧密相连。

上述梳理可见,在18世纪中叶,"情感与优雅感受联系在一起,情感或情感的(sentiments/sentimental)以及与之相关的感受力(sensibility)一词,实质所表达的是审美与道德反应。这几个词成为那一时期道德哲学中的关键词,标志着道德生活基础正由理性和判断向感性发生转变。"①《情感之旅》正是这一转变期的产物,斯特恩以"sentimental"来定义主人公约里克的旅行,表明其小说的核心是关于情感的道德之旅,所探索的是人类的感性,这与18世纪的道德哲学的情感主义道德相契合。

沙夫茨伯里伯爵三世(又名安东尼·阿什利·库珀,Anthony Ashley Cooper, Third Earl of Shaftesbury, 1671—1713)、弗朗西斯·哈奇森(Francis Hutcheson, 1694—1746)、大卫·休谟和亚当·斯密等人的思想构成了18世纪道德哲学的发展史。他们的思想标志着道德哲学的重心发生了重要转变:从对依靠理性反思而形成的道德感的关注转向对依靠感性所获取的道德感的关注。这为情感主义文学的兴起提供了重要的思想资源。《情感之旅》与18世纪的道德情感哲学有着极为密切的关联,②几乎20世纪70年代以来对18世纪情感主义文学的研究都注意到这点。但已有研究谈及18世纪道德哲学的影响时,往往强调沙夫茨伯里、大卫·休谟和亚当·斯密在这一哲学流派的重要影响力,而忽视与低估弗朗西斯·哈奇森道德哲学思想中的重要贡献,尤其忽略其美学思

---

① Ann Jessie Van Sant, *Eighteenth-Century Sensibility and the Novel*, p. 5.
② 评论界的另一种观点认为斯特恩的《情感之旅》中对同情和慈善的刻画与18世纪的剑桥柏拉图主义的自由主义教派所提倡的"慈爱(benevolence)"教义相似。斯特恩在他所出版的《布道词》中具体表现了这种倾向。因此斯特恩的传记作家阿瑟·卡什(Arthur Cash)认为应将《情感之旅》与《布道词》联合一起进行思考,而托马斯·基默则认为两者之间存在很大的差异,具体讨论参见 Donald Greene, "Latitudinariansim and Sensibility: The Genealogy of the 'Man of Feeling' Reconsidered," *Modern Philology* 75 (1977), pp. 159-183. 本文使用18世纪的道德情感哲学与斯特恩《情感之旅》的美学价值进行对照分析,是因为当时的道德情感哲学中的美学色彩使其与文学存在交叉,而这绝不是剑桥柏拉图主义者或是自由主义教义所能解释得通的。如果完全以宗教或是斯特恩的《布道词》与《情感之旅》形成参照进行解释,那么就忽略了《情感之旅》的深层美学内涵。

想与情感主义小说之间的重要关联。①

弗朗西斯·哈奇森的道德哲学思想是在对沙夫茨伯里伯爵三世的思想进行反思并拓展的基础上形成的。他的学生大卫·休谟和亚当·斯密进一步发展了他的哲学思想,因而他在18世纪的道德哲学的发展中起着承前启后的枢纽作用。哈奇森在18世纪道德思想家中最早触及美学方面的思考,并将道德哲学和美学相互联结进行阐发,在思想史和美学史上有着相当重要的意义。他的道德哲学蕴含了美学和社会两方面的内涵,是理解18世纪道德哲学以及情感主义文学现象的关键。

哈奇森在《论美与德性观念的根源》(1725)中首次将"美"和"德性"的概念进行联结,标志着18世纪道德哲学中以"美"论"道德"——美即道德的美学思想的产生,②而这种美学思想折射出道德哲学所产生的社会背景和争议的问题。因此,在他的哲学思想中表层为美学思考,深层则反映了18世纪道德哲学的社会内涵。它以"美"的概念来阐发道德哲学,这就为情感主义文学的形式之"美"提供了哲学基础,而另一方面,道德哲学的产生本身是对资本主义社会早期发展阶段中所出现的一系列社会问题的反思,以及在反思基础上表现为构建和谐秩序在思想层面的努力。这就为情感主义文学提供了再现、反思以及争议的内容。

如果把哈奇森的哲学思想和《情感之旅》所表现出的情感主义内涵相互映照进行分析,会对目前评论界对情感主义文学的一些争议问题提供新的解读③,而且能为重新理解《情感之旅》的美学价值提供重要参

---

① 自20世纪70年代以来出版的关于18世纪情感主义文学研究的专著和文章中往往将沙夫茨伯里伯爵三世、休谟和斯密等人思想的影响提到一个非常醒目的位置,而忽略哈奇森思想的重要性。

② 西蒙·贾维斯指出尽管18世纪已经出现了对"美"本身的思考,但是"美学这一概念并不完全适用于这一时期英国对艺术和美的思考"。参见 Simon Jarris, "*Criticism, Taste, Aesthetics*," *The Cambridge Companion to English Literature 1740-1830*, eds. Thomas Keymer and Jon Mee, p. 32。哈奇森并没有提出美学(aesthetics)的概念,但他以"美"来论道德的思想隐含了美学意识,可以说是英国美学思想的萌芽。

③ 评论界认为情感主义小说中表现了情感的放纵和过度呈现,从而表现出虚伪和表演性,因为小说中没有任何实际的慈善行为。例如托马斯·基默在文章中指出《情感之旅》所表现的是"感受的失败"。参见 Thomas Keymer, *A Sentimental Journey and the Failure of Feeling*, pp. 79-94。

照。下面将以哈奇森的道德哲学思想为切入点对18世纪道德哲学进行梳理,指出感性或情感所蕴含的"道德"内涵。

一、道德哲学的美学内涵

哈奇森哲学思想的核心是感性美,具体而言就是美来源于感性,它会激发感受上的愉悦,而对美的追求会指向对善的追求,也就是说美感是道德感的基础。他把美与道德置于感性层面而非理性层面的探索模式为他的感性美思想提供了道德基础。

哈奇森把感觉分为两种:内部感觉和外部感觉。内部感觉是指人类与生俱来的对整齐、秩序与和谐的感受能力。人类的认知倾向于喜欢规则、和谐的事物,因而把线条或是图形的对称视为美,而人类对这种美的普遍性认识和追求是一致的或是相似的。这种认知或是认识表现的是内部的感性能力。外部感觉则是指对理性行动者(rational agent)的情感、行为和性格等确认为具有道德属性的感觉,是理性思考的过程。[①]也就是说,内部感觉是指感性感觉,而外部感觉是理性感觉。哈奇森对感觉的两分法实质上是在对感性和理性能力进行区分。需要指出的是哈奇森对内部与外部,或是感性与理性的划分是基于道德情感感受或是能力。这种区分构成了他的感性美思想的基础,而若要理解他区分的重要意义,首先要知道沙夫茨伯里对感情(affection)和理性(reason)的区分。

沙夫茨伯里在《论德性和美德》(1711)一书中指出"一个人尽管慷慨、和善、坚定并有同情心,然而如果他不能反思他自己在做什么,或是看到他人在做什么,以此来评价什么是有价值以及什么是诚实的,并将价值和诚实视为他喜爱的目标,那么他就不具有美德的属性。"[②]这就将对"感情"的反思视为美德最终的表现,意味着尽管美德由情感的感受力激发,但需要理性的反思能力,才能最终上升到德性的高度。沙夫茨伯里总结道,"因此我们会发现价值和德性依靠明辨对错的知识和对理性(reason)的运用,这样才足以保证情感的正确运用。"[③]

---

① Francis Hutcheson, *An Inquiry*, pp. 8-9.
② Shaftesbury, *An Inquiry concerning Virtue or Merit*, p. 39.
③ Ibid., p. 41.

与沙夫茨伯里理性居主导的感性—理性二分法相反,哈奇森认为决定人的德性行为的基础在内部感觉中的感性层面。哈奇森认为人类对美的感受力来源于内部的感性力量,这种力量独立于并先于理性力量而存在。他举例来说明这点,我们的舌头对食物的甜的感受力是第一位的,然后我们才会想到甜的概念,或是我们在感受甜的时候,并不会想到甜的概念。他认为最初对事物之美的感知并非来源于"有关感知对象的原则、比例、原因或是效能等各方面的知识,而是最初打动我们的美。准确的知识并不能增加我们对美的愉悦感受,然而它也许会额外地从利益前景和知识方面增加一种清晰的理性愉悦。"[1]因此,在哈奇森的思想中,对美的感性感受是第一位的,而理性认知是第二位的。

继而,哈奇森又把对美的感受延伸至对理性知识的获取以及最终对美德的追求。由于我们对美存在着内在感受力,因此人们往往追求能够激发美和和谐的事物,以此获得愉悦感受。而这种追求也会开启我们对知识的追求,例如我们会试图证明美的事物为什么会具有善的属性,以及它是如何实现匀称的,或是我们是否在匀称概念方面具有美的感受。同理,对"美"的追求也会"带给我们一种道德感,指引我们的行动,为我们带来更为崇高的愉悦,会希望他人过得好。与此同时,我们也会不自觉地提升我们自己最大的私人的善(good)"。[2] 审美愉悦会在内在感受力方面激发人们对善以及善行的热爱。"善"的概念一提出,哈奇森就把对感性"美"的探讨上升到了道德"善"的层面,这也便意味着道德感根源在于感性,而非理性。

哈奇森的学生大卫·休谟不仅继承了哈奇森关于道德感源于感性的思想,而且在"感性美"的基础上发展出"品味美"的美学思想。在《人性论》(1739—1740)中,休谟指出"道德区分不是理性的产物。因为理性完全是不活动的,根本不能成为良心这样活跃原则的源泉,或是道德感的源泉。"[3]例如,我们对某人的同情和怜悯,肯定不是经过理性推导之后而产生这样的道德感。情感上产生的共鸣主要是情感层面的或是感性

---

[1] Hutcheson, *Inquiry*, p. 25.

[2] Ibid., pp. 99−100.

[3] David Hume, *A Treatise of Human Nature*, p. 458.

层面的体验,而理性层面的体验只会进行分析,但不会促使这种行为的产生。如果说哈奇森的感性美强调的是感性的目的,即愉悦的获取;那么休谟的品味美强调的则是感性的能力,即想象的精致。休谟在其著名的文学批评文章《论品味的标准》(1757)中把感性之美与品味(taste)联系在一起。他认为情感的感受力主要表现在品味的精致层面。在谈到情感、感受力和品味三者之间的关系时,休谟认为,"许多人不具有感受到美的合适情感,形成这种情况的显见原因是缺少想象力的精致(delicacy)。对于细致感情的传达,感受力是必不可缺的。每个人都假装拥有这种精致;每个人都在谈论它,或者把它作为品味或情感的标准。"①可见,休谟的品味概念是以情感在感性层面的体验为基础的,品味的重要属性或标准则是精致,而品味的高低则与感受力的强弱有关。从18世纪中叶文学评论界对文学作品中的"品味"和"精致"的要求来看,这已经成为重要的美学标准。"品味"极为显著地出现在批评话语中表明了文学界对文雅的重视。这不仅要求读者具有文雅气质,拥有像是在品味食物一样的细腻味觉去体验文学作品,而且要求文学作品或是艺术品本身要能够带给读者多层次的味觉体验与愉悦。当时读者和文学评论所"品"的"味道"主要是文学作品中情感的丰富和细腻。如果作品中表现出品味,那么作品本身就具有哈奇森所论的"美"的属性,也便是道德的。

  哈奇森的另一位学生亚当·斯密在《道德情操论》(1759)中继承了哈奇森的感性美以及感性道德的思想。他通过同情/共情(sympathy)的概念对情感(sentiment)进一步定义,指出了道德感获取的门径。同情作为关键概念最初出现在休谟的《人性论》中。所谓同情即人类的共通的情感感受。这一共通情感感受具有道德属性。休谟认为,"同情是人性中非常强大的原则,它对于我们对美的感受有重要的影响,它在所有的人造的美德(artificial virtues)中使我们产生道德感。"②他既指出了同情的美的属性,又指出了其道德内涵,"同情是我们对美德尊重的源泉,这

---

① David Hume, "Of the Standard of Taste," *Literary Criticism in England, 1660-1880*, ed. Gerald Wester Chapman, p. 294.
② Hume, *Human Nature*, pp. 577-578.

种赞许的情感只有在美德最终实现时才能发生,同时有益于人类。"①斯密则不仅继承了休谟关于同情所具有的美和道德属性的定性,而且发展了同情之"情"的多层次内涵。他把同情、怜悯与恻隐之心进行区分。"怜悯和恻隐之心用于表示我们对他人哀伤的同感是非常合适的词汇。同情,尽管它最初的含义与两个词相似,但如果我们用它表示我们对任何感情(affection)的同感,也是合适的。"②亚当·斯密扩大了同情一词的内涵,将它用来包含对任何情感状态,如悲伤、欣喜、痛苦等等的同感,而没有将其局限于悲悯怜惜之情。这一拓展与泛化的实质是指出了道德感获取的一个普遍途径,即同情。而这一途径实际上包容了任何一种情感状态。对于同情所隐含的道德感,斯密从自我和他人之间的关系层面进行解读,表现出对哈奇森思想的细化与承继。他认为同情是与自私相对立的一种人类本性中的情感,通过这种无私的情感,人类能够获得愉悦,"无论一个人多么自私,他的本性中也会非常明显的存在一些节操,这些节操会使他对他人的命运感兴趣,并且认为他人的幸福对他而言也是重要的。尽管他从中没有得到任何东西,仅仅得到目睹这种境况的愉悦。"③因而,同情是美的,也是善的。

在哈奇森的美学思想中,"美"表现的就是"善"或是道德。因此作者只要透过感性传递出"美"感,那么作品本身就是道德的,因为它一方面反映了作者具有向善的能力,另一方面,它能激发读者向善的情感。而休谟的"品味"的概念又进一步指明了作者如果具有丰富的想象力和感受力,表现出情感属性的精致细腻,那么作品就是有品味的,进而是美的,是善的。休谟和斯密的"同情"概念强调人类对美的共同情感本身就是道德。这就为情感主义文学所采用的文学形式之美提供了美学和道德基础。总体而言,18世纪道德哲学中的美学思想可概括为感性美、品味美和同情美。这三种形式之美都包含在斯特恩对《情感之旅》的创作中。

---

① Hume, *Human Nature*, p. 584.
② Adam Smith, *Moral Sentiments*, p. 3.
③ Ibid., p. 1.

二、道德哲学的社会内涵

哈奇森的美学思想从道德角度为情感主义形式本身提供了道德内涵,他从美的层面来解释道德,这实质上从另一方面折射出18世纪道德伦理学在社会层面的内涵。哈奇森、沙夫茨伯里以及后来的休谟和斯密的思想体系中一个关键的概念就是和谐。对这一概念的了解是理解审美本身所具有的社会伦理属性的基础。

哈奇森认为我们在各种各样的艺术品身上会发现"它们所具有的美的基础是匀称。部分与部分之间,或是部分与整体之间比例统一。"①这样的艺术作品才能使读者感受到整体的和谐感与美感,而这种和谐感所带来的愉悦具有召唤力,唤起人们对美的事物或美德的追求。哈奇森以"美"论和谐,而沙夫茨伯里以"善"论和谐。沙夫茨伯里认为整个宇宙与整个社会是一个和谐的有机体。个体和他人存在于一个普遍的宇宙模式或神定的秩序中。这个统一体就像树枝和树干、手足和躯干之间的关系一样和谐。任何生命生病了,这个普遍的系统也必定是生病了或不完美了。因此在整个社会有机体中,每个人必须是善的,这样整个有机体才能是善的。这也就从根本上决定了"善"的属性是个体和他人之间和谐相处的基本法则。什么是和谐,从美学角度来看,和谐是给我们感官带来愉悦或是美的感受;从社会角度来看,就是自我与他人、个体与社会之间的融洽一致。休谟和斯密的同情概念所论述的仍然是人与人之间在情感上的共通与和谐相处的问题。为什么和谐的概念会成为18世纪道德哲学的关键概念? 这与资本主义早期发展阶段出现的人人追逐个体的欲望或是个人利益而表现出的道德沦丧的倾向有关。道德哲学家们在这种情况之下构建新的道德观以确保社会稳定平衡发展,因此展开了人性本善还是人性本恶的争议,并对个人/私人利益和社会/公共利益之间的关系进行探索。要清楚这点,我们有必要了解伯纳德·曼德维尔(Bernard Mandeville, 1760—1733)和沙夫茨伯里之间的争议。

沙夫茨伯里从个体和社会之间和谐关系的角度来探索人性的根本,

---

① Hutcheson, *Inquiry*, p. 41.

源于他对当时早期资本主义社会中个人在自由竞争中所表现出来的自私自利(self-interest)行为的反思。他指出"每个人都有属于他自己的私人的善和利益,而这是自然在他所触及范围内提供给他的优势,这种优势推动他去寻找善和利益。"①沙夫茨伯里承认人性中的善和利益两种属性并存,并且指出每个人都有对与错(right and wrong)两种状态。明辨对错是人类与生俱来的本性,"对错感对我们来说就像是自然的情感一样自然,它是我们的体格和性格构成的最基本的原则。没有任何推理的见解、劝导或是信念能够立刻、直接地排除、摧毁它。"②从本性上来说,人大力寻找的是正确而非错误。这是因为如果一个人为了自己的欲望而对他人利益构成损伤,这不仅损伤他人,同时也损伤了自己。这是因为所有人都生活在一个有秩序的有机体之中。个体与他人之间构成了一个相互制衡的关系。而如果个体行为给他人带来好处和善,那么同时他人也会给他带来好处和善,因此"美德和利益最终是一致的(agree)"③。而美德或是善是人类的根本属性,这就奠定了18世纪道德哲学中的性善论的基础,即人本质是善的。对美德的追寻是人的本质属性,而个体利益和他人利益是和谐一致的。

继沙夫茨伯里之后,伯纳德·曼德维尔(Bernard Mandeville,1670—1733)在《蜜蜂的寓言——私恶即公益》(1705—1725)中运用讽刺文写作手法以蜜蜂和蜂巢来讽喻英国民众和社会,并质疑沙夫茨伯里的性善论。他指出"在这个黄金时代,人们不可能在享受了所有奢华和娱乐之后,还希望获取美德和纯洁。"④他辛辣的笔锋直指当时人们自私自利的贪婪本性,对利益的追求、对繁荣和富庶的欲望以及人们在自由竞争的市场经济体制下为了发财致富而不择手段的种种罪恶和腐败。例如,医生对名声和财富的珍视要远远大过对萎靡不振病人健康的关注,而律师整个技艺的基础是挑起争端和分割案例,并为邪恶进行辩护。同时,曼德维尔对建设社会的立法者和智者进行讽刺,他揭露这些人大力鼓吹公

---

① Shaftesbury, *Inquiry*, p. 27.
② Ibid., p. 48.
③ Ibid., p. 28.
④ Bernard Mandeville, *The Fable of the Bees*, preface.

共精神,竭力"使被他们统治管理的人相信,征服自己的欲望比沉溺于自己的欲望(appetites)要更有利;照顾公共利益比照顾个人利益更好。"[1]但实际上,这些立法者和智者的真正目的却是帮助自己"在较少的干扰下沉溺于他们自己的欲望之中"。[2]曼德维尔的矛头直指沙夫茨伯里的性善论及其所创造的温情脉脉的资本主义道德观。

《蜜蜂的寓言》的副标题是"私人的恶行,公共的利益",指的是在资本主义原始积累时期由于个体分工的形成,劳动效率提高,使整个社会富强起来,但这种富强建立在个人追求私利的基础之上。而对于沙夫茨伯里的"部分"和"整体"的和谐关系,曼德维尔更是尖锐地进行了颠覆,"每个部分都充满了罪恶(vice),进而整个群体却是一个天堂。"[3]也就是说,个体和整体之间的和谐关系不是以善和德性为基础,而是以利欲熏心的罪恶为基础。他认为,"无论任何人相信与否,没有人能够劝说他们反对他们的自然倾向,或是劝说他们来优先考虑他人的利益。"[4]因此人的本性是自私自利(self-interest)。

曼德维尔将人的本性定义为自私自利,而沙夫茨伯里则将人的本性定义为善和美德,这就形成了两种相互对峙的思想。曼德维尔之所以能够推翻沙夫茨伯里的思想,关键是沙夫茨伯里把理性对善的认知定性为第一位。对于此,曼德维尔认为理性一旦对善行进行反思时,就会以自私自利为核心,而忽略他人的利益,因此人的本性是自私自利。哈奇森正是在两者争议的基础上充实并完善了沙夫茨伯里的哲学思想,把感性对善的认知定性为第一位,从而发展出美即和谐、美即善的思想。哈奇森将"美"和"善"的概念完全放置到较理性层面更为内在和直接的感性层面来思考,这就排除了人类在理性认知和权衡后所作出来的利己的决定,从而从"美"的概念中发展了沙夫茨伯里的性善论,同时对曼德维尔的人性本自私自利的属性进行了反驳。而只有将德性的概念限定在纯粹的感性体验层面去思考,才能证明善而非恶是人类的本性。哈奇森认

---

[1] Bernard Mandeville, *The Fable of the Bees*, preface. p. 16.
[2] Ibid., p. 20.
[3] Ibid., p. 5.
[4] Ibid., p.16.

为"尽管我们对美德的渴望也许被利益所抵消,但我们对它本身所具有的美的情感体悟和知觉则不能被其抵消。"①对曼德维尔把人的本质定义为自私自利和自爱属性,哈奇森举例进行反驳,这就如同医生让我们喝下去一瓶让人恶心的液体,尽管为了治病的缘故而喝下去,但这种恶心的味觉不会变。尽管人们迫于处境或是利益而做了某些损害他人的不道德的事情,但他们对这件事情本身的不道德的感知是不变的,而不可能将这种行为视为道德或是美德的展现。例如,

> 一个叛国者向我们出卖了他的国家,可能对我们来说这不像是一个英雄保卫我们那样有利。然而我们会喜爱这个叛国的行为,但却憎恨叛国者。我们可以同时赞扬一个勇敢无畏的敌人,尽管他对我们来说是有害的。难道在这些行为中除了对利益的思考别无其他了吗?②

这就从根本上指出了人类对"美"的感知与欲望是"善"的根本,也是人性的本质。人对美的事物或行为的愉悦感受是第一位的,而对利益的关注是第二位的。

可见,哈奇森的哲学思想在18世纪道德哲学发展中的重要价值,而后休谟和斯密在借鉴了他的感性第一位的思想基础上充实了道德哲学思想。因此,真正在18世纪道德哲学中建立感性第一位的思想基础是哈奇森而非沙夫茨伯里。情感主义道德伦理学的实质是揭露个人欲望和个体利益无限制追求而产生的一种伦理思想,以此来重现建构社会秩序。18世纪道德哲学家们思想的重要特点是承认个体欲望的存在以及人对欲望的追逐,但这种追逐与公共利益和社会利益并不冲突。这种不冲突一方面是由于政治、法律或是经济制度进行规范调整来实现的;另一方面则是由人类本质中向往善、美的道德本性来实现的。

沙夫茨伯里和曼德维尔之间的争议不仅延伸到哈奇森的哲学思想中,而且继续外延至18世纪中叶的休谟和斯密的思想之中。休谟并不否认存在利己主义的行为,但是他认为"自我利益是法律制裁制度的最

---

① Hutcheson, *Inquiry*, p. 95.
② Ibid., p. 97.

初的动因,但是与公共利益之间的同情则是道德批准的源泉。"①他指出可通过政治、法律和经济制度的建立来限制自私自利的行为,在道德层面则通过学校教育和家庭教育来实现。休谟认为资本主义社会与封建社会不同的地方就是私人领域和公共领域的出现区分了关系,人与集体之间的关系并不仅仅局限在一个小领域之内,而是存在于整个社会有机体中。在封建部族社会内部,仅是小范围内的个人和领主之间的关系。而在市场经济和私有制制度下,个性发展、个体欲望以及个人私利的实现,所表现的并非是个体和某个私人领主之间的关系,而是和整个社会之间的关系。这就涉及到私人利益和公共利益之间的关系问题。因此,尽管存在自私自利的个人行为和个人利益,但是个人利益在这种社会关系中不得不考虑公共利益,这可以说是对沙夫茨伯里的社会有机体思想的发展。

亚当·斯密先写了《道德情操论》,而后写了著名的政治经济学著作《国富论》(1776)。前者的道德伦理为后者所论证的资本主义自由竞争的市场经济提供了伦理学基础,从而使后者合法化与合理化。而这两部著作的一个根本的论证基础就是对个人和社会之间关系的思索。斯密在休谟基础上发展的"同情"概念指明了人与人之间和谐相处的情感因素。这其实在个体利益和社会利益之间,或是个体利益和他人利益之间寻求共同和谐相处的基础。这与沙夫茨伯里对"善的秩序"的论证极为相似,区别是斯密通过政治经济学中的生产关系来阐释道德和利益之间的和谐。在《国富论》中,亚当·斯密从劳动分工开始谈起。劳动分工提高了劳动生产率,这是国家富强的一个重要的基础。劳动分工使个体劳动者与其他劳动者之间建立起紧密联系。一方面,有了分工,同数劳动者就能完成比过去多得多的工作量,分工会产生富裕并能够利用它来实现普遍富裕。另一方面,劳动分工使"人类几乎随时随地都需要同胞的协助,要想紧紧依赖他人的恩惠,那是一定不行的。他如果能够刺激他们的利己心,使有利于他,并告诉他们,给他做事是对他们自己有利的,

---

① Hume, *Human Nature*, pp. 499—500.

他要达到目的就容易多了。"①分工一经确立就意味着一个人的劳动生产物只能满足自己欲望的极小部分。他的大部分欲望,须用自己消费不了的剩余劳动生产物,交换自己所需要的别人劳动生产物的剩余部分来满足。于是个体必然要依赖他人生活。这时个人利益和与他人的共同利益就联结在一起,和谐相处也必然成为共同的选择。

如果说曼德维尔将所指出的个体欲望(appetite)和个体利益无节制的追求表现了社会中的不道德倾向,以尖锐的讽刺文形式直指当时社会的混乱社会秩序,那么道德伦理学家们同样意识到了这样的问题,但以道德方式试图在混乱的社会秩序中建立和谐秩序。因此,18世纪道德哲学的社会内涵就是人与人以及人与社会和谐相处。这种和谐相处之所以成为可能,不仅是由于人类本性中所具有的美德意识,而且是由于人类社会的生产关系决定了这将是人类道德的一种根本秩序。

那么如何来表现和谐,这需要了解亚当·斯密的同情(sympathy)的概念。他认为同情的根本目的是实现和谐相处,而具体实现这一目的需要两个品行:慈善和克制。慈善是指当我们为他人考虑多一些,而对自己感受的关注少一些,以此来限制我们的自私行为,从而满足于对他人的友善,那么就实现了人性的完美。② 在对别人慈爱的同情中,我们所展现的是友好的美德,"这种美德表现为以细腻以及料想不到的精致和温柔的感受力"。③ 克制则是指对极端的情绪如愤怒、憎恨要进行限制,因为这些极端情绪不仅不会引发别人的同情,反而让人感到厌恶和不友善。因此要将这种激烈的感情限制到一定的范围之内。这里慈善和同情所表现的都是对个体欲望的克制态度。18世纪的道德哲学家们承认个体欲望的存在以及人具有自私自利的属性,但他们认为人应该克制或是控制自身欲望,从而实现社会秩序的和谐,这就是道德。

和谐概念的社会层面的内涵就是对个体欲望进行节制,并对他人处境具有同情心,这样才能实现与他人和谐相处,这便是18世纪道德伦理学的基本内涵。而这种道德感落实在具体的文学再现中则表现为18世

---

① 亚当·斯密:《国民财富的性质和原因的研究》,第20页。
② Smith, *Moral Sentiments*, p. 15.
③ Ibud., p. 16.

纪的小说文类中明显的道德意图,当时的小说再现了对个体欲望的规训,以及对怜悯和同情的关注,并在后来的情感主义小说中又拓展到对慈善行为的关注。

综上所述,18世纪道德哲学共有美学和社会两个层面的内涵。在美学方面认为,只要表现出感性、同情和品味等方面的美感,就是道德的。这种美感亦可称为道德感。在社会层面,和谐是18世纪道德的重要内涵,这主要表现为强调个体和社会,以及个体与他人之间和谐,这便意味着个体需要控制个人欲望以实现这种和谐,其实质是强调道德行为。无论是美学还是社会层面的内涵,究其实质,18世纪的道德哲学都是为了面对早期资本主义发展阶段所出现的各种矛盾与冲突,建构和谐的社会秩序,从而建立新的资本主义道德观。对这种道德观的梳理为我们理解斯特恩在《情感之旅》中大张旗鼓所彰显的道德提供了重要的哲学和社会思想基础。

第二节 对话中呼应:《情感之旅》中的感性美学及其道德之维

18世纪小说家们在创作过程中都有意识地对作品形式进行创新,斯特恩在《情感之旅》中对情感主义形式本身进行多角度思索。"情感之旅"为题不仅是为了顺应评论界的要求,实现道德上的正确性,而且表明了他对旅行文学进行创新的意图。在"前言—写于单座马车上"这一章中,主人公约里克对游客进行分门别类,如闲散的游客、好奇的游客、说谎的游客、骄傲的游客、虚荣的游客与怨恨的游客,后指出自己是"多情善感的(sentimental)游客"。斯特恩借约里克之名表达自己创造新的游记形式的愿望,"我很清楚,我的旅行和观察,别具一格,与我的前辈截然不同。"(16)这说明斯特恩对各种游记形式和内容有着清晰的认识,而他则试图借游记之形式在前人基础上大胆创新。

游记在18世纪是一种普遍的文学形式。许多著名的小说家都曾写过游记,例如早期有丹尼尔·笛福的《鲁滨逊漂流记》(1719)、乔纳森·斯威夫特的《格列佛游记》(1726),后期塞缪尔·约翰逊所创作的《苏格兰西部群岛游记》(1775)。在18世纪中叶则出现了一些描写法国或是意大利之行的游记,其中极具代表性的是托拜厄斯·斯摩莱特的《法国和意大利之旅》(1766)。游记之所以成为一种非常重要的散文写作形式:一是由于18世纪英国经济迅速发展,人们整体生活水平提高,民众有闲暇时间和金钱进行旅行;二是这一时期的人们对外国的奇异见闻有极大的好奇心,旅游成为获取知识的一种重要手段。士绅阶层把子女送至国外接受教育是一种时髦的教育方式。《项狄传》中特里斯舛的哥哥就是在法国接受教育时病死他乡。旅游的根本目的是获取知识,而游记的主要目的是使读者能够通过阅读游记获取知识。对于这种知识获取的倾向,斯特恩在《情感之旅》中进行了思索,

> 我们为此乘船坐车旅行,的确可以获得知识,了解到改进情况;不过,无论寻求有用的知识,还是真正的改进,完全像买彩票一样——即使在那个冒险家大有收获的地方,他学到的东西,也要谨慎地、清醒地运用,才能多少得到点好处——不过,怪得很,有时学、用都偏偏碰不上机会,因此,我以为,要是一个人能说服自己,不靠外国的知识或是外国的改进也过得满意,他也做得同样明智,尤其是如果他生活在并不绝对需要知识或改进的国家——当我看到好奇的游客不畏旅途条件恶劣,长途跋涉去游览名胜,参观古迹,有好几回使我心里感到非常难受;正如桑丘·潘沙对堂·吉诃德所说,他们在家里也能看到这些,还不会打湿脚呢。这是一个充满光明的时代,欧洲各国、每个角落,无不发出自己的光芒,交相照耀——大多数学科和大多数事务的知识,像意大利街上的音乐一样,能分享的人,不付分文——不过,天下还没有一个国家——上帝可以作证,(总有一天我必须到他的审判席前交代这部作品)——我并非夸大其词——不过,天下还没有一个国家有更多可学的东西——如果那里可能比这里更适于求知,更有把握求得——那里艺术得到鼓励,会很快获得崇高的地位——那里很少由天性(整个来说)承担责任——总而言之,哪儿最富于智慧,更具有丰富多彩的特色,能满足我们思想上的需要——那么,亲爱的同胞,你就到那儿去——"(18—19)

在《情感之旅》中极少有对某一话题进行长篇大论的分析,而这部分是极

罕见的一章。斯特恩在反思并质疑究竟到外国旅游参观名胜古迹能否让人获得知识。这种质问表明：旅游未必会使人获取知识，即便获取知识，这种知识的获取也未必来自于对名胜古迹等外部表象的流连和观光。因此，斯特恩在《情感之旅》所描绘的并非是对外部景观的感受，而是内在的心灵之旅，这种由外至内重心的转变表明，斯特恩试图说明知识获取不仅可由外部景观的描摹中所得到，而且可从内在的情感体验中获取。上面引用的这一大篇话可以看作是斯特恩对这部作品创作意图的铺陈。

在"加来—在街上"这章中，斯特恩再次提到自己的创作主题是对心灵和感情的描画。斯特恩写道："一个人只要他能用心灵去关心一切事物，而且，既然他有眼睛，在旅途中能看到时间和机会不断向他提供的一切，只要他不放过他能正当的接触到的任何事物，那么，他在一生中这样短暂的时刻，可以了解到多少奇遇啊。"（48—49）这句话的意思是眼睛所观察到的外部世界最终将折射到心灵之中，这就意味着心灵体验是这部作品探索的核心。对心灵体验的探索就意味着作品所描摹的主要对象是人的感性而非理性，具体而言就是内在心灵空间的情感流动，而非大脑空间的思维活动或是外在世界的人的活动。这就意味着它与以理性因果律为支撑的情节模式不同，对斯特恩具体叙事方式以及他对心灵亦或是感性空间探索的终极目的的思考是理解他的感性美学的关键。

斯特恩对游记形式本身的思索以及所提出的"探索心灵"的创作原则，表明他在有意识地与评价读者进行对话。这种对话最终以具体的创作实践形式表现出来。斯特恩在《情感之旅》中把情感的多层次性以感性的形式表现为"美"和"善"，以获得道德上的正确性和合法性，进而表现出感性美、同情美和品味美三方面的美学思想。尽管斯特恩不是道德哲学家，但他有意识地探索和思考18世纪道德哲学中的关键概念，并将其置于具体创作之中。这与他在《项狄传》中借鉴洛克经验主义哲学思想有相似之处。斯特恩运用道德哲学思想，并通过文学技巧使读者意识到其中的美学内涵，把读者引入其中的情感状态，表现出说教色彩。

一、感性美

从《项狄传》到《情感之旅》，斯特恩经历了从对人类头脑中理性思维的关注,到对人类心灵丰富细腻情感所表现的感性活动的探索两个不同阶段。斯特恩打定主意把对"感性"的探索推至深处,借约里克之口宣示出来:

> 我宣告,我愉快地拍手说道,要是我在沙漠,我也会找到在沙漠中唤起感情的办法——即使不过如此:我会系情于可爱的桃金娘,或者寻找忧郁的柏树,跟它互通心曲——我会追求它们的阴凉,亲切地向它们致敬,感谢它们庇护——我会把我的名字刻在它们身上,发誓说它们是全沙漠最可爱的树;要是树叶枯萎,我会教自己哀悼,它们高兴时,我也跟它们一起高兴。(49)

斯特恩认为如果一个人情感丰富细腻,那么世界上存在的任何事物都可以唤起他精妙的情感,即便在沙漠、荒原之上,他甚至可和植物互通心曲。这不免有惺惺作态或是表演之嫌疑。尽管由于这种过度的表现和浮夸,情感主义在18世纪晚期被评论界斥责为泛滥成灾,甚至被汉娜·莫尔形容为是一种"病态",①但从斯特恩这段写作中,我们可以看到情感主义小说将感性推至极致时所表现出来的情态。

这个宣告表明斯特恩从《项狄传》中对"理性"的关注转向对"感性"进行摹写的巨大转折,其主要标志是《项狄传》以约翰·洛克的"观念联想"概念为主导方式再现理性运作模式,《情感之旅》则以"想象"概念为主导推动情感之旅程。斯特恩采用"观念联想"组织整个《项狄传》的叙事,在《情感之旅》中,斯特恩所探索的不是人的大脑思维过程中所表现出来的对各种观念进行连接的理智运行状态,而是透过"想象"(imagination)将所观察或是接触的感官对象带入感性情境,在其中纵横驰骋。

与《项狄传》中种种思辨淋漓尽致地展现理性联想能力相比,《情感之旅》中约里克的种种想象和幻想表现出情感的纵横恣意。约里克在加来的马车房门前见到一个柔顺女子,并没有看到她的脸,仅是观察到女子举止中透露出良好教养。这时,想象力在约里克的情感中发挥出作用,"我还没有看到她的脸呢——这不要紧;因为,想象马上就开始画这

---

① Allan Howes, *The Critical Heritage*, pp. 259–260.

幅画了,在到达马车房之前,早就画好了头部。"(27)旅店老板引领约里克与女子一起走到旅馆门前,突然发现拿错钥匙,于是重新去取。斯特恩用四章描绘在取钥匙的极短时间内妇人所引发的约里克的想象,其中仅插入几句交谈,其余皆是对心灵想象的描摹,表现出约里克对美妇人的视觉诱惑所产生的想象以及内心种种情感的斗争。"于是,我看见了最初引起我对她感兴趣的暗中毫无遮掩的苦恼表情——看到受忧伤折磨的人如此活泼,真叫人丧气。——我从心坎里可怜她;虽然对一个感觉迟钝的人来说,这似乎很可笑,——我真能把她搂在怀里温存一番,即使是在大街上,也不会脸红。"(31)这段对约里克情感的描绘可谓是"想象"诉诸于文字的极具代笔性的一段话。在《情感之旅》中,斯特恩对人物对话的描绘极少,大多描绘人物的行为、肢体接触,即使有对话也是以约里克间接转述的形式呈现,这就形成了第一人称内心情感叙事的一种特殊形式。《情感之旅》通篇皆是这样的心灵对话,由所见、所闻和所经历的事物引发的内在的情感独白,对话主题皆是情感的细微感受。

  斯特恩在探索想象的力量时,有意识地把理性和感性、心灵和思维进行对比,进一步表明感性力量之强大。约里克法国之行正值英法七年战争期间(1756—1763),入境时并未办理通行证,旅店老板了解到这种情况后警告他这可能会使他被关到巴士底狱中。这时约里克的头脑中出现了巴士底狱种种吓人景观,他反思到,

> 人们的头脑往往被它自己放大、抹黑的事物所吓坏:而把它们缩小,回复原大、原色,又往往被头脑所忽略——确实如此,我改正了命题,说道——巴士底狱是不容小看的邪恶——但拆去它的塔楼——填平其护城壕——卸掉门口的防御栅栏——简单地称之为拘留所,而且不妨认为是神经错乱者——而不是人的暴君把你关在里面——邪恶的一面消失,你就能毫无怨言地容忍另一面。(127)

  这部分的内部对话所表现的是理性的力量,约里克辩解称巴士底狱无非是有着防御栅栏的房子,如果将其邪恶一面去掉的话,就可以在其中享受免费吃住的待遇。约里克通过理性思辨来进行自我安慰,颇似沃尔特·项狄在面临种种困境时所采用的方式,但随后笔锋一转,描写了走

廊中困在笼子中的欧椋鸟大声喊着"我出不去——我出不去"(128),鸟叫声将约里克从深思中唤回到现实中。这时,约里克谈到:

> 我发誓,我从来没有让人这么温柔地唤醒过我的感情;也不记得我一生中哪一次出事,曾这么突然地召回我的放荡的心情,对我的心情来说,我的理性不过是泡影。尽管那一声声鸣叫是机械的,但唱起来,音调逼真,不消片刻工夫,就把我关于巴士底狱发挥的那番道理推翻了;于是我迈着沉重的步子一边上楼,一边把我刚才下楼时说的每个字收回。(128)

两段描写表现了理性与感性的交锋状态,最终感性战胜理性,在情感体验方面,理性无非是"泡影"。当约里克想到自己可能入巴士底狱失去自由时,诱发了约里克关于囚徒被囚禁的种种想象,

> 不管你怎么乔装打扮,仍然是受奴役!我说道——你仍然是一杯苦酒;虽说世世代代都有成千上万的人不得不把你喝下去,你的苦味却并不因此减少分毫。——三倍甜美、仁慈的女神啊!我向自由说道,无论当众或在私下,人人都崇拜你,你的滋味令人感激,而且永远如此,只要天性不变——言词的任何色彩都不能玷污你那雪白的披风,任何化学作用也不能把你的权杖变为废铁——乡下小伙子即使吃面包渣,只要你向他笑笑,他就比那位把你逐出朝廷的国王还幸福——。(129)

这段关于"自由"与"奴役"的奇思妙想,斯特恩写得妙趣横生,但回想起来却令人深思、余韵袅袅。当把"自由"与"奴役"的状态作比较时才会发现,任何理性的论证都无法克服"受奴役"失去自由时绝望的情感体验。当心灵的情感活动与头脑的理性活动的交锋时,感性力量直抵心底。斯特恩对"自由"和"奴役"的思考展现出了"想象"的魅力,同时也表现出对奴役状态的同情之心。①

---

① 与此类似,斯特恩曾对奴隶制进行思考,他认为无论是种族主义如何以种族论来奴役黑人,但是从"情感"上来论,人类对自由的向往是人的本性(human nature),这点黑人和白人没有什么不同。参见《项狄传》第九卷第六章,以及斯特恩《书信集》中与伊格内修斯·桑丘(Ignatius Sancho, 1729—1780)的通信。

斯特恩在《项狄传》中根据"观念联想"组织叙事,在《情感之旅》中,则用"想象"推动叙事进程,可见18世纪中叶后文坛的审美品味发生重要变化。"想象"和"观念联想"既有联系,又有区别。两者都表现出联想的现象,但前者是种种感情或是情绪在被激发后而形成的连接;后者则是各种观念或是概念在头脑中经由联想而产生的思辨。因而前者重感性,而后者重理性。同时,两者的目的也不同,"观念联想"表现的是思维的灵敏机变;"想象"表现的是对愉悦的感受。"想象"是18世纪文学批评中的重要概念。约瑟夫·艾迪生(Joseph Addison,1672—1719)在其重要的文学批评文章《论想象的愉悦》(1712)中论述了感官和情感之间的关系,"一个具有文雅想象的人可进入许多愉悦之中,而这是粗俗之人所不能接收到的",具有丰富想象力的人能够从最粗俗和未经开垦的自然中感受到愉悦(pleasure)。①

可见,斯特恩借用"想象"进行叙事的最终目的是表现感性体验能够体察事物所蕴含的美好和愉悦。文学作品的一个重要宗旨就是呈现出愉悦的状态以及能够以此带给读者愉悦的感受。在铺陈后,斯特恩有意与斯摩莱特的《法国和意大利之旅》进行比较。两人都受肺结核疾病折磨而去法国进行温泉疗养,又都采取了游记形式将旅行经历写成小说。尽管两人经历相似,但呈现在游记中的精神气质却迥乎不同。借此差异,斯特恩言明自己的创作风格。

斯特恩在两次法国之行都有肺部大出血和与死亡进行斗争的经历。这点在《项狄传》第七卷中有生动的刻画,而在写作《情感之旅》时,身体更是处于极度衰弱的状态。但在《情感之旅》中,读者无时无刻不感受到愉悦与和谐。斯摩莱特去法国时深受肺病折磨,而且要承受女儿早夭的打击,因此对旅游中种种景观人事的不尽人意之处着意刻画,而略显尖酸刻薄。② 斯特恩对此批评道,"那位博学的斯梅尔芬格斯从布洛涅旅行

---

① Joseph Addison, "On the Pleasures of the Imagination," *Literary Critiicism in England, 1660-1800*, ed. Gerald Wester Chapman, p. 241.
② 斯摩莱特文风扎实,学识渊博,且见解独到,尽管让人尤其是法国人感到他对法国人情的攻击而深受触犯,但可以说这部游记将旅游业兴起,仆从、旅店老板等谋财趋利时采用不光明手段的行径都做了赤裸裸的刻画,惟妙惟肖,让人阅读时颇有身临其境之感。

到巴黎——从巴黎到罗马——等等地方——不过,他是怀着怨恨,带着黄疸病动身的,他经过的每一事物,都变了色,变了样——他都一一描述一番,那不过是描述他那可悲的感情而已。"(50)斯梅尔芬格斯的英文词是 smelfungus,可拆分为 smell 和 fungus 两个词:前者指闻起来,后者则指真菌、霉菌。同时 Smel 又与斯摩莱特的英文名 Smollett 在词形上接近。由此斯特恩暗讽斯摩莱特闻起来像霉菌。斯特恩认为斯摩莱特描写的是可悲的感情,缺少描摹快乐的能力。他借约里克的口吻谈到:"我从心里可怜他们:他们没有培养写作这种作品的能力:要是把天堂的最快乐的大厦分配给斯梅尔芬格斯,他们也绝不会快乐,他们灵魂便永远在那儿进行苦行。"(51)斯特恩在与斯摩莱特的对比中指出自己的不同之处在于愉悦(pleasure)情感的抒发。

愉悦和快乐是《情感之旅》中出现频率非常高的词汇。尽管斯特恩处于病弱甚至走向死亡的状态(《情感之旅》出版后不久他就去世了),有时在文字中,我们会读到淡淡的不经意的一抹忧伤,但他在作品中主要向读者传达愉悦和快乐的情感。在斯特恩的人生哲学中"寻欢作乐"(seeking pleasure)是他创作的重要原则。在人生痛苦旅程中,笑成为斯特恩面对痛苦的一种方式,他的两部作品都表现出这点,但有"大笑"到"微笑"之分,在《项狄传》中,斯特恩采用拉伯雷讽刺文的狂欢式大笑(laugh),笑人生一切荒谬之处,而《情感之旅》则表现为对生活状态满足的微笑(smile)。《项狄传》处处表现为欲望的不满足与匮乏状态,而《情感之旅》则处处表现充盈与满足状态。这既是斯特恩在生命即将走向终止状态时对生命圆融境界的思考,也是斯特恩有意选择的一种艺术创作方式。

主人公约里克雇佣法国仆人时,明知拉弗勒没有真本领,但由于拉弗勒喜气洋洋的样子而雇佣他。拉弗勒"满脸喜气洋洋,不下于天性在任何人脸上着的喜色——我对我这个帝国真是心满意足了;如果君王们都知道他们愿意干什么,他们可能会跟我一样满足。"(57)约里克打定主意让自己和读者开心高兴,雇佣仆从也看中其"喜气洋洋"之处。斯特恩对约里克和仆从拉弗勒之间关系的刻画,有着脱庇叔叔和特灵以及堂吉诃德和潘沙之间的主仆关系的喜剧色彩。在《情感之旅》中,拉弗勒本人就是"喜悦"(joy)的象征,他可以在 L 伯爵下榻旅店的厨房内引发一片歌舞升平的欢腾场面,"还不到五分钟,拉弗勒就已取出笛子,随着奏出第一个音符,他就领头跳起舞来,带动了侍女、旅馆老板、厨子、下手,所有在场的,猫、狗,还有一只猴子,都跟着跳起来:我想,从古至今,还没有一个厨房有这么快乐。"(80—81)

"感性"之所以为"美",一方面是由于其中具有道德的内涵,另一方面是人们通过感官所具有的感受力来体察事物本身所蕴含的美好和愉悦。文学作品之所以能够称得上具有感性美,是因为作品呈现出愉悦的状态以及能够以此带给读者愉悦的感受。感性的力量存在于对愉悦事物的感受力,因此情感主义文学无时无刻不彰显愉悦、快乐和满足感,即使在极为悲凉的境遇之下。奥利弗·哥尔德斯密的《韦克菲尔德的牧师》(1766)是 18 世纪中叶一部非常重要的情感主义作品。"快乐"(happy)一词在这部作品中出现多次,每次都试图表现主人公牧师在经历种种困境之时,内心仍然保持"快乐"和"幸福"的感受。这部小说在情节设计或是人物性格塑造方面略显粗糙,但它有一个突出的特点就是注重描写人物在逆境中对"快乐"的感受力,这也是情感主义文学一个突出的特点。

二、品味美

既然感性的力量是带给人们以愉悦,那么一部作品如何才能实现愉悦的效果?斯特恩在这方面强调"品味的精致"。

品味(taste)的最基本词义是对食物味道进行品尝的行为。在 18 世纪则表示智识的鉴赏和辨别能力,它与感受力、感性和知觉有关。如果以品尝食物来看,就是鉴别食物味道的好坏;如果以鉴赏文学作品来看,就是评论其中的善恶或是道德与不道德。在 18 世纪中叶情感主义道德语境中,品味不仅代表内容,而且包含了形式上的要求。如果评价某部作品是否具有品味,这就意味着不仅是判断其是否传达道德意识或是善的观念,而且要看作品是否具有细腻和细致的属性。这时,我们也就能够理解当时的评论界为什么会指责《项狄传》"腐败品味"(corruption of taste)"和"缺少精致(want of delicacy)",前者是由于其为缺少道德训教意图,后者则是指其以讽刺文的喧嚣甚至是粗俗的刻画违反了精致和细腻的要求。因此"品味"本身就存在再现内容和再现形式两方面区分。再现内容即是对道德再现,再现形式则要求"精致"(delicacy)。

"精致"(delicacy)在塞缪尔·约翰逊的《英语词典》(1755)中主要有如下含义:(1)食物的雅致和精细;(2)能够给感官带来愉悦的任何事物;(3)柔软和阴柔美;(4)细微和极为细小的准确(minute accuracy);(5)文雅和举止彬彬有礼;(6)温柔和具有怜悯之心。精致的定义表明品味是指与粗糙、粗鲁相对立的细腻品质。有评论者指出,"现代的安定、闲暇和教育"是促成细腻感性和精美德行"的重要原因。① 也就是说,"品味的精致"是某种历史背景的产物,而这一原则落实在情感主义小说之中,则成为小说家们就小说形式本身所试验并突出的一种技巧。

在波努瓦尔一章中,斯特恩对感受力(sensibility)的细腻进行思索,

——亲爱的感受力(原文译为敏感)啊!给予我们欢乐时所珍贵的东西,痛苦时要付出高昂代价的东西的永不枯竭的源泉!你用铁链把为你受苦受难的人拴在稻草铺的床上——又是使你们如登天堂——感情的永恒的源泉!——这正是我要探索你的地方——是你的神力在我心里活动——不是因为在痛苦而令人厌恶的时刻,"我的灵魂看到毁灭缩了回去,惊慌了"——这不是在卖弄辞藻——而是因为我感到身体外有些慷慨的欢乐和慷慨的关怀——这一切都来自你,世上伟大的,伟大的感觉中枢!即使在你所创造的最遥远的沙漠中,有一根头发掉到地上,你都会颤动。(214—215)

斯特恩将感受力理解为感情的永不枯竭的源泉,能使人感受到欢乐,而感受力的细腻程度可达到有一根头发掉到地上,它都会颤动的程度。这其实所表现的就是品味的"精致"所能到达的程度,品味的"精致"就是品味美。

斯特恩不仅有意识地对品味的精致进行思索,而且在创作技巧上对品味的细致和细腻进行挖掘。品味美是在感性基础上所产生的美的属性的延伸和细化,它主要表现为创作技巧方面的探索。《情感之旅》中,

---

① 参见石永礼译:《多情客游记》,第15页。

斯特恩在表现品味美时采用两种方式：(1)对细小事物的关注；(2)重复与强调技法的使用。通过对细小事物进行关注并借助重复和强调技法，作品就给读者一种对细小事物进行放大，产生类似放大镜似的效果，这表现出叙事者本身对所观察和感受的对象的多层次的情感体验，同时作者借助这样的文字激发了读者对日常所忽视事物的感受力。这既表现了作者本身所具有的细腻品味，又对读者的品味施加影响并进行教化。

细腻和细致大多展现在约里克的艳遇场景之中，斯特恩借助细节的描摹，将点到为止的两性欲望交流的细腻之处展现在读者面前。约里克在巴黎时向一个面带喜色的女店员进行问路，为答谢她热心指路之情，要在其店中购买两幅手套。女店员把一个又一个的手套放在约里克的手上试戴，"这位美丽的女店员，一会瞧瞧手套，一会瞧瞧一边的窗户，一会又瞧瞧我。我不想打破沉默——而是学她的样：于是，我瞧瞧手套，又瞧瞧窗户，又瞧瞧手套，然后瞧瞧她——这样你来我往，周而复始。"(101)明明是极为简单的手套试戴，斯特恩却不厌其烦地呈现两者周而复始的动作，从而放大了女店员和约里克两人手与手之间的接触，以及这种接触所产生的微妙感受力，表现为无伤大雅的调情行为。通过重复技法所展现的细小场景使读者如身临其境般感受到其中的微妙情感交流。

约里克为女侯爵让路的情境也是重复技法运用极为突出的场景。在米兰，一天晚上约里克去听马蒂尼音乐会，正要进大厅时，F女侯爵从厅里出来，走得有些急差点撞上约里克。这时就发生了两人相让的场面，

> 我才看到她；我连忙跳到一边，让她过去——她也一跳，偏跳到同一边；因此，我们俩的头碰到一起了；她马上闪到另一边，想躲开：我偏跟她一样倒霉；我也跳到另一边，又挡住她的路——我们一起跳向另一边，又跳回来——这样跳来跳去——很可笑；我们难堪得脸都红了；因此，我终于做了我本该在最初做的事——我站着一动不动，侯爵夫人不再受阻。(105)

这是一次极为细小的事件，通常而言，小说家会省略这样的细节，既便写出也会草草带过，而斯特恩却将两者让路的情境和次数完整地呈现出

来。这起到了强调效果,从而加深这一事件在读者感官意识中的印象。这一方面表现了斯特恩对细小事物或是行为进行刻画并挖掘出其中所深藏的感性意境的能力;另一方面引导读者来注意到行为本身并激发读者对艳遇的可能情境的想象。约里克最终没有听音乐会,而是与女侯爵一同离去,都隐藏了未曾言说的精妙情感,而这种情感会激起读者的遐想连篇。在平常不可能称之为"艳遇"的情境中,斯特恩挖掘出其中所具有的情欲色彩。这是他的情感主义非常重要的特点。如果我们把情感主义仅仅理解为林黛玉式或是维特式的多愁善感,或是小说中所描写的人物所遭遇的不幸所唤起的同情与怜悯,那么就忽略了斯特恩情感主义创作风格的独特属性,即在细小情境中挖掘出深层次感受的能力。

在同情或是引发怜悯的场景中,斯特恩也极为擅长从精细入微的观察入手,表现品味的细腻之处。《情感之旅》中有两章极为感人的情境,一个是南庞死驴的故事,另一个是玛丽亚的故事。一头驴死在路边,驴的主人一边哀叹一边伤心,将他和驴的故事讲给路人听。而斯特恩对这个场景进行了精细的刻画,"这位伤心人坐在门旁的石头长凳上,驴的鞍子、笼头放在一边,他一会把这些东西拿起来,一会又放下——瞧着,摇摇头。然后,又从袋子里取出面包渣,要吃似的;在手上拿了一会——便放在笼头的嚼子上——想念地瞧着他所作的这点小小的安排——随即发出一声叹息。"(72)伤心驴主人的动作以慢镜头的形式被展现出来,表现了作者细微的观察力,以及驴主人对驴的爱和绵绵情意,而这会唤起读者最温柔的情感。在《情感之旅》中,约里克来到玛丽亚的家乡,遇到了玛丽亚,他为少女的故事难过伤心,"我挨着她坐下;流泪时,玛丽亚让我用手帕揩。——然后,我把手帕泡在我的眼泪里——然后,泡在她的眼泪里——然后,又泡在我的眼泪里——然后,我又为她揩——我揩眼泪时,感到心里有一种说不出的感情,我相信,用物质和运动拼凑的任何说法,都无法说明。"(208)重复笔法加深了每次"揩眼泪"时的细腻情感,从而拨动读者的心弦。正是这种形式之美打动了读者以及评论界,并对《情感之旅》进行极高的赞誉。

品味之美突出的是感性的能力也就是感受力,斯特恩通过文学技巧——强调、重复或是放大来突出这一能力,创作出一种独特的感性美学。

三、同情美

与 18 世纪的道德哲学家形似,斯特恩在《情感之旅》中也对"同情"这一概念进行探索与实践。如果说"想象"是实现感性美学的叙事手段,"愉悦"是叙事的目的,"精致"则是叙事者本身所拥有的感性能力,那么"同情"这一概念则是指叙事的内容。这标志着斯特恩从自我塑造的领域延伸到自我与他人之间关系层面,拓展了他的感性美学的内涵与范围。通过前文所谈到的"想象"和"愉悦"的概念,我们可知感性之"美"的表现方式和内涵。同情美是在感性美基础上所产生的美的属性的延伸和细化,它侧重于表现感性体验中怜悯和同情场景的刻画。《情感之旅》中,同情所传达的是个人与他人,个体与社会之间的和谐共融的爱的秩序。在艺术技巧上,斯特恩采用类比表现同情(共通的情感);在具体意象上通过"眼泪"来表达同情与悲悯之心。

实际上,在《项狄传》中,作者的说教意图并不明显,而在《情感之旅》中,斯特恩的说教意图则非常明显,"这是一次心灵的悄悄的旅行,为的是探索本性,以及出自本性的、使我们更加彼此相爱——爱这个世界的那些感情。"(152)斯特恩在《情感之旅》中不仅"谈情"而且"说爱"。其中"爱"包含两个层面:怜悯、慈善之爱与情欲之爱,这都是合乎人本性的情感。因此,《情感之旅》中的"情"与"爱"的对象就包含了两个系列故事:其一是约里克的种种艳遇;其二是他所遇到的种种悲悯情景和各色各样的乞讨者。同情中所表现的爱是指怜悯和慈善之爱。《情感之旅》中所表现的"爱"不是爱自己而是爱他人,是以"爱"为基础的与他人之间的交往方式。这就从爱的层面拓展了情感主义道德的维度。

在《情感之旅》中,斯特恩所主张的情感主义思想最重要一点就是"与人为善"。"与人为善"是指不挑剔、不苛责、容忍和包容,从复杂的人事中看到其中的美、善与和谐,并着意刻画这些美与和谐。斯特恩凭此来表现"与人为善"中所蕴藏的道德价值和属性,这标志着其创作风格的重要转变,从《项狄传》中尖酸激烈的讽刺到《情感之旅》中与人为善、和睦共处的包容;从对理性尖锐批评力的探索转向对感性巨大包容力的探索。斯特恩本人对这种转型十分自觉,在《情感之旅》第一章中,约里克谈到:"可能使法国最唯物的女学者感到惶惑:不管她怎样讲唯物论,却无法说我是机器——我相信,我自言自语道,我本来会推翻她的信条。心里一冒出这些想法,立即把天性带到它可能达到的最高境界——在此以前我已与世人和睦相处,这样一来,就完成了我跟自己立的约。"(4—5)这里的"约"是指涉《项狄传》第一卷第十二章中发生的事件。约里克牧师一直以嘲弄、讽刺为武器与他所厌恶的人事进行斗争,终因寡不敌众,抑郁而死。约里克立约不与世人为敌,而是"和睦共处"。从更深层面来看,《项狄传》采用了戏谑讽刺风格而受读者非议,因此在《情感之旅》中采取不与世人为敌的创作风格。因此,在开篇斯特恩就以明确的笔法陈明在《情感之旅》中不再与世人为敌。他意识到理性的"唯物论"认为人是机器的说法中的弊病,因而没有运用理性的力量进行思辨,而是及时打住转向对感性,更确切地说,对情感的探索。这是斯特恩与读者以及世人和解的一种证明,《情感之旅》的写作正是基于此种创作意图。他在《情感之旅》中创造了一个和谐快乐的精神和心灵的乌托邦。

具体而言,斯特恩通过人与动物以及人与弱势群体之间的共通情感表现约里克的同情怜悯之情,并在这个过程中激发读者的同情之心。驴主人、欧椋鸟和侏儒的故事分别展现了这点。

约里克在南庞看到驴主人在为累死在路边的驴而伤心,驴主人反复叹息着,悲哀之情让周围的路人深深动容,包括约里克和拉弗勒。对于驴主人和死驴的故事,斯特恩分别采用三种叙述方式:约里克陈述其观察、驴主人陈述他与驴之间的深情、约里克向读者说教。前两种方式使读者分别深入到约里克的思想世界与驴主人的情感世界之中而与之产生共鸣,而约里克与读者之间的直接对话更加强化了这种共鸣,由人与驴之间的情谊反观人与人之间的情谊。约里克观察到,

——这点东西,他一边把剩下的面包渣放进衣袋里,一边说道,——这点东西本来是给你吃的,要是你还活着,能跟我一起吃就好了。——听他的口气,我以为这应该是对他的孩子的呼唤;然而却是对他的驴说的,就是我们看到死在路上,让拉弗勒出事的那匹驴。看来这个人为它非常伤心;不由使我联想到桑丘为他那匹驴伤心;不过,他更动真情。(72)

约里克的观察将读者引入当时的情境之中,随后他对驴主人拿着驴的鞍子、笼头的动作进行细致刻画,以表现驴主人的叹息伤心之情。这是从观察者角度看驴主人和驴之间的感情。随后,约里克以第三人称的形式叙述了驴主人和驴之间的故事:驴主人有三个儿子,德国闹天花使他失去了两个大儿子,哪知小儿子也患了这种疾病,他发誓如果上天不带走他的小儿子,他要去西班牙的圣地亚哥朝圣,上天接受了这个条件,于是他便带着驴上路了。驴与他之间交情已经不仅仅是主人和牲畜之间的关系,他们一路上同甘共苦,"同吃一样的面包——就像他的朋友一样"。(74)他们在过比利牛斯山时迷路后,将他们隔了三天三夜,"他找驴,驴也找他,在相遇之前,他们都没吃、没喝"(74)从驴主人的描述中,驴和驴主人同甘共苦、相知相属,两者之情已经升华到人与人之间深情厚谊的"爱"的层面。斯特恩对驴与人之间的同"情"描绘得细致入微打动人心。而后,约里克以自言自语但实际上是以内心自省的方式向读者言说,"——这世界真可耻!我自言自语道——如果我们像这个可怜人爱他的驴那样彼此相爱——那就了不起了。——"(74)通过驴主人的故事,斯特恩以类比的方式使读者反思人与人之间的相爱关系,表明故事中的道德内涵。

斯特恩在《情感之旅》中采用另一动物类比就是欧椋鸟。这个故事所表现的人与动物之间所共有之情并非是驴与主人之间的相爱之情,或是人类对失去之物的哀婉悲悯之情,而是表现了关在笼中的欧椋鸟对自由的向往,与人类对自由的向往之情是相通的。斯特恩在描写这部分时再次采取了类比的手法。当约里克沉浸在种种想象与思索状态时,他听到了"它不能出来"的呼唤声,这个声音重复两次,他循声音发现这是一只关在笼中的欧椋鸟。

> 我站住,瞧着这只鸟:只要有人经过过道,它就扇着翅膀扑向他们走近它的那一边,说着同样的它被囚的悲哀。——"我出不去,"欧椋鸟说道——上帝保佑你!我说道,但不管付出什么代价,我也要把你放出来;于是我把鸟笼转过来我们;那门用铁丝缠了又缠,缠得非常结实,如果不把笼子扯碎,我根本打不开——我用两手扯着。
>
> 那只鸟飞到我试着解救它的那一边,把头伸出栅栏,胸部顶着栅栏,仿佛等

得不耐烦了——可怜的东西!我说道,我恐怕不能让你获得自由了——"不,"欧椋鸟说道——"我出不去——我出不去,"欧椋鸟说道。(127—128)

这时,约里克可能进巴士底狱中的困境与欧椋鸟没有自由的状态呈现出类比的层次,他们都有被囚的悲哀。这种悲哀不仅人可以感受得到,鸟也如此。为此,欧椋鸟才会一遍又一遍地说"我出不去"。约里克通过欧椋鸟失去自由的那种痛苦预见到自己可能面临的处境,转而去求 B 伯爵帮助他处理没有通行证的事情,最终免受囚禁之苦。这个小插曲说明人与动物对自由的感知是一致的。

《情感之旅》不仅通过人与动物之间的相似之情感进行类比指出同情的意义,而且通过对弱势群体的关注展现人类所应具有的互爱关系。《情感之旅》中有一章讲述了侏儒的故事。约里克对此类人的悲悯情怀,使他看到一个侏儒在剧院中受德国人欺负时,感到异常愤怒。一个高大的德国人挡在一个侏儒的前面使其无法看到舞台,在侏儒反复请求下,他也毫不相让。陷入绝境的侏儒拿出刀子要割掉德国人的长辫子,而德国人则冷冷地回答道,"请吧,只要你够得着。"(111)见证了这种行为,约里克内心揣度到:"受了伤害,又受侮辱,更为痛苦,无论谁受害,都会使每个有感情的人同仇敌忾:我真想跳下包厢去打抱不平。"(111)约里克作为旁观者与侏儒类似产生愤怒与痛苦的情绪,表现了两者之间的共有之情,而读者读到此种场面也自然会引发悲悯之情。后在法国老军官示意卫兵的干涉下,事情得到解决。斯特恩在描写此种情景之时,往往又会与此种情境保持距离进行事后反思,这时约里克就有参与人和评价者两种身份。读者透过参与人约里克的视角有身临其境之感,同时又通过评价者约里克的反思而受到教诲。约里克借助法国老军官之口对侏儒事件进行了思索与对话,老军官指出:

> 每个国家都有好坏两个方面;到处都有好坏的平衡,他说道;只有了解了这一点,才能使世界上一般的人,从反对别人的偏见中解救出来——旅行的好处,既然旅行关心良好的教养,是靠见识了大量人事和社会风习获得的;它教会我们互相容忍,而互相容忍,他向我一鞠躬,结束道,又教会我们互爱。(113)

通过老军官之语,斯特恩再次将游记的意图表现出来,就是教人们"互相容忍"与"互爱"。

斯特恩不仅通过人与动物以及人与弱势群体之间的类比与并置来表现同情之美,而且频繁使用"眼泪"的意象表现同情。例如,"此情此景叫人不胜伤心,我不禁泪如雨下——我像女人一样软弱;我求世人别笑我,同情我吧,"(34)以及"我的眼泪夺眶而出"(103)等等。18世纪的绅士们不再以具有软弱情感为耻,反以为荣,这说明当时对绅士的评价标准发生变化,即新一代绅士应具有"温和细致、善解人意等许多传统上被认为是'女性'专有的特征"。① 因此,即使是男人的眼泪,只要能够唤起同情,就是社会文化所能接受的道德感的表现。对于眼泪场景的描绘最为成功的,也是为当时评论界所津津乐道的玛丽亚的故事。玛丽亚被情人抛弃导致精神失常,她与羊群漫游于田野树林间,约里克寻访到她,"我挨着她坐下;流泪时,玛丽亚让我用手帕揩。——然后,我把手帕泡在眼泪里——然后,泡在她的眼泪里"(208)在两者眼泪的无声交流中,约里克感受到感她人之感的共有之情。眼泪往往用来表现悲哀、忧伤、伤感的感情,这与《情感之旅》中各种唤起同情的场景描述是相通的。

斯特恩在同情场景描写方面自然真挚。评论界认为斯特恩擅长描写令人同情的情景并非仅仅为了引导其表达道德意识,而是斯特恩的确擅长此类情景的刻画。他不仅把自己真挚的感情付诸笔端,对世上种种弱势群体的悲哀处境进行思索,而且这种真挚感使读者产生对叙事对象极大的同情与悲悯情绪。《项狄传》中叔叔和苍蝇的故事、勒菲弗父子的故事以及玛丽亚的故事,从某种意义上来说都是刻画得极为成功的片段。这些与前文分析的片段都构成了斯特恩作品极为经典场景。斯特恩在《情感之旅》中处处表现出来"容忍"与"爱"的主题,这与当时的历史背景关系密切。一些评论者认为情感主义文学中的"善感"是在国内大规模武装冲突消除后新社会条件下形成的一种现代品性,"在更严峻年代里被压抑的人类同情心,特别是对弱者和不幸者的同情,迅速地膨

---

① 引自黄梅为《多情客游记》所写的前言,参见劳伦斯·斯特恩:《多情客游记》,石永礼译,第16页。

胀，社会良心开始关注囚犯、儿童、动物和奴隶。"①斯特恩的《情感之旅》对动物、侏儒、精神失常之人的关注本身就表现出深切的道德关怀，而这与当时的社会背景息息相通。

综观上述对《情感之旅》中所表现出的感性美、同情美和品味美的分析，我们发现斯特恩自觉地把对18世纪道德哲学中关键概念的思索融入到《情感之旅》的行文过程中，通过具体片段和场景的描摹从文学叙事角度深化这些概念，并发展出与之相适应的文学技巧，如强调、重复以及类比手法等等。

《情感之旅》与《项狄传》相似，也是一部与评价读者之间进行对话的作品。对话的主要目的是向读者展示自己在有意识地实践18世纪中叶的道德观。对此，弗吉尼亚·沃尔夫谈到："一个作家直接去证实自己有这样那样的品质，就会引起我们的怀疑，因为，对他希望我们在他身上看到的这种品质，强调得过分了一点，反而使其粗俗，油彩过重，这样，我们得到的不是幽默，而是滑稽，不是感情，而是感伤情调。"②沃尔夫指出了一个重要事实是《情感之旅》中明显的评价读者意识，但她否定《情感之旅》所传递的道德感是对这部作品的误解。造成这种情况的原因是对道德内涵的误解。评论界往往将18世纪的情感主义小说理解为对多愁善感和催人泪下场景的描绘，而从《情感之旅》来看，情感主义道德是指拓展和丰富人类心灵和感性体验所能达到的维度，这不仅仅是唤起读者同情之泪，而是增强人类对种种感性经验的感受力，这样的作品就具有善感或是道德感。

《项狄传》和《情感之旅》两部作品的风格变化，也可使我们透视讽刺文和小说文类之间的转化关系。讽刺文重理性用作对权威与社会陋习进行抨击，而情感主义小说重感性，发掘人类情感中的善感因素。究竟是"以理服人"还是"以情动人"，两者之间的界限也表现了讽刺文与小说之间的文类边界。斯特恩从《项狄传》到《情感之旅》的创作转型标志着奥古斯都讽刺文作为文学再现形式与社会风尚的不合时宜，而情感

---

① 转引自黄梅为《多情客游记》撰写的前言，参见石永礼译：《多情客游记》，第15页。
② 参见弗吉尼亚·沃尔夫所写的前言，石永礼译：《多情客游记》，第236页。

主义小说中对情感和心灵的重视征兆了浪漫主义"心灵之光"[①]时代的来临,表现出对时代潮流的暗合与顺应。

第三节 对话中迎合:《情感之旅》中的欲望[②]——节制模式

伯纳德·曼德维尔在《蜜蜂的寓言》中以辛辣的笔锋讽刺资本主义早期发展阶段个体欲望张扬的现象。而18世纪的道德哲学家们尽管没有明确探讨欲望本身,但对情感尤其是热烈的情感提出节制的要求,可谓是对曼德维尔批评的一种回应以及对社会秩序建构的一种努力,这具体表现为他们所提出的和谐的概念。和谐是指要调整欲望或是情感过度的现象,既不倡导感情的炽烈,又不倡导情感的漠然,而是一种中间的调和状态。沙夫茨伯里认为炽烈的喜爱之情(affection)会带来邪恶,"即使是最为自然的友好和爱,如果无节制而超过一定的限度,那么它毫无疑问就是邪恶的。"[③] 18世纪的道德哲学承认个体欲望的存在,但认为只有节制欲望才能具有美德,"对欲望的节制(moderate)成为道德家们努力的核心目标和有德性的人的主要尝试。"[④]

[①] 参见艾布拉姆斯对浪漫主义"心灵之光"的比喻。M.H. Abrams, *The Mirror and the Lamp: Romantic Theory and the Critical Tradition* (New York: Oxford University Press, 1971). 对于斯特恩与浪漫主义之间的关系,参见 Thomas Keymer, "Sterne and Romantic Autobiography," *The Cambridge Companion to English Literature, 1740-1830*, pp. 173-193.

[②] 18世纪有两个主要表达欲望的词,"appetite"和"desire"。"appetite"有以下几种含义:(1)饥饿、对食物的欲望;(2)对好东西的自然欲望(desire);(3)寻求欢乐的本能;(4)对感官愉悦的欲望(desire);(5)对任何事物极其强烈的渴望和热望。参见约翰逊的《英语词典》。从以上词义可看出appetite在表现欲望的时候主要是感官和本能上的体验。同时,对这个词进行解释时需要借助另一个英文词desire。Desire的释义是渴望去获得或是享受,因此这个词主要表示为驱动力。本文所指的欲望包含了上面两个词的内涵:感官享受和想要获得感官享受的驱动力,这就包含了静态和动态的属性。

[③] Shaftesbury, *Inquiry*, p. 36.

[④] Patricia Meyer Spacks. *Desire and Truth*, p. 18.

18世纪道德家塞缪尔·约翰逊在《漫游者》中对欲望(desire)过度的现象进行了思考,他在行文中使用欲望的强烈、欲望的暴力、欲望的繁茂以及欲望的暴虐等短语,①这表现出他对欲望过度的否定态度。尽管约翰逊并没有明确提到肉体欲望或性的欲望,但是在论述欲望(desire)的过程中经常与情欲(appetite)和炙热的情感(passion)这样的词联系就已经暗示了其中关于性欲望的暗示。在《漫游者》中有一段对女性德性和闲散的思考中隐约指涉了性的欲望。在以《懒散》为题的短文中,漫游者观察到,

> 于我而言,无论何时发现一群小姐在忙于针线活,我都认为我正置身于美德学校中……这些事情使她们免受灵魂上最危险的陷阱而提供了一个安全防护,从而使她们在独处时将闲散驱走,同时也驱走了那些伴随着闲散的炙热的情感、幻想、妄想、恐惧、悲哀和欲望。而奥维德(Ovid)和塞万提斯会告知她们爱情只对那些闲散无事的人有力量。②

约翰逊隐约涉及情欲所具有的潜在的对社会秩序的威胁力量。他认为爱情和炙热情感对女性有毒害作用。这种谈论本身就已经涉及了情欲的范围,以及指明对这种欲望应加以控制。而女性如果能够对自己的欲望进行控制,那么这本身就成就了美德。

尽管道德家们仅是提出对喜爱(affection)或热情(passion)等炽热情感加以限制,但如果放置到18世纪以爱情为主题的家庭小说之中,会发现这种炽烈情感所表现的是个体对情爱的过度追求,而对这种欲望进行节制,将其控制在和谐的范围内,就会生成美德。

一、18世纪中叶小说情欲再现的基本模式

实际上,在历史上任何时期都存在着对欲望的无意识或有意识的调节机制,以此来限制对欲望过度满足的追求。正如西格蒙德·弗洛伊德(Sigmund Freud, 1856—1939)和列维—斯特劳斯(Levi Strauss, 1829—

---

① 转引自 Spacks, *Desire and Truth*, p. 18。
② Samuel Johnson, *The Rambler*, vol. 4, p. 52.

1902）所讲的乱伦及乱伦禁忌,这个禁忌本身就是对人类情欲过度行为的规范。赫伯特·马尔库塞（Herbert Marcuse,1898—1979）在《爱欲与文明》（1955）中对弗洛伊德的快乐原则和现实原则之间的关系的解释表明欲望—节制是人类文明史发展过程中的普遍模式。

> 弗洛伊德认为,人的历史就是人被压抑的历史。文化不仅压制了人的社会生存,还压制了人的生物生存;不仅压制了人的一般方面,还压制了人的本能结构。但这样的压制恰恰是进步的前提……弗洛伊德称这种转变为从快乐原则到现实原则的转变……这就是现实原则取代了快乐原则,因为人们学会了为得到延迟了的、受到限制的、但却是"保险的"快乐而放弃暂时的、不确定的、破坏性的快乐。弗洛伊德认为,由于这种克制和限制所取得的乃是持久的收获,现实原则不仅没有"废弃"而是"捍卫",不仅没有否定而是"修正"了快乐原则。①

弗洛伊德的快乐原则反映出人类的情欲本能必然会遭遇现实原则的限制而保持克制的状态,人类文明的发展过程正是人类情欲的逐渐抑制的过程。尽管福柯（Michel Foucault,1926—1984）在《性态史》（*The History of Sexuality*,1976）中宣称与弗洛伊德对情欲压抑的理解不同,他指出性欲望始终没有被压制而是以话语为新的承载形式表现出来,但两人实质上存在相似性,即都承认欲望的存在以及对欲望的节制。福柯认为性欢愉本身必须处于秘密状态,如果暴露后它会失去自身的有效性和美德。② 话语形式本身就是对欲望的节制,这与现实原则对快乐原则的制约相似。

由上述思想家们对欲望的论述可见,个体愉悦应在社会机体的保卫和监督之下,这就意味着既存在肉体愉悦制造机制,又存在规训机制,两者之间存在平衡制约关系。18世纪"既是一个克制约束的时代,又是一个自由放纵的时代"③,这两幅相反的画面呼应了欲望制造与欲望规训之间的制约关系。与此相应,从18世纪小说发展来看也呈现出欲望—

---

① 赫伯特·马尔库塞:《爱欲与文明》,第3-4页。
② Michel Foucault, *The History of Sexuality*, p. 57.
③ Karen Harvey, *Reading Sex*, p. 1.

节制模式。这个模式的特殊历史语境在于,个人主义盛行导致个体欲望觉醒,小说家们在作品中往往对情欲进行再现,呈现出"自由放纵"的时代气息。但这种情况在18世纪中叶大量女性读者群体出现时发生了变化。女性读者群体的出现促使小说家们在欲望再现中表现出"克制约束",以此对女性的德行进行规训。① 女性读者是理解18世纪小说中欲望—节制模式的一个关键的参照点。斯特恩在给大卫·加里克的信中提到《项狄传》第一、二卷中的某些内容可能不适合女性读者阅读,而在1767年《情感之旅》出版前夕,他在写给出版商托马斯·贝克特(Thomas Beckett)的信中指出:"它很有可能囊括所有类型的读者。"(Letter 223)这里"囊括所有类型的读者"的意图反映了斯特恩对某些评论者认为《项狄传》不适合女性读者阅读的评价耿耿于怀,因此他在《情感之旅》中进行调整以适应女性读者需要。这反映出女性阅读群体是小说家创作必须考虑的一个因素,这就自然要求文学品味要转向细腻以满足女性读者的阅读需要,同时对女性欲望进行规训。如果回到前文中约翰逊关于女子德行、闲散以及爱情的讨论后会发现,约翰逊本人所强调的正是女子应对自身的激情和欲望加以节制。而在18世纪英国小说的评论传统中,评论界对小说文类的一个诟病就是其在道德感上误导年轻人和女性读者。18世纪的小说创作往往以再现家庭空间内部的婚恋行为对象和内容,而这些都与女性息息相关。南希·阿姆斯特朗(Nancy Armstrong,1938—)在《欲望与家庭小说》(1987)对英国小说发展的研究表明小说为女性自身激情欲望的释放和主体性的彰显提供了一个有效的空间和媒介。可见,18世纪英国小说中隐含了对女性欲望的考量,这促成了欲望—节制模式的产生。

如果以情爱为主题,可将18世纪的小说创作粗略划分为三个阶段:第一阶段以阿芙拉·贝恩和伊莱扎·海伍德的艳情小说(amatory fiction)为代表;第二阶段以塞缪尔·理查逊和亨利·菲尔丁小说为代表;第三阶段则以弗朗西斯·伯尼和简·奥斯丁(Jane Austen,1775—

---

① 18世纪小说中的色情或是唤起色情的因素对于男性读者来说并非是不可以或是完全禁止,但对于女性读者来说这种形式的写作则是触犯规则、僭越的行为。参见 Karen Harvey,*Reading Sex* 的介绍部分。

1817)的作品为代表。这三个阶段爱情小说的一个基本的模式就是欲望模式,但它在不同阶段中呈现出循序渐进的变化,即情欲逐渐转化为爱情,也就是说从肉体欲望转化为精神的爱恋。

  贝恩和海伍德着重对唤起情欲或是隐藏着性欲意识的激情进行直接描绘,爱情以情欲或诱惑的形式呈现。在贝恩的代表作《贵族和他妻妹之间的爱情书信》(1684)中,贵族菲兰德在写给西尔维娅的爱慕信中描写她为"具有妙龄少女的魅力和神圣美的吸引力!她那鲜亮的头发中流淌着散漫、荒唐、以及快乐淫荡(gay)……圆圆雪白的小胸脯,精致细腻的颈项,微微隆起的胸部……我再也不敢继续想了,以防我的欲望变得疯狂。"①这些文字充满了对肉体的渴求与对情欲欢乐的向往,所描写的爱情是激情状态中的情欲本能。海伍德的写作风格理性意识较强,缺乏贝恩小说的风流婉转之态,但她同样对激情主题进行探索,尽管没有贝恩大胆张扬。她的小说《过度的爱》(1719—1720)中女主人公爱乐维莎为德尔蒙特伯爵的潇洒外表、愉悦神态和谈吐魅力所倾倒,而表现出强烈的爱恋之情。这一阶段对爱情的描绘着力于情欲和激情的直白表现。18世纪末期伯尼和奥斯丁的小说中,所有涉及情欲场景的描绘几乎痕迹全无,爱的表现不是以"欲望"的形式呈现出来,而是在男女主人公基于彼此性格了解后的相知相属的"爱情"形式传达出来。

  与这两个阶段相比,18世纪中叶小说中的欲望再现而处于中间过渡时期,情欲和诱惑主题经历了一个从显到隐的变化,但并非踪迹全无。这一变化以塞缪尔·理查逊的小说为标志。在理查逊的成名作《帕梅拉》中,我们很难用爱情来形容帕梅拉与B先生两人之间的关系,帕梅拉是年轻富有的B先生的性欲望和征服欲的投射对象,而B先生对帕梅拉来说也有着性的吸引力。理查逊的代表作《克莱丽莎》通篇讲述了洛夫莱斯对克莱丽莎的引诱,尽管克莱丽莎似乎在不情不愿之下落得和洛夫莱斯私奔的境遇,但洛夫莱斯对她的吸引力是无法否认的事实,因此克莱丽莎的情欲挣扎贯彻整部小说。这两部小说中性欲望展现表现为男女主人公之间的博弈关系,男主人公试图满足自己的性欲而占有对方,

---

① Aphra Behn, *Love-Letters*, p. 1.

而女主人公则克制自己的情欲而不被对方占有,博弈关系以女性克制自己的情欲和抵制种种诱惑而赢得美德声誉而告终。黄梅谈到《帕梅拉》时指出:"理查逊这部小说的副标题完全可以不用'美德有报',而改为'有节制的欲望得到报偿'。"①她的评价可谓一针见血。理查逊的小说以隐匿的方式表达了情欲的主题,但最终以对情欲的克制完成了美德的教诲。同理,亨利·菲尔丁的《汤姆·琼斯》中主人公琼斯在人生旅程中经历了种种风险。这些风险包括与各种女性发生肉体关系,琼斯甚至差点触犯乱伦禁忌以及沦为贵妇的面首。但最终他道德本性上的善以及在经历种种性的冒险后而得到的教训,使其悔改并懂得节制欲望,最终实现美德有报,继承财产并娶索菲亚为妻。在这一阶段,理查逊和菲尔丁对情欲场景的描绘并没有第一阶段那样直白,尽管如此两人小说中的个别场景被评论界指责为色情,但理查逊和菲尔丁的作品在 18 世纪就已经取得了合法性,这种合法性获取的一个重要原因是尽管对情欲场景有所描绘,但最终表现的是美德对情欲的节制,这种模式具有社会文化范式所要求的道德上的正确性。可以说理查逊和菲尔丁的小说是对 18 世纪早期贝恩和海伍德小说中张扬情欲的矫正。② 因此,所谓的欲望—节制模式是指既呈现出情欲,又表现出对情欲的节制,这是这一阶段情欲再现的主要特征。

  18 世纪中叶小说的情欲—节制模式成为文化规范,但这种规范本身就让人质疑是在鼓励肉体情欲还是在限制情欲,因为只要是展示情欲,那么即使表达了节制这一道德规范,那么在读者意识中也会焕发对情欲的想象。为了更好地理解 18 世纪对身体的展示是一种常见的方式,我们可以借鉴福柯在《规训与惩罚》(1975)中对 18 世纪和 19 世纪的刑罚形式的不同来类比思考小说对身体欲望的展示由显到隐的过程。福柯指出四马分尸的公共景观酷刑在 18 世纪末和 19 世纪初时分别消失了。这就意味着将肉体作为刑罚的主要对象消失了,最后以改良教养取代。这主要因为肉体的酷刑与肢解,象征性的烙印,示众和暴尸等惩罚形式令人作呕,"在人们看来,这种惩罚方式,其野蛮程度不亚于,甚至超过犯

---

① 黄梅:《推敲"自我"》,第 143 页。
② William B. Warner, "The Elevation of the Novel", p. 581.

罪本身,它使观众习惯于本来想让他们厌恶的暴行,它经常地向他们展示犯罪,使刽子手变得像罪犯,使法官变得像谋杀犯,从而在最后一刻调换了各种角色,使受刑的罪犯变成怜悯和赞颂的对象。"① 因此,尽管刑罚是为了表现惩罚,但却使观众和行刑者成为罪恶的制造者。同理,小说家在情欲再现中尽管展现了节制的模式,但却使他们与读者同时成为欲望的制造者。这也是为什么18世纪对小说文类本身的道德倾向进行质疑的一个关键。评论家和道德家们,一方面抵制小说中可能出现的超越道德底线的"情欲"再现以防止其对青年人或是女性读者造成恶劣的影响;而另一方面以理查逊和菲尔丁小说为代表的再现模式又成为当时主导的美学和文化范式。这就说明这个阶段的道德再现模式尽管矫正了第一阶段恋爱小说中的大胆情欲意识,但这一时期文化品味还处于相对比较粗糙的状态。这也便能够理解为什么在《项狄传》中,斯特恩胆敢使用明显的性暗示来表现欲望,这在某种程度上反映了当时情欲再现的特点。

只有将斯特恩置于小说的情欲再现模式的不同发展阶段中,我们才能理解《情感之旅》在《项狄传》基础上情欲再现模式转变的重要意义。《项狄传》被指责为不道德最关键的不是再现了情欲意识,而是在再现中没有采用节制的方式表现道德意图,这就意味着颠覆了理查逊—菲尔丁所建立的情欲—节制模式,因此没有被当时的文化主流接受也是情理之中的事情。而在《情感之旅》中,斯特恩考虑到女性读者阅读群体和品味的精致问题,更进一步考虑到评价读者的期待,这部小说在情欲再现方面不仅顺应了欲望—节制模式,甚至表现得比理查逊和菲尔丁更为细腻幽微、不露痕迹,在顺应他们所奠定的基本模式基础上进一步推动了品味的提升。

二、《情感之旅》中的欲望再现模式

《情感之旅》的主题意识非常明显,叙事中没有大量离题,主要以前进模式为主,章节清楚、层次分明且眉目清晰。这个清晰的叙事线中包

---

① 米歇尔·福柯:《规训与惩罚》,第9页。

含了一个关于情欲之爱的故事系列。斯特恩以诱惑为主题记录了约里克的6次艳遇。《情感之旅》承认情欲诱惑,但描述了与诱惑做斗争并征服欲望的过程,这顺应了欲望—节制模式。而这一模式又有其独特的特点,它突出了诱惑本身的情感主义色彩,即发生在感性心理层面的诱惑,而非肉体层面的诱惑。这就意味着斯特恩把欲望控制在道德的安全地带。

尽管斯特恩在《情感之旅》中讲述了约里克的6次艳遇的情况,但其中仅有两个故事描述得极为具体,并颇具典型性,因此下面以这两个故事来具体分析斯特恩的欲望—节制模式。

故事的叙述者承认诱惑的存在,并试图忠实记录这些诱惑,在这方面斯特恩仍旧坚持了《项狄传》中的大胆风格,但这种大胆以坦诚和克制的姿态表现出来。在与L夫人相遇后,约里克谈到:"这些诱惑(我写这些,不是为我在这次旅行中流露的内心的弱点进行辩解,——而是交代这些弱点)——我要按我感受这些诱惑那样朴实地写出来。"(25)这就明确表明了这部作品的主题之一是"诱惑之旅"。与理查逊、菲尔丁小说传统不同的地方在于,斯特恩在《情感之旅》中明明白白地谈论情欲,但这种情欲并非发生在肉体层面,而是斯特恩通过情感主义话语将情欲精神化。斯特恩借约里克之口表明,

> 我这一辈子几乎总是在恋爱,不是爱这位女王,就是爱另一位女王,而且希望能一直爱到死,因为我坚信,要是我竟干出卑鄙的事,那准是在一次热恋和另一次热恋之间的空当:在这空当,我总是发觉我的心上了锁——要它施舍给不幸者六便士,都很难:所以,我总是尽快从这种心境摆脱出来,一旦再次激起热情,我又变得慷慨大方,对人一片好意了;我愿意为任何人,或跟任何人,做任何事,只要他们让我相信干这种事没有罪恶。
>
> ——不过,我说这番话——的确是赞美热情——而不是我自己。(61)

这一段话表明了斯特恩的恋爱观,恋爱代表了心灵的热情状态,而只有这种感性层面的热情状态才能使人心具有同情怜悯他人的力量。

诱惑发生在感性、心理以及想象层面。斯特恩用9章描写了约里克与L夫人的第一次艳遇,但这9章所主要描写的并非是俩人的交谈和往

来,而是 L 夫人的诱惑所激发的约里克的想象。最初,由于俩人同住一家旅店,又碰巧在旅店门口相遇,因此按照当时的礼仪,约里克自然而然地把手伸给对方以表示绅士风度。这时,旅店老板德赛先生在开门时拿错钥匙了,用 5 分钟时间去取钥匙,斯特恩以"在这样的情况下进行五分钟对话"草草交待两人曾经谈话的行为,并未直写对话的内容,而是间接交待约里克当时受引诱的心理状态及其对自身心理状态的评价。在后面斯特恩又用 6 章的篇幅交代写俩人握手时约里克遐想连篇。其中描写了约里克受诱惑的心理状态,"你是受诱惑者,又是诱惑人的荡妇;尽管你一天要用幻象欺骗我们七次,但是,你骗人时施展了种种魅力,而且把那些幻象装扮成许许多多光明的天使,要摆脱你,就太遗憾了。"(27)

艳遇表现了诱惑与美德的斗争。约里克知道 L 夫人与他顺路后,想要邀请她与他乘坐同一马车同行,而这时他内心经历了种种挣扎,

——没错,约里克!"谨慎"说道,别人准会说你跟情妇私奔,约好到家来幽会——从此以后,"虚伪"高声叫道,你再也无脸见人了——在教会里,"卑鄙"说道,也永无出头之日——这事无论多么不妥,"骄傲"说道,你绝不是个卑鄙的牧师。(36)

这段话呈现出这种行为本身可能会使人德行受损,而且又考虑到约里克本人的牧师身份更使这种行为表现出不谨慎。但后来约里克下定决心指出:"通常我总是想干什么就干什么,完全凭一时冲动,因此,很少听这帮勾心斗角的家伙的话,因为它们除了用最坚硬的东西把心封闭起来以外,就我所指,毫无用处——我马上向那位夫人转过身去——"(36—37)这种内心的挣扎可以说表现了当时的道德标准,同时折射出《项狄传》出版后,斯特恩一跃成为伦敦文化圈的名人,而评论界对他私生活的放荡不羁并参照他的牧师身份,进行批评指责。这段话可以说是斯特恩对这种批评指责的一种回应,尽管可能会受到诟病,但绝不会因此"用最坚硬的东西把心封闭起来"。

《情感之旅》的行文中时时表现出斯特恩与评价读者对话的意识,这种对话意识以表明自己对欲望的克制立场呈现出来。约里克由于没有通行证可能被关到巴士底狱,而特地赶到 B 伯爵府上求助,两人的谈话

中谈到了女人。伯爵以戏谑的口吻将女人的私密(赤裸)之处与国家的秘密之处进行类比,"你不是来刺探这个国家不设防的地方——我相信你——大概也不是来刺探女人的不设防的地方——"(149)"不设防的"的英文词是 nakedness,有裸露之意,因此,这个词涉及猥亵的隐语。对于伯爵的问询,约里克谨慎地答道,"我心里有什么东西,受不了一点点涉及猥亵的隐语的震动;在闲聊中戏谑时,我总是尽力克制。"(149—150)实际上《项狄传》中涉及了大量的猥亵的隐语,而约里克对隐语的反思,说明斯特恩试图矫正之前的倾向,而力图树立道德的典范。而后更是接着伯爵的话指出,"我会给她们不设防的地方披上外衣,要是我知道怎么披的话——不过,我倒希望,我接着说道,能刺探她们那赤裸裸的心,并透过种种风土人情和宗教的不同的外衣找出她们善良的一面,以便照此改变我的心——因此,我就来了。"(150)约里克将肉体转向心灵,表现出欲望的克制态度。

诱惑最终得以克制。诱惑主题表现最为明显的是约里克在巴黎时与一个侍女的两次交往。约里克在书店中偶遇上流社会的一位侍女,而后侍女受 R 夫人委托来给约里克带信。斯特恩用两章描写两人的交往,这两章分别命名为"诱惑—巴黎"和"征服"。题目表明了约里克受诱惑,而后克服诱惑的过程。两人的第一次相遇是在书店里,约里克赏给她一克朗以奖励她的美德,而后斯特恩对两个人的"同行""装书""挎着他的胳膊""告别"等细小的行为不厌其烦地进行描述。而在中间隔了11 章后,侍女来为她的主人办事,询问约里克是否有留给这位夫人的信,这章命名为"诱惑—巴黎"。在傍晚的旅店房间中出现了极其暧昧的情景,这里描写了"情欲"与"美德"交织相冲突的情感状态,"有一种令人愉快的半内疚的脸红,那主要怪血液,不能怪那个男人——血液从心里一涌而上,美德立即紧随其后——并不是为了召回它,而是为了让神经对它的体味更美妙——这是相关联的。"(165)这种关于"美德"与"情欲"之间关系的论证实在是精妙。这需要读者字斟句酌地阅读与思考。这里表现了约里克内心与"情欲"进行斗争的情感状态,"如果跟它斗,它就会从我们身上逃走——但我几乎不跟它斗;由于一种恐惧感,我虽然可以克服,仍害怕可能在争斗中受伤——于是,为安全计,我放弃了胜利;我总是自己逃走,而不是想赶走它。"(165—166)诱惑情景都是由两个人之间的小动作交流所引起的约里克与"诱惑"做斗争的心理思考。与其说是真实发生的情景,不如说是约里克内心的情感斗争。

在后面以"征服"为名的一章中是这一旅店情节的延续,约里克最终征服欲望,送侍女出旅店门。此后,斯特恩又对"欲望"与"美德"进行反思,指出情欲的自然属性。这也是在为他的写作手法进行辩护,尤其是针对评论界批评他的作品涉及"色情"。"是的——于是——你们那土旮瘩脑袋,冷漠心肠能说服或掩饰你们的热情的人,告诉我,人有热情犯了什么罪?人的心灵怎么能对情绪之父负责?除非他受热情支配干出什么事。"(169)斯特恩写人的情欲的心理体验,而非实际行动。这明确表明了斯特恩在创作《情感之旅》时,尽量避免一些评论界不认可的东西进行刻画,同时也为他在情欲方面的描绘进行辩解。

> 如果本性那仁慈的网本来就是这样织就,网上缠着几根爱和情欲的丝,为了拔掉这几根丝就非得把网扯破吗?本性的伟大统治者啊,那帮禁欲者真真把我雷倒!我自言自语道——不管您把我置于何种处境考验我的美德——我会冒多大的危险——我的处境如何——请让我体味一下出自本性的种种活动,那是我作为人的活动,要是我作为一个好人支配这些活动,其后果,我将提请您公断——因为是您造就我们,不是我们造就自己。(170)

《情感之旅》中采用诱惑—克制这个模式,这与理查逊和菲尔丁所建立的诱惑—美德模式极为相似,区别是《情感之旅》中对诱惑的克服主要发生在感性领域或是说情感的想象之中。斯特恩一方面将诱惑限定在感性、想象与心理层面进行描绘,另一方面表现了约里克克服诱惑赢得美德,最终实现道德上的正确性。

斯特恩所表现的是心灵情感空间的诱惑,而非身体的交流。但情感交流必然会有肉体之间的接触的触发点,这时手与手的交流频频出现在读者的眼帘。在约里克的6次艳遇中频频出现的就是"手"的意象。在描写与漂亮妇人L的艳遇时,美妇人之手首先映入读者眼帘,"她戴着一双仅在大拇指和食指处开口的黑绸手套,因而毫不矜持地接受了我的手——于是我挽着她走到马车房门前……我全神贯注于这一障碍,不知不觉还握着她的手;因此德赛先生离开时,她的手还在我手里。"(24)"手"一词在这段话中共提到了4次。在后面的几次艳遇中"手"的意象仍然起到支配作用,并贯穿整个小说中的每次艳遇,如与巴黎女店员的艳遇中,为其测脉搏以及试戴手套时俩人手的交流。《情感之旅》第二卷的末尾部分也是以抓住女子的手为结束,"当我伸出手去时,抓住了侍女的手。"(227)在与巴黎侍女的艳遇中写到了两人的握手,

> 我拉着她的手领她到了门口,便嘱咐她别忘了我给她的教导——她说,她当然不会忘记——她有几分真诚地说着,转过身,把两手并拢放到我手里——此情此景,我不能不紧握着那双手——我想放开它;我握着它的时候,我心里一直在争论,反对这样做——我仍然握着它——过了两分钟我发觉我得再次进行斗争——想到这事,我感到两腿两手都在发抖。"(166)

在这里"手"一词共出现了5次,"手"的意象频繁出现究竟表明了什么?

手与手的交流表现了发乎于情、止乎于礼的礼貌交往层面,同时也为情感交流提供了连接点,并且将男女之间的交往尺度限定在安全界限之内。手的意象表现的仍然是诱惑的主题。它所指的是肌肤与感官在那一刻的交流和共通的细微情感体验。例如,"这一阵我一直没有放开那位夫人的手;由于握得太久,如果不把那只手吻一下才放开,未免失礼:我吻她的手时,她刚才突然消失的热情和心情立即涌回她心头。"(35)斯特恩把人与人之间的情欲感觉透过手与手之间的交流表现出来。这所表现的是意淫而非肌肤之淫。约里克与女性之间的交流止于两性吸引的手与手的触摸,就如同《红楼梦》中贾宝玉羡慕宝姐姐戴着红麝串的白皙丰腴的胳膊,而揣度着这个膀子若是长在林妹妹的身上或许还能摸一摸的情欲之念一样,是一种意淫。所谓的意淫表现的是两性的喜爱之情,而不是表现为实质的性接触。因而,意淫在道德层面是合法的。《情感之旅》通过手的意象表现的就是这样一种合法、合礼的两性情欲的交流。

与《项狄传》中"生殖器"意象所表现的粗俗相比,《情感之旅》的"手"的意象表达了情感的细腻幽微。这表明在《情感之旅》中,斯特恩重新调整欲望的再现模式,将情欲控制在道德界限允许的范围内,最终

与理查逊和菲尔丁所建立的欲望—节制模式相契合。

小说文类既是一种作家主体极为有个性的表达方式,又是社会道德规范监控下极具社会性的文学再现形式。在小说文类的形成过程中,一方面彰显个人主义价值以及个人欲望,另一方面又受制于社会性的要求,而对个体欲望进行规训,实现道德训教的目的,并起到社会道德传播媒介的作用。欲望—节制成为18世纪中叶小说中极为典型的道德再现模式。如果说斯特恩在《项狄传》大胆僭越了这种模式,那么在《情感之旅》中则对《项狄传》进行矫正,最终实现了道德上的正确性,同时为后来的范尼和奥斯丁的爱情小说中对情欲的无痕迹再现起到了承接作用。

第四节 《情感之旅》的道德主题与隐匿的反讽

《情感之旅》在1768年出版后,拉尔夫·格里菲斯发表评论指出"目前出版的各种各样的作品,没有任何一部让我们评论者如此热切地接受",在盛赞的同时提醒读者斯特恩的"卓越之处在于同情而非幽默场景的刻画。"① 另有评论者也注意到斯特恩在《情感之旅》中增加了引发同情式的表达方式。② 这就意味着《情感之旅》在内容上符合情感主义道德内涵,顺应了小说再现的道德规约,同时在形式上也表现出小说文类的典型特征,约里克和法国仆人拉弗勒的情感历险故事符合塞万提斯小说传统中主仆历险模式。这两方面标志着《情感之旅》的创作完全符合小说文类的标准,因而被接受到18世纪经典小说家的传统之中。18世纪中叶以对话形式撰写的小说史《传奇的演进》(1785)中,作者克莱拉·瑞伍写道:"如果你对《项狄传》持保留意见,那么你凭什么要反对《情感之旅》的呢?"随后指出"这是一部无可争议的有价值的作品"。③

斯特恩凭借《情感之旅》被吸纳到小说传统中的同时,便也意味着讽

---

① Howes, *The Critical Heritage*, pp. 199-200.
② Ibid., p. 201.
③ Ibid., p. 263.

刺文痕迹的去除,但如果我们深入《情感之旅》道德再现中就发现它以微妙的形式混合了情感和讽刺两种方式。与《项狄传》不同的是,《项狄传》中讽刺占主导,而《情感之旅》中则情感方式占主导。尽管应评论界的要求,斯特恩在《情感之旅》中以极为显眼的方式对《项狄传》中大胆僭越的行为进行矫正,以实现道德上的正确性并增强了小说元素的主导地位,但他仍然以隐匿的方式采用反讽①方式对美德和善行进行质疑。评价读者的确对作者创作有着巨大的影响力,但斯特恩是一位有创造性的作家,他表面上投读者所好,不经意间却流露出咄咄逼人的辛辣笔锋。《情感之旅》中既有精妙幽微的情感刻画,又有晦暗不明的反讽,真真假假、虚虚实实耐人寻味。

一、对美德的反讽

《情感之旅》描写种种艳遇情景中两个频频出现的词是"美德"和"贞洁",从表层上看是在颂扬女性的德行,实质上却表现出反讽的张力。斯特恩对约里克与博朗耶夫人交往有一精彩的片段描绘,

> 我跟博朗耶夫人结识了六个星期后,蒙她赏脸,在离城约两里半的地方让我上了她的马车——朗博耶夫人是所有女人当中品行最端正的一个;我决不指望看到比她心地更贞洁的女人——在回城的途中,朗博耶夫人要我拉铃——我问她是不是要什么东西——没事,要撒尿,朗博耶夫人说道。……我若是那最贞洁的卡斯塔利的祭师,我会最恭敬、庄严地侍候在她的水泉旁。(114)

约里克用"品行最端正"和"决不指望看到比她心地更贞洁"等赞美女性德行的词语来形容朗博耶夫人,但却在下面的情境中提到朗博耶夫人竟然当着他的面说明要撒尿,这有违当时男女两性交往的礼貌规矩。而后作者又引用希腊神话中的神泉比喻朗博耶夫人的撒尿,并将约里克喻为卡斯塔利的祭师,极尽揶揄之能事。以这样一个诗情画意的撒尿情境来结束第一卷,斯特恩不愧是18世纪的经典小说家,妙笔生花、亦庄亦谐、

---

① 这里反讽指的是最基本的修辞内涵,即表层含义与潜在含义不一致,表面上赞扬,实质上是在贬低。

相映成趣。在这样的反讽张力中,读者无法想象斯特恩是在赞美朗博耶夫人的"美德"和"贞洁"行为,还是对她进行打趣。

斯特恩对美德的反讽具体还表现在约里克与巴黎侍女交往的故事中。在描写约里克初见侍女时,作者把侍女描写为"正派的姑娘"、"像是上流社会中一个虔诚女人的侍女"(116)。正是基于其"正派"和"虔诚",约里克尾随其后赏给侍女一个克朗,赏识其纯洁的心灵,"这是我不能不献给美德的一点小意思,我刚才把这一献礼交给的这个人,无论如何不会误解——但是,亲爱的,我在你脸上看到天真无邪——在它的路上设圈套的男人,要遭殃的!"(118)而侍女与他后来在旅馆中的行为又大大地挑战或是否定了约里克对侍女的美德评价,从而形成鲜明的讽刺性对照。受主人所托,侍女在傍晚时来旅馆给约里克送信,两人在一来二往之间发生了一些小小的暧昧,如两人不知不觉地就坐到了床上,约里克的手放在她的膝上有十分钟,而后又帮她系鞋带。在"侍女—巴黎"这章中又出现了一个后续的情节,更是对"美德"本身形成极为辛辣的讽刺。旅店老板发现了约里克和侍女之间在傍晚来往的事情,向约里克指出这种行为的不正当之处并提出警告要将其撵出旅店。这种行为的不正当的地方是两人来往的时间不适当,如果是在早上而不是在傍晚时节就合理了。可见,侍女行为的不合规矩之处。而更具讽刺意味的是旅店老板指出约里克晚上跟一个姑娘在一起两个钟头,违反了旅店的声誉。但随后店主又说明就是约里克跟二十个姑娘鬼混他也不在乎,关键是得在早上,或是一个女人带盒子来卖丝袜、丝带之类的东西则没有关系。约里克知道旅店老板想从中谋取好处,作为妥协,约里克同意旅店老板推荐一位卖花边的女店员到来,结果花了三个金路易才将她打发走,这又对旅馆老板借美德之名谋利的行为进行了辛辣的讽刺。

在对美德的描写中处处呈现出反讽的机锋,在约里克和巴黎女店员的艳遇中则出现对美德多层面的反讽。约里克在巴黎曾向一家商店的女店主问路,在与女店主的交往中,约里克首先赞扬了她为其热心指路的耐心和殷勤礼貌,"她这番指示,向我重复了三遍,说第三遍时,还像说第一遍那样温和,不厌其烦"(94)但在后期交往中,两人又有明显的调情嫌疑,如约里克要求为女店主测试脉搏,这里出现了约里克与尤金尼斯

的对话,

——亲爱的尤金尼斯(原文译为尤金尼厄斯),真希望你路过这儿,看见我穿着黑衣,煞有介事地一下一下数着脉跳,那副专心致志的样子,好像在她发烧、退烧的关键时刻,在观察她的体温似的——你会哈哈大笑,并从道德上就我的新职业大发议论吧!——你会笑下去,议论下去的——没错,亲爱的尤金尼斯,我肯定会说,'在这世界上还有比摸女人的脉更糟糕的职业呢。'——不过,那是摸女店员的脉!你会说——而且是在开门营业的店铺里!约里克——(96)

尤金尼斯是斯特恩的密友约翰·霍尔—斯蒂文森,两者的对话表明摸脉搏这种行为尽管无伤大雅,但也绝不是男女之间可接受的一种情景关系,这便带有明确的反讽内涵。

为答谢女店主热情指路的情意,约里克决定在她的商店中买手套。在"手套—巴黎"这章,约里克开始试戴一副又一副的手套,女店主不厌其烦地将一个又一个的手套放在他手上量,明明这些手套都太大,但仍旧试戴着。试戴过程中表现出俩人微妙的情感往来,斯特恩用"攻击"一词来比喻俩人目光的接触,"我发觉,每次攻击我都大败——她有一双敏锐的黑眼睛,眼光透过两道长长的丝一般的睫毛射出,有很强的穿透力,因而看透了我的心和感情所在之处——说来也怪,我的确感到她的透视——"(101)这种透视不仅止于调情,而且其中存在金钱交易的色彩,调情的结局是约里克买了两副并不合适的手套。

与《项狄传》中极为明显的讽刺的笔锋相比,《情感之旅》中的讽刺则要微妙得多,读者非得仔细咀嚼品味后才能读懂其中的精妙幽微。例如与巴黎女店主交往这章,斯特恩既通过手的意象表现了两者之间的情欲交往关系,又把女店主借调情来拉拢顾客售卖商品的意图表现出来,同时,又呈现出她的丈夫对妻子与顾客之间的暧昧调情的默许,这就从多方面对美德以微妙的方式进行了反讽。

二、对善行的反讽

斯特恩在《情感之旅》中触及两种情感:情欲之爱和慈善之爱。这部作品之所以获得道德上的正确性,不仅是由于其在情欲再现方面符合塞缪尔·理查逊和亨利·菲尔丁所建立的主导情欲再现模式,而且在于其对慈善之爱方面的刻画传达了道德说教的主题。《情感之旅》主要是对一幕幕场景的刻画,其中慈善之爱共分为8个场景,而情爱之爱则为6个场景。《项狄传》中也对慈善之爱进行刻画,主要有三幕场景:脱庇叔叔对苍蝇的宽容慈爱之情、脱庇叔叔对拉弗勒父子的恩情以及失恋中的玛丽亚,《情感之旅》中则大大加重慈善场景的刻画。对慈善之爱的再现分为两种方式:一是约里克作为旁观者所看到的令人同情怜悯的场景;二是约里克作为施舍者所参与的慈善活动。对于约里克作为旁观者所看到的令人同情的场面的刻画,斯特恩描写得自然、打动人心,如南庞驴主人对死驴的难舍之情以及对人与驴之间的患难真情刻画得极为令人感动,对巴黎剧院中德国人对侏儒的野蛮态度以及约里克对其的同情,或是在法国乡下访遇玛丽亚等情景。可以说这些是对《项狄传》中同类场景刻画的延续。《情感之旅》中,斯特恩则增添了一些《项狄传》中所没有的同情慈善场景,即约里克作为施舍者所进行的慈善活动,此类场景的刻画则别有深意。

情感主义道德哲学是在对个人利益和公共利益、个人利益和他人利益以及个人利益和社会利益之间和谐关系的思索基础上发展而来的,其目的是为了指出自私自利行为的害处,因此在德行方面倡导个体的慈善(benevolence)之心。经济个人主义的出现加大了社会上的贫富差距,因此在18世纪,慈善是社会所提倡的一个核心主题,这一主题反映在情感主义小说叙事之中。马克曼·埃利斯曾指出18世纪中叶"具有公众意识的绅士和商人聚在一起组织建立和运行慈善机关以减轻痛苦和疾病",而情感主义小说则通过叙事"刻画令人同情的人物形象,从而推广慈善的兴起"。[①]《情感之旅》作为情感主义小说的开山之作,更是将慈善行为表现得淋漓尽致。

斯特恩把施舍者与被施舍者的心理窥探到幽微之处,别有洞天,符合人性。其中比较典型的是对约里克在加来的第一次布施行为的微妙

[①] Markman Ellis, *The Politics of Sensibility*, pp. 15–16.

心理进行了一波三折的描绘。约里克在第一次做慈善时显得不是那么情愿。在遇到方济各修会的穷修士募化时，他打定主意一个子儿也不给。在这个场景中，表现了两者对峙的情形，"于是，我把钱包放进衣袋——扣好——把心稍许放正一点，便严肃地向他走过去，恐怕我的脸上有点叫人不敢接近的神情；这时，我把他的形象召到我的眼前，倒认为那形象上有一种应该得到更好的对待的气质。"(7)接着斯特恩以肖像画家的笔法对修士的外貌特征进行详细刻画，认为此人具有超凡脱俗的气质。尽管修士的整体形象有乞求的神情，但"我受其迷惑，而不是感动——"(8)而后约里克对其募捐行为以下列理由拒绝：第一，用于施舍的钱决不能满足受施之人无时无刻所提出的高要求；第二，这些人不花什么力气就能挣得衣食行为让人鄙视；第三，若是募捐也要先募捐给我本国的人，在那里还有成千上万的受苦受难的人。在约里克的刁难下，穿着粗布衣服的修士脸红了一下，但却始终一言不发、逆来顺受。修士关上门离开后，约里克感到心里非常难受，那有礼貌的"白发苍苍"的形象回到他的脑海之中，表达了他的后悔之心，"我怎么能那样对待他——我愿出二十个里弗尔请人为我说情——我的行为很恶劣；我心里说；不过，我才开始旅行，在路上，我要学点礼貌。"(11)再次遇到修士时，修士态度极为坦率，并向约里克递上他的角料鼻烟壶，而约里克则递上自己的玳瑁鼻烟壶。约里克将这个鼻烟壶募捐了并对此前的无礼行为道歉，而修士则将自己的角料鼻烟壶作为交换赠与了约里克。

　　约里克与修士之间的交往被认为是《情感之旅》的经典慈善场景之一，但问题是约里克赠与修士鼻烟壶的行为并不纯粹是募捐的行为，因为修士回赠了他自己的鼻烟壶，因此这个情景表明了两人之间友谊的交换行为。即使在约里克的其他善行或是在充满打动人心的怜悯同情的显性话语外，总有一些隐藏在意识深处的让人不确定的因素，即斯特恩究竟是如何看待慈善行为本身的。这时，我们会发现《情感之旅》中慈善之爱中处处存在幽微的讽刺笔锋，这与表面上的善行或是对他人悲惨处境的悲悯心形成强烈的对比和反讽。斯特恩不仅对施舍之人而且对受施之人进行反讽。

　　约里克在法国的皇宫附近看到一位卖糕点的圣路易骑士。这个骑士非常特别,他既不向同情他的人,也不向想吃的人兜售,而是一动不动地提着那篮糕点站在一个公馆的拐角处,卖给那些不用恳求而自愿买的人。约里克买了他的糕点并请求他讲述自己的故事。由于军队改编,作为连长的圣路易骑士没有收到任何实物供给就离开了。最后,他到了一个没有朋友,没有钱,而只有他所获得的十字勋章的世界。但当他提到国王时却心存感激满足之意,"当今的国王,是所有君主当中最慷慨的,但国王再慷慨也不能救济或奖赏每一个人,他倒了霉,只是他运气不好。"(141)这种倒了霉而不怨恨国王的行为最终赢得了国王的好报。

> 他似乎经常站在进皇宫的铁门附近;既然他的十字勋章引得许多人注目,他们也像我那样打听一番——他告诉他们同样的故事,讲得那么谦虚、通情达理——终于传到国王耳里——又听说这个骑士曾经是个勇敢的军官,为人光明磊落,受到全团尊敬,他便获得每年一千五百里弗尔养老金,不再做小买卖了。(142)

斯特恩字里行间用"谦虚"、"通情达理"、"勇敢"与"光明磊落"来形容卖糕点的骑士,但在隐约间又对"他似乎经常站在皇宫的铁门附近"的行为进行强调。强调表明这个"说国王好话的人"的心灵具有极为狡黠之处,正是这狡黠使其获得一千五百里弗尔的养老金。这种反讽的微妙之处在于并未直接点明,而是间接通过表面上赞扬而实际贬抑的手法塑造出这样一个人物形象,其中的深层内涵就让读者去想象与揣度了。

在"奥秘—巴黎"一章中,斯特恩刻画了一个只向女人乞讨的乞讨者形象。在这个故事中他不仅对乞讨者而且对施舍者进行讽刺。约里克站在那里看了这个乞讨者半个小时,"在这段时间里,他来回走了十二次,发觉他始终按同样的计划行事。"(172)这个同样的计划就是仅向女人乞讨,而且还明确确定了十二苏的数目,令人惊奇的是却屡屡成功。约里克想要探知这个奥秘,于是跟随其后进行观察,最后获得了他乞讨的秘诀。这个秘诀就是对女子阿谀奉承,

> 美貌的施主呵!他向年长的一位说道——你那双明亮的眼睛那么可爱,即使在这黑胡同里,也显得比早上明亮,不是因为你善良、仁慈,又是什么呢?刚

才圣特尔侯爵兄弟走过时,他们对你们俩赞不绝口,又是为什么呢?

这两位小姐似乎大为感动,她们俩情不自禁,同时把手伸进自己的口袋,各自掏出一个十二苏的硬币。

斯特恩以类比的方式后又将对施舍者和受施者的心理的讽刺向更深一层推进。约里克将这种"阿谀奉承"的技巧运用在与巴黎文化圈中的贵族名媛的交往中,而受到极大的欢迎,字里行间中表现出对文雅的法国人的极大讽刺,

在巴黎呆多久,都可以以这个身价成天吃喝玩乐;但这笔账算得不老实——我为此感到羞愧——这是做奴隶得的赏——凡有节操者无不对此深恶痛绝——我爬得越高,越迫使我依靠我那套叫花经——小圈子越高雅——人工之子越多——我渴望自然之子;有一天晚上,我最卑鄙地向半打不同的人卖身之后,感到厌恶——便去睡觉——吩咐拉弗勒早上备马,去意大利。(204)

这不仅讽刺了受施者,而且讽刺了施舍者。斯特恩实质上对施舍行为和慈善行为进行反思,写出施舍人和受施者心思中的隐秘之处,而非简单地宣扬慈心善举。这从某种意义上来说,增加了《情感之旅》的立体感,并表现了斯特恩由讽刺转向反讽技巧的驾轻就熟。

三、金钱的算计

斯特恩不仅对美德和善行表面下所隐藏的微妙心理以反讽方式进行讽刺,而且采用贯穿全文的金钱意象,将这种反讽延伸到对18世纪道德哲学中的道德观的伪善进行揭露。对于《情感之旅》中的金钱与讽刺之间的关系,黄梅曾指出"多情者记述的嘉言懿行或浪漫风情时时闪着钱光币影,从而形成一种贯穿全书的结构性讽刺。"[①]《情感之旅》中斯特恩既有意识地对善举本身进行反思,又在行文中暴露了对慈善的无意识的反讽,这种反讽表现为慈善和金钱之间的对立。

《情感之旅》中处处闪耀着钱光币影,反复出现的一个现象的就是金

---

① 引自黄梅所写的序,参见斯特恩:《多请客游记》,石永礼译,第11页。

钱的算计。金钱是约里克测量美德的尺度。约里克与书店老板交谈时被老板的客气所打动,"你说这话太客气了,我说道,足以使一个英国人在你的店里花上一两个金路易"(78)。在约里克看来,"一两个金路易"可以答谢老板的礼貌客气。在巴黎向女店主问路时,约里克描述到她"从坐的低矮的椅子上站起来,动作显得那么高兴,脸色也那么高兴,要是我跟她花过五十个金路易,我会说:'这个女人是会感谢的'。"(94)约里克用"五十个金路易"来丈量女子的热心。约里克首次遇到巴黎侍女时,认为这是一位正派的姑娘,为奖励她的美德而赏了她一克朗。而对于此种行为约里克暗暗体会到了极大的满足感,"姑娘向我行了与其说是深深的屈膝礼,不如说是谦恭的屈膝礼——是心灵自己在行礼,那种平静、感谢的屈膝低身——身子的动作只不过表达了内心这番意思。我一生中,给姑娘一个克朗从来没有也远远没有使我感到这么愉快过。"(117)约里克不仅用"一个克朗"来丈量侍女的美德,而且用一克朗在丈量自己大方赏赐后的愉悦感。

　　金钱也是约里克行善的重要标志。尽管《情感之旅》中没有《项狄传》中处处是与读者之间的对话,但是在整篇故事的叙事中,读者或是评论界始终潜藏在斯特恩的意识深处。约里克的每次施舍或是慈善行为似乎都带有表演性质,在蒙特吕尔的旅店门口的第一次公开施舍行为表现得十分明显。在甄别出八个穷汉与八个穷婆后,首先给了一个向众人递鼻烟的穷汉两个苏,给一个仅有一只手的老兵两个苏。对于站在圈子外面的羞怯的穷汉,约里克额外开恩多给了一些钱,"天性的一切力量在心里翻腾起来,叫道——于是,我给了——不管给什么——现在,我耻于说,真多呀 ——当时,我耻于想到,真少呀:我给读者提出这两个定点之后,要是他能猜测我的心意,也许会断定,那笔钱的准确数目,不出一两个里弗尔。……我认为,他比他们更感谢我。"(67)在蒙特吕尔的施舍行为中,约里克根据每个受施者的可怜状态来决定施舍的钱数,同时也认为金钱的多寡决定着接受施舍者的人对行善者感激程度的深与浅。

　　那么,我们应如何看待斯特恩在《情感之旅》中用金钱来衡量美德和善行的行为呢?这是斯特恩有意识的行为还是无意识的结果?这需要我们通过当时小说再现中的历史文化语境来思考这两个问题。

金钱是人生存所依赖的必要手段。小说作为再现现实的文学形式，其中出现金钱意识再正常不过，如塞缪尔·理查逊、亨利·菲尔丁、简·奥斯丁以及 19 世纪小说家们在刻画婚姻恋爱时，无不明确表现出财产意识，这就是金钱在文本世界中的一种重要再现方式。但对金钱算计的大加描绘则是 18 世纪早中期小说中的一个独特现象。这里金钱的算计不是指粗略的估算而是精细到小数量的计量上，例如约里克遇到 L 夫人后，知道两人同路，试图邀请她共乘一辆马车，对此约里克内心经历了一系列的挣扎，"'贪婪'说道，就要从你腰包里掏掉二十里弗尔"（36）。谄媚的乞讨者向两位女子要钱，并规定了"十二个苏"的硬币数量，而这个"十二个苏"一词在这个片段中共出现了 6 次。这种金钱的计量在丹尼尔·笛福的小说颇为典型。尽管鲁滨逊被放逐到荒岛之上，但他时时不忘计算自己的收获与财产，摩尔·弗兰德斯更是在时时刻刻计算自己的金钱收入，表现出记账意识。与笛福小说中的金钱意识相比，《情感之旅》中的金钱意识同样表现出早期资本主义发展中渗入到个体意识中的"以金钱为核心的新兴资本主义意识形态"[①]。因此，斯特恩在《情感之旅》中的金钱意识可谓是当时人的普遍心理状态，但斯特恩透过金钱意识想要传达什么？这需要与乔纳森·斯威夫特进行比较。

如果说笛福通过鲁滨逊、弗兰德斯等人物形象肯定了经济人的主体行为，对资本主义金钱观进行肯定，那么与笛福同时代的讽刺文作家斯威夫特则对这种价值观进行了质疑和挑战。这种质疑和挑战表现为通过《格列佛游记》对《鲁滨逊漂流记》的个人主义英雄不知餍足的欲望进行全面戏仿与讽刺。[②] 他在个人生活中以金钱为符号的讽刺表演行为，明确表现出与笛福赋予金钱肯定意义的行为不同。根据蒲柏回忆，

> 有一天傍晚我和盖依去看斯威夫特。你知道我们彼此有多熟悉，我们一进门，博士就问我们何故光临："你们怎么丢下了你们所一心爱戴的达官贵人，跑来探望一名穷教堂主持？"我们应答说，较之那些大老爷，我们更愿见他。"若不是我深知二位为人，说不定也就信了你们这话。"斯威夫特回嘴道，"不过，你们

[①] 陶家俊：《从叙述结构论〈摩尔·弗兰德斯〉对资本主义个体价值的肯定》，第 31 页。
[②] 参见 Michael McKeon, *The Origins of the English Novel*, p. 346。

既然来了,我想还是得招待你们吃晚饭吧?"不,博士,我们已经吃过了。"已经吃过了!不可能。还不到八点呢。……不过,如果你们没吃晚饭,我总得给你们吃点什么吧。让我想象,我会提供什么呢?两份龙虾?龙虾够不错了——两先令;饼,一先令。你们虽然提前早早吃过了,但是,就算只是分享分享我的钱袋,也总得和我一起喝杯葡萄酒吧?"我们说我们更想跟他聊聊天。"但是,按理你本该和我一道吃饭,如果吃饭你们就一定得和我一起喝酒了——一瓶葡萄酒;两先令。二二得四,添一作五;每位正好两先令六便士。蒲柏,这是你的半克朗;而这一份是您的,盖依先生。我拿定了主意,决不在你们身上省一厘一毫。"他态度严肃郑重,不由分说,强迫我们收下了钱。①

尽管这是一种自我讽拟式的表演,具有开玩笑的性质,但正如黄梅所指出的"如果不是金钱关系渗透进并主宰着万事万物,便不会有此类的行为。但另一方面,如果不是对这种世态乃至自身思想状况都有充分的自觉,斯威夫特也决不至于那么煞有介事地当人面计算'二二得四'。"②斯威夫特的自我讽拟式的表演表明金钱的计量是生活中的重要组成部分,而他对此有充分的自觉认识。同理,我们也可以认为斯特恩对金钱的计量,甚至是在《情感之旅》中的表演都与斯威夫特有相通之处。两相对比中,我们发现斯特恩在《情感之旅》中的金钱展示具有讽刺的性质。斯特恩在写作中往往采用具有自我意识的叙述者,这就意味着叙述者对自己在事件中的行为保持一定的距离而进行反观和评价。《项狄传》中也有类似采用金钱进行讽刺的现象。当项狄父亲听到脱庇叔叔谈到要将军事防御游戏的物品留给特灵上尉时,父亲笑了笑,而当他听说脱庇叔叔要留给特灵上尉一笔年金时,父亲的表情变得严肃起来。

斯特恩在《情感之旅》中以金钱为意象对善行和美德进行反讽,嘲弄了资本主义道德观,同时金钱意象本身表现出无意识层面的反讽,它暴露出18世纪道德哲学内部的矛盾和悖论。资本主义早期发展阶段个体欲望极度膨胀,人们自私自利行为和贫富悬殊所造成的差距引发了种种社会问题。18世纪的道德哲学是基于此而产生的道德体系,它提倡慈善

---

① Jonathan Swift, *The Writings of Jonathan Swift*, p. 602. 译文参考了黄梅的翻译,参见《推敲自我》,第121页。
② 黄梅:《推敲自我》,第121-122页。

和美德,哲学家们试图证明人的本性是善与美,从而将人与人之间的关系和谐化。但在《情感之旅》中频频出现的金钱意象又说明利益的计较始终潜伏在美德、贞洁和善行之下。约里克时时刻刻以金钱来计算美德和善行,更进一步指明了美德和善行的表面下所掩藏的人与人之间的金钱关系和趋利本质,这揭露了资本主义道德的伪善本质。以金钱为计量的行为并非《情感之旅》中独有的现象,在其他情感主义小说中,"钱成为多情善感者交换的中介,是作为商品的善良人性的显而易见的物质化的体现。"① 这就说明斯特恩的反讽已经远远超越他个人有意或是无意而采取的一种形式,而且这种反讽作为资本主义意识形态的两级悖论以无意识的形态再现《情感之旅》中。

反讽风格的形成是斯特恩与评价读者对话的结果,他在顺应评价读者对小说文类的期待视野的同时,将针锋相对的讽刺风格转化为明褒实贬的反讽风格,传达自己对道德的质疑与讽刺。这是对主导价值评价体系的一种策略性的回击行为。这就说明尽管斯特恩在《情感之旅》中表现出顺应评价读者对其作品道德主题的引导,但仍然表现出主体创作行为中的主观能动性。

《情感之旅》文本中的作者与评价读者的协商具体表现为对道德准则的协商。与《项狄传》中以读者为媒介与评价读者进行协商不同,《情感之旅》通过感性和情欲的节制对《项狄传》讽刺文的理性风格以及情欲的张扬进行矫正,表现为顺应评价读者对道德感和道德行为的期待,最终融入小说传统之中。但斯特恩并未完全受制于评价读者的制约,而是以曲折的形式将讽刺转换为反讽风格隐匿在叙事之中,实现道德规范的再商榷。这也是评论界会产生对《情感之旅》中是否真的在传达道德意图,以及斯特恩的道德情感是否诚恳产生怀疑的一个重要原因。《项狄传》和《情感之旅》中都表现出显性和隐性两种结构,在《项狄传》中讽刺文挑战小说模式占显性,而《情感之旅》中讽刺文以反讽的方式隐性地存在于叙事之中。如果以第一章所探讨的斯特恩与真实评价读者之间有关文类的协商而产生的结构性关系为参照,那么《情感之旅》文本内部所

---

① 转引自黄梅所写的前言,参见斯特恩:《多情客游记》,第11页。

形成的作者与评价读者的协商关系表现出顺应意识。所谓"顺应"是指《情感之旅》以小说文类为主导叙事模式,并传达道德主题,将讽刺文置于边缘地位,从而表现出迎合读者对小说的期待视野。

结　论

> 作者并不是机械地为意识形态、阶级或经济历史所驱使；但是我相信，作者的确生活在他们自己的社会中，在不同程度上塑造着他们的历史和社会经验，也为他们的历史和经验所塑造。
>
> ——爱德华·萨义德《文化与帝国主义》

吕西安·戈德曼在《隐蔽的上帝》中指出："研究者只有把一部作品重新置于历史演变的整体中，把作品与整个社会生活联系起来，才能从中得出客观意义，而这种意义甚至常常是作品的作者很少意识到的。"[①] 这表明作品与作品背景之间的重要关系以及作品背景对于把握和建构作品意义的重要性。而从另一角度而言，我们可通过对个体作家作品的研究来透视作品产生的那一历史时期的整体演变。本文正是把斯特恩式协商置于18世纪中叶讽刺文衰落、小说文类兴起的历史语境中，对斯特恩作品与18世纪中叶小说传统的异质性及其作品的文类属性进行阐释，从中透视出小说文类的崛起与讽刺文衰落的原因，以及小说与18世纪中叶资本主义制度发展之间的关系。

---

① 吕西安·戈德曼：《隐蔽的上帝》，第8页。

一、斯特恩式协商促使斯特恩作品意义的生成

斯特恩式协商主要表现为作者与评价读者的协商,这种协商既发生在文本之外也发生在文本之内。

文本外的协商表现为斯特恩与文学场中的出版商、文学俱乐部和文学评论期刊这三类真实评价读者之间关于其作品文类的协商。三类真实评价读者既是依据美学标准进行赏鉴的评价者,也是美学话语的制造者,分别代表了不同的文化选择机制。出版商考虑的是作品所能带来的经济利益,代表着作品能否进入市场的筛选机制;以俱乐部为核心的文人群体代表着对新进文人的认同机制;而文学评论期刊则代表了作者创作和读者阅读的监察机制。这三类评价读者对作品的评价表现为象征权力的实施。斯特恩之所以顺应出版商和文学评论期刊的引导与建议,主要是基于文化资本的获取目的。象征权力的实施与文化资本的获取交织在一起,构成了斯特恩与真实评价读者协商的文化维度。文本外协商的文化维度的另一表现是斯特恩对其作品中讽刺文与小说元素的再分配。斯特恩最初对《项狄传》的讽刺文定位是确定无疑的,但从他与三类真实评价读者之间的协商发现,讽刺诗文作者在 18 世纪中叶的文学话语场中居于边缘地位,奥古斯都讽刺诗文统治文坛的时期已成为过去。因此,斯特恩逐渐应评价读者的要求在《项狄传》中增加小说元素,消减讽刺文元素,最终融入小说传统之中。文化维度上的斯特恩与评价读者之间的协商表明斯特恩受外部文化力量的制约而进行创作转型和文类转换。

文本内的协商表现为文本作者与潜在评价读者期待视野中的文类规约的对话,亦可称之为审美维度的协商关系。这一协商关系亦经历了历史性的变化过程。在《项狄传》中,作者与潜在评价读者对话集中在其叙事方面,具体表现为斯特恩有意识地采用讽刺文方式来违反并挑战评价读者期待视野中小说文类的叙事常规。这隐含并预示着真实评价读者对其作品的否定性接受,因为这不仅违反了 18 世纪中叶小说叙事形式的审美内涵,而且违反了其中蕴含的社会道德内涵。这为《情感之旅》的创作转型埋下了伏笔。《情感之旅》中的作者与潜在评价读者对话的

意识不像《项狄传》中那样明显地以"作者—读者"频繁发生对话的形式呈现出来,而是隐含在叙事之中。在对话中,斯特恩矫正了《项狄传》缺少道德意识的倾向,顺应了评价读者对小说应传播道德主题的期待。不过,斯特恩并非单方面地顺应评价读者的期待,而是以反讽的方式对道德内涵进行质疑与讽刺,表现出作家创作的能动意识。总体而言,《情感之旅》的小说属性占主导,而讽刺文属性以反讽方式退居边缘。从《项狄传》到《情感之旅》,见证了斯特恩从违反小说叙事规约到顺应小说主题规约的转变。在这个过程中,讽刺文元素大量消减,斯特恩最终融入小说传统之中。

在围绕斯特恩小说接受而形成的文学场中,作者与评价读者协商关系的文化维度和审美维度彼此交织映射,共同促成了斯特恩作品文本意义的生成。也就是说,斯特恩作品的意义不仅是由斯特恩本人的创作动向决定的,评价读者也参与其中。斯特恩在作品中逐渐增加小说元素,消减讽刺文元素,并且增加道德说教意识,这些都是评价读者介入的结果。因此可以说,斯特恩的两部作品就是作者与评价读者协商的产物。这就解释了斯特恩研究传统中有关作品异质性和文类的争议。其作品之所以异质于18世纪中叶小说传统,是由于作品中融合了讽刺文属性;而之所以会有讽刺文和小说定性的争议是因为斯特恩在作品中混合了讽刺文和小说两种文类属性。由此可见,梅尔文·纽和托马斯·基默分别将《项狄传》定性为讽刺文和小说,都难免片面。约翰·特劳戈特将斯特恩放置到现代主义和后现代主义小说传统中进行解读,从时代性来看亦有些牵强。实际上,斯特恩与现代主义和后现代主义之间的亲缘关系为其作品在20世纪被重新发掘提供了契机,但这种相似性主要是由于斯特恩有意识地借助《项狄传》叙事形式与评价读者进行对话,而表现出自我反思或自我意识的叙事风格,进一步体现了元小说或是元叙事的某种属性。而且,斯特恩通过讽刺文与小说文类进行质疑与对话,这种怀疑主义同现代和后现代主义对现实主义叙事所表现出的质疑、反思与戏仿也有异曲同工之妙。这才是斯特恩与现代主义和后现代主义亲缘关系的关键。

二、斯特恩式协商再现了18世纪中叶小说的兴起

斯特恩处于18世纪中叶奥古斯都讽刺文衰落与小说文类兴起时期,他身上有两种传统交接的痕迹,他的作品则混合了讽刺文和小说两种文类属性。西摩·查特曼(Seymour Chatman, 1928—)曾指出:"没有任何一部作品能称得上是一种文类的完美典范——小说或是喜剧史诗或是任何其他文类。所有的作品在文类属性方面都或多或少是混合的。"①这是单纯从审美角度来看文类混合的现象,却没有考虑到文类混合的社会历史属性。为什么某一作者在某一特定的历史时期会融合某几种文类?通过对斯特恩式协商的研究我们既可以重新思考讽刺文和小说的文类属性,又可以从小说对讽刺文的吸纳中了解文学史演进过程中所发生的此消彼长的深层原因。

对斯特恩式协商的研究使我们对讽刺文和小说属性内涵有了一个新的意识。②查尔斯·奈特(Charles Knight)曾列举讽刺文和小说之间的共性和差异。共性主要有:(1)它们都对所采用的形式有自觉的意识、含蓄批评前辈、发表创新宣言、反映广阔文化并与主导意识保持不确定关系;(2)它们都具有戏仿属性。差异主要有:(1)在人物塑造方面,小说中的人物往往是虚构的,但他们被赋予主体性;讽刺文中的人物往往是真实的,但却是展现某种社会问题的典型,而缺少主体性。两者在人物塑造方面重心不同,讽刺文通过人物透视整个社会的大问题,极少关注人物本身的性格与个体意识;而小说则主要关注个体意识,尤其是危机状态中人物的分裂意识。(2)在叙事时间方面,小说是关于时间的艺术,"重视因果和动机,尤其是人物的时间性成长,同时假定行动具有连贯性和同一性。"③讽刺文并不缺少这种时间性,但讽刺文对时间性的关注往往是分析性的而非叙事性的。

上述对讽刺文与小说之间共性与差异的概括是基于对小说与讽刺

---

① Seymour Chatman, *Story and Discourse*, p. 18.
② 本文并非试图界定小说属性有哪些或是讽刺文属性有哪些,而是试图从那一特定历史时期两者之间形成的关系中看两者的差异,并从差异中来理解两者的属性。
③ Charles A. Knight, *The Literature of Satire*, p. 223.

文作品的分析而形成的。然而,根据本文对18世纪中叶讽刺文衰落与小说文类兴起这一文学传统变迁的分析,发现讽刺文与小说在那一特定历史时期与文化语境中,有如下差异:讽刺文主要表现作者的理性思辨能力,人物往往表现出类型化的倾向;而小说则主要表现作者诉诸于情感塑造的能力,表现为有血有肉的人。在形式上,讽刺文表现出离题的叙事风格,这源于讽刺文作家本身所持有的怀疑主义和不可知论,而在内容和主题表达上缺少道德说教意识,并表现出对主导道德建构的质疑;而小说则表现出明显的道德建构意义。概括地讲,讽刺文和小说最关键的区别是,讽刺文表现出"破除"的倾向,即对权威或是秩序的攻击、戏仿、质疑与反思,而小说无论在叙事形式方面对亚里士多德情节模式的吸纳,还是对道德主题的重视,都表现出"建构"和谐秩序的倾向。①

一个试图"破除",一个旨在"建构",正是讽刺文和小说文类之间的这种差异导致小说兴起和讽刺文衰落,以及小说对讽刺文的吸纳。小说自18世纪中叶兴盛于文坛后,在18世纪晚期与整个19世纪在英国文坛中都居于统治地位,这与资本主义制度的发展存在密切联系。爱德华·萨义德(Edward Said, 1935—2003)在《文化与帝国主义》(1993)中指出:"每个研究欧洲小说的小说家、评论家和理论家都注意到了它的结构性特征。小说从根本上是与资产阶级社会联系一起在用的","小说所起到的稳定和强化的作用是英国所特有的"。② 的确,小说的兴起与资产阶级崛起之间关系密切,小说再现了资产阶级的某些特征。伊恩·瓦特在《小说的兴起》(1957)中认为小说表现了资产阶级个人主义;迈克尔·麦基恩(Michael McKeon)在《英国小说的源起》中提到从传奇到小说的发展标志着道德内涵从封建贵族所看重的"荣誉(honor)"到资产阶级所看重的"美德"(virtue)的变化。萨义德把小说与资产阶级并置,目的是挖掘小说对帝国主义再现的本身在某种程度上反映了资产阶级的文化与政治立场。小说的确与资产阶级以及资本主义制度发展存在密切关联,而且它也确如萨义德所言具有特有的"稳定"和"强化"作用,但并不仅

---

① 这也是本文在第一章第二节中以讽刺诗来参照讽刺文在18世纪中叶衰落的情况,因为在"破除"的属性方面,讽刺诗与讽刺文是相似的。
② 爱德华·W·萨义德:《文化与帝国主义》,第95页和98页。

仅是强调帝国主义思想和秩序。如果单就18世纪中叶那一特定历史时期来论,小说在资本主义发展这一转折期是以道德力量建构"和谐"秩序,从而维护资本主义稳定发展。

小说文类兴起与18世纪中叶资本主义发展有着极为重要的关系。1762年的政治事件中国王权力与议会权力产生较量,由此分化出"支持布特"和"反对布特"两派,在文人圈子中相应也分化为两种政治立场。文学俱乐部文人圈子和荒唐俱乐部文人圈子的对立表现了这点。以约翰逊为代表的小说家群体表现出"支持布特"的倾向,而这种倾向并非是支持国王乔治三世的王权,而是为了在保留王室传统的基础上保持社会平稳发展,呈现为文化和政治上的保守主义。与法国大革命以激进方式推翻王室建立资产阶级统治所引发的动荡相比,英国以保守主义姿态在保留王室传统基础上顺利完成了资本主义制度的确立和稳步发展。这证明小说家们在政治和文化立场的保守主义与资本主义稳步发展相适应。

18世纪中叶也是个体空间和公共空间分离的历史时期,小说家逐渐在公共空间内承担起社会责任,顺应社会主导价值体系和思想,进而对读者进行引导,发挥着重要的社会影响力。在资本主义早期发展中,英国出现了一系列的社会问题。小说构建了"和谐"的道德观,强调对欲望的节制,并表达同情与慈爱之情,这些都促进了资产阶级道德观的合理化,对资本主义发展起到了稳定作用。奥古斯都时期和后奥古斯都时期是英国资本主义发展的两个不同阶段,如果说在奥古斯都时期的讽刺文方式体现了对资本主义早期发展阶段所产生的系列社会问题的反思与质疑,这顺应了当时的民意民心,那么18世纪中叶后英国资本主义发展处于相对稳定发展阶段,这时需要的则是平稳与和谐。讽刺文作家或是讽刺文表现出的针锋相对与和谐共融的思想相抵触,无法完成秩序建构的功能。这正是讽刺文衰落而小说文类兴起的重要原因。

从根本上说,任何事物的生成都必然经历一个连贯的过程。文学传统或是文学史也不例外。18世纪中叶讽刺文衰落与小说文类兴起并非是孤立发生的文学现象,小说在兴起过程中对讽刺文的吸纳不过是文学史转化消融过程的一个侧影而已。从斯特恩两部作品的创作风格转向中可以鲜明地感受到转化与消融的过程。在《项狄传》中,斯特恩以极为明显张扬的讽刺文形式质疑小说叙事,而《情感之旅》中小说元素占主导地位,将讽刺以反讽的方式呈现出来,并隐匿于文本叙事深处。由此可见,讽刺文在被吸纳到小说文类的过程中,它自身发生了重要的转化与变形。韦恩·布斯(Wayne C. Booth, 1921—2005)在《反讽修辞学》(1974)中指出在18世纪之前,反讽是众多修辞手法中最不受重视的一种,而在浪漫主义时期结束之时,它却已经成为浪漫主义的同义词。① 斯特恩创作时期处于后奥古斯都和前浪漫主义时期,《项狄传》残留奥古斯都讽刺文的痕迹,而《情感之旅》开辟了情感主义小说传统对感性、情感和想象等元素的关注,这些都对浪漫主义阶段的诗歌创作产生了影响。② 从布斯所论及的浪漫主义时期与反讽风格之间的关系可见,《情感之旅》中的某些特点尤其是反讽风格就已经包含了浪漫主义传统的一些重要元素,这就意味着《情感之旅》与后期的文学史之间存在承接关系。而如果从小说发展史内部来看,斯特恩和简·奥斯丁小说之间亦有重要关联。③ 简·奥斯丁的《傲慢与偏见》(1813)中闪烁的幽默和巧智具有奥古斯都时期讽刺文的某些痕迹,但关键的风格却非讽刺而是反讽,这进一步证明了讽刺逐渐被反讽所取代,融入现实主义小说传统之中。

三、斯特恩式协商具有重要的理论发现

本文既是作家作品研究,又是文学个案研究。所谓个案研究是指通过分析斯特恩式协商这一个别而又典型的个案,来达成对本文所建构的新的文学接受理论认识论和方法论是否具有普适性的反思,对此,有三点理论发现。

---

① Wayne C. Booth, *A Rhetoric of Irony*, p. ix.
② 斯特恩与华兹华斯的相似性与影响关系,参见 Thomas Keymer 的 "Sterne and Romantic Autobiograhy" 一文。
③ 有关斯特恩的两部小说对奥斯丁小说的影响,参见 Park Honan, "Sterne and the Formation of Jane Austen's Talent," *Laurence Sterne: Riddles and Mysteries*, ed. Valerie Grosvenor Myer, pp. 161-171.

第一,作者与评价读者之间的协商关系促进了文本意义的生成。评价读者概念的提出以及作者与评价读者协商关系的考察为我们重新理解斯特恩作品内部的结构性关系提供了有效的切入点,从而使我们从新的角度来认识和把握其作品中深层的结构。正如艾柯所言:"某些文本之所以可做多重解释,是因为文本提供了相应的结构,批评实践应该去探究这一结构。"①从斯特恩研究史来看,已有的研究已经注意到他作品中所存在的"自我意识的叙述者"、"自我反思性"以及"游戏"特征,但并未从作者与评价读者协商的角度来探索斯特恩作品的文本内涵。从本文的研究结果来看,斯特恩作品文本意义的生成源于作者与评价读者之间的协商。已有的接受美学或文学阐释学思想往往从读者阅读层面来思考作者与读者之间的交流对文本意义建构的作用,例如沃尔夫冈·伊瑟尔、保罗·利科以及尧斯的美学思想,或是说他们考虑的主要是读者的阅读活动或阐释活动,而非读者的评价活动。尽管伊瑟尔提出了作者与读者共同建构文本意义,但他仅是从认知角度指出这种可能性,并未从客观化的具体实例中指出所构建的文本意义究竟是什么。本文通过对斯特恩式协商的研究证实了作者与评价读者的协商关系确实能够促成文本意义的生成,并且揭示了这种协商关系促进文本意义生成的内在机制。作者和评价读者的协商之所以会对文本意义发生影响,关键在于两者的协商不仅包含了审美维度,而且包含了文化维度,审美和文化两个维度之间互相促发才能形成作用与反作用的关系,而这才能最终促成文本意义的生成。这就把对作者与读者之间互动关系的考察延伸到了社会性的范围之内,从而提出了一种新的文本意义形成观。

第二,不同作品内部的结构形态构成了小说史的发生过程。《项狄传》和《情感之旅》构成了斯特恩创作的两个阶段,前后相隔8年时间。两部作品文本内的不同结构形态见证了讽刺文衰落和小说文类兴起以及小说对讽刺文的容纳过程。可以说这两部作品构成了英国早期小说发展史的一个转折阶段,呈现出小说在18世纪中叶的发展脉络。这就意味着我们可以从不同作品的结构形态来考察文学史的发展,或是说文

---

① 艾柯等:《诠释与过度诠释》,第105页—106页。

学史的发生是以不同作品内部的结构形态呈现出来的。汉斯·罗伯特·尧斯在其著名的文章《文学史作为文学理论的挑战》中指明了他所建构的以"期待视野"概念为核心的读者美学的实质是要建立新的文学史观。他仅是提出一种可能性而已,真正研究的可行性并不大。吕西安·戈德曼的生成结构主义的目的之一也是建构新的文学史形式,这种文学史形式是以作品内部与作品外部群体和阶层之间的世界观的对应关系而形成的文学史。而本文所提出的文学史观,是在以上几位研究者理论的基础上构建出新的文学史观,它有三个特点:首先,它是以作者与评价读者协商为动力来促使文本内不同结构形态的产生;其次,这一结构形态由审美和文化两个维度构成,这就表现出文学史发生内部的文学形式或文学风格在文化维度的主导和边缘立场,以及审美维度的兴衰共同作用的历史;最后,这种以不同结构形态变化为基础的文学史观主要适用于研究处于转折时期的某一作家的不同作品的前后风格变化,通过某一作家个体来透视那一历史时期小说史或是文学史的发生。

  第三,作者与评价读者的协商关系同时包含文化维度和审美维度,这就为融合文学性和社会性的文学接受研究提供了理论基础。作品文本意义的产生绝不是文学传统内部自在自为的审美维度的行为,与之相对应一定存在文化社会维度。两者之间存在作用与反作用的关系。同理,文学史的生成和转折也绝非自在自为地发生在美学传统内部,这个过程的发生发展包含了具体历史语境中各种文化力量之间的对立和竞争。

  对斯特恩式协商的研究不仅有助于我们理解作品的文本内涵,挖掘斯特恩在18世纪中叶英国小说史上的独特意义,而且也使我们认识到当时的小说对讽刺文文类的吸纳,以及小说与资本主义发展之间的关系。此外,这一研究在理论认识论和方法论方面也可以为后期的作家作品研究提供参照模式,尤其是对具有转折裂变意义的小说家的研究,例如现代主义小说家詹姆斯·乔伊斯或是后现代主义小说家弗拉基米尔·纳博科夫等小说家。他们在作品中有意违背与打破小说文类规约,而且存在明显的作者与评价读者对话的意图。这都与斯特恩表现出相似性,但不同的是他们处于小说史以及资本主义发展史的不同阶段。这就使我们可以从更为宏观的角度来观照,以及可以以连续的过程来审视和理解不同阶段的代表性小说家作品的独特性,以及小说史的发展与转折。这可以更加完整地呈现出资本主义发展不同阶段的不同思想特性。

参考文献

英文参考文献

Primary sources:

Bates, Ephraim Tristram. *The Life and Memoirs of Mr. Ephraim Tristram Bates.* London: Malachi, 1756.

Behn, Aphra. *Love-Letters between a Nobleman and His Sister, with the History of Their Adventures*, 4th ed. London: D. Brown, J. Tonson, J. Nicholson, B. Tooke, and G. Straham, 1712.

Boswell, James. *Life of Johnson.* Ed. Mowbray Morris. London: MacMillan and Co., Limited, 1906.

Brinsley Peake, Rihcard. *Memoirs of the Colman Family, Including their correspondence with the most distinguished personages of their time.* Vol. 1. London: Richard Bentley, New Burlington Street, 1841.

Churchill, Charles. *The Poetical Works of Charles Churchill.* Oxford: At the Clarendon Press, 1956.

Cibber, Colley. *An Apology for the Life of Mr. Colley Cibber.* Dublin: George Faulkner, 1740.

——. *A Letter from Mr. Cibber to Mr. Pope.* 2nd ed. London: W. Lewis, 1742.

Curtis, Lewis Perry, ed. *Letters of Laurence Sterne.* Oxford: At the Clarendon Press, 1935.

Defoe, Daniel. *Robinson Crusoe.* Middlesex: Penguin Books, 1979.

Ferriar, John. *Illustrations of Sterne.* London: Cadell and Davies, 1798.

Fielding, Henry. *Tom Jones*. Ed. Sheridan Baker. New York: W·W·Norton, 1995.

——. *Joseph Andrews with Sahmela and Related Writings*. Ed. Homer Goldberg. New York and London: W·W·Norton & Company, 1987.

George, M. D. *English Social Life in the Eighteenth Century: Illustrated from Contemporary Sources*. London: the Sheldon Press, 1923.

Hall-Stevenson, John. *Yorick's Sentimental Journey Continued*. 3rd ed. 2 vols. London: J. Bew, 1774.

——. *Crazy Tales*. 4th ed. London: T. Beckett, 1785.

Howes, Alan B., ed. *Laurence Sterne: The Critical Heritage*. London and New York: Routledge, 1971.

Hutcheson, Francis. *An Inquiry into the Original of Our Ideas of Beauty and Virtue*. Indianapolis: Liberty Fund, 2004.

Hume, David. *A Treatise of Human Nature*. Ed. L. A. Selby-Bigge. Oxford: At the Clarendon Press, 1967.

Johnson, Samuel. *The Rambler*. 8 vols. Edinburgh: Sands, Murray, and Cochran, 1777.

——. *A Dictionary of the English Language*. London: J. F. and C. Rivington, L. Davis, T. Payne and Son, W. Owen, T. Longman [and 21 others], 1785.

——. "The False Alarm." *The works of Samuel Johnson*. Vol. 4. Dublin: Luke White, 1793.

Kelly, Lionel., ed. *Tobias Smollett: The Critical Heritage*. London and New York: Routledge, 1995.

Locke, John. *An Essay Concerning Human Understanding Book I—II*. London: Adamant Media Corporation, 2006.

Lloyd, Robert A. M. *The Poetical Works of Robert Lloyd*. London: T Evans, 1774.

Mandeville, Bernard. *The Fable of the Bees, or Private Vices, Public Benefits* London: J. Tonson, 1729.

Nixon, Cheryl, ed. *Novel Definitions: An Anthology of Commentary on the Novel, 1688—1815*. New York: Broadview Press, 2009.

Peake, Richard Brinsley. *Memoirs of the Colman Family*. Nabu Press, 2010.

Pope, Alexander. *An Essay on Man*. London: A. Millar, and J. and R. Tonson, 1763.

Reeve, Clara. *The Progress of Romance*. 2 vols. London: Colchester W. Keymer, 1785.

Richardson, Samuel. *Pamela: Or, Virtue Rewarded*. Middlesex: Penguin Books, 1984.

——. *Clarissa or, The History of a Young Lady*. New York: Penguin Books, 1985.

Shaftesbury, Anthony Ashley Cooper, 3rd earl of. *An Inquiry concerning Virtue or Merit*. Vertretur Für Österreic: Rudolf Lechner & Sohn in Wien, 1904.

Smith, Adam. *The Theory of Moral Sentiments*. Ed. D. D. Raphael and A. L. Macfie.

Beijing: China Social Science Pub. House, 1999.

Sterne, Laurence. *The Beauties of Sterne*. London: J.Ridles and W.Flexney, 1782.

———. *The Life and Opinions of Tristram Shandy, Gentleman: The Text*. The Florida Edition of the Works of Laurence Sterne. Vols. 1 – 3. Ed. Melvyn New and Joan New. Gainesville: University of Florida Press, 1978.

———. *The Sermons of Laurence Sterne*. The Florida Edition of the Works of Laurence Sterne. Vols. 4 – 5. Ed. Melvyn New. Gainesville: University Press of Florida, 1996.

———. *The Letters*. The Florida Edition of the Works of Laurence Sterne. Vols. 7–8. Ed. Melvyn New and Peter de Voogd. Gainesville: University of Florida Press, 2009.

———. *A Sentimental Journey through France and Italy and Continuation of the Bramine's Journal*. The Florida Edition of the Works of Laurence Sterne. Vol. 6. Ed. Melvyn New and W. G. Day. Gainesville: University of Florida Press, 2002.

———. "A Fragment, in the Manner of Rabelais". *The Works of Laurence Sterne*. Vol. 10. London: J. Rivington & Sons, J. Dodsley, G. Kearsley, J. Johnson, G.G.J. & J. Robinson, T. Cadell, J. Murray, T. Beckett, R. Baldwin, A. Strahan, W. Lowndes, G. & T. Wilkie, W. Bent, and D. Orilvie, 1788.

Smollett, Tobias. *Humphry Clinker: An Authoritative Text Contemporary Responses Criticism*. Ed. James L. Thorson. New York & London: W·W·Norton & Company, 1983.

Swift, Jonathan. *The Writings of Jonathan Swift*. Ed. Robert A. Greenberg and William Bowman Piper. New York: W·W·Norton, 1973.

The Clockmakers Outcry against the Author of The Life and Opinions of Tristram Shandy, 3rd Ed. Dublin: D. Chamberlaine and S. Simith, 1760.

Tierney, James E., ed. *The Correspondence of Robert Dodsley 1733−1764*. Cambridge: Cambridge University Press, 1988.

Wilkes, John. *An Essay on Woman in Three Epistles*. London: The Author, 1763.

———. *Letter to Samuel Johnson*. London: J. Almon, 1770.

———. *The Correspondence of the Late John Wilkes, with His Friends*. London: Richard Philips, 1805.

Young, Edward. *Conjectures on Original Composition*, 2nd ed. London: A. Millar and R. and J. Dodsley, 1759.

Secondary sources:

Abrams, M. H., & Harpham, G. G. *A Glossary of Literary Terms*, 7th ed. Heinle & Heinle, Thomson Learning, 1999.

Armistead, J. M., ed. *The First English Novelists: Essays in Understanding*. Knoxville: The University of Tennessee Press, 1985.

Armstrong, Nancy. *Desire and Domestic Fiction: a Political Hisotry of the Novel*. New York: Oxford University Press, 1989.

Asfour, Lana. *Laurence Sterne in France*. London & New York: Continuum, 2008.

Baird, Theodore. "The Time-Scheme of Tristram Shandy and a Source." *PMLA*, 51 (1936): 803−820.

Barker-Benfield, G. J. *The Culture of Sensibility: Sex and Society in Eighteenth-Century*. Chicago: The University of Chicago Press, 1992.

Bartolomeo, Joseph F. *A New Species of Criticism: Eighteenth-Century Discourse on the Novel*. Newark: University of Delaware Press, 1994.

Bate, Walter Jackson, ed. *Criticism: the Major Texts*. New York: Harcourt, Brace and Company, 1952.

——. *From Classic to Romantic: Premises of Taste in Eighteenth-Century England*. New York: Harper & Brother, 1961.

——. *Samuel Johnson*, New York and London: Harcourt Brace Jovanovich, 1977.

Bertelsen, Lance. *The Nonsense Club: Literature and Popular Culture, 1749−1764*. Oxford: Clarendon Press, 1986.

Booth, Wayne C. Did Sterne Complete "Tristram Shandy?" *Modern Philology*, 48 (1951): 172−183.

——."The Self-Conscious Narrator in Comic Fiction before Tristram Shandy." *PMLA* 67 (1952): 163−185.

——. Rev. of *Tristram Shandy's World: Sterne's Philosophical Rhetoric*, by John Traugott. *Modern Philology* 53 (1955): 138−141.

——. *A Rhetoric of Irony*. Chicago and London: The University of Chicago Press, 1975.

——. *The Rhetoric of Fiction*. 2nd ed. Chicago: The University of Chicago Press, 1983.

Bosch, Rene. *Labyrinth of Digressions: Tristram Shandy as Perceived and Influenced by Sterne's Early Imitators*. Trans. Piet Verhoeff. Amsterdam-New York: Costerus New Series 172, 2007.

Bosker, Aisso. *Literary Criticism in the Age of Johnson*. Groningen — Den Haag: Bij J. b. Woters' Uitgevers — Maatschappij N.v., 1930.

Brissenden, R. F. *Virtue in Distress: Studies in the Novel of Sentiment from Richardson to Sade*. New York: Harper & Row Publishers, INC, 1974.

Buelow, George J. "Originality, Genius, Plagiarism in English Criticism of the Eighteenth Century." *International Review of the Aesthetics and Sociology of Music* 21 (1990): 117−128.

Carlson, C. Lennart. *The First Magazine: A History of The Gentleman's Magazine*.

Wisconsin: The George Banta Publishing Company, 1938.
Cash, Arthur H. *Laurence Sterne: The Early & Middle Years*. London: Methuen & Co. Ltd., 1975.
——. *Laurence Sterne: The Later Years*. London & New York: Methuen, 1986.
Cash, Arthur H. and John M. Stedmond, eds. *The Winged Skull: Papers from the Laurence Sterne Bicentenary Conference*. Kent: Kent State University Press, 1971.
Colebrook, Claire. *Irony*. London: Routledge, 2004.
Connely, Willard. *Laurence Sterne as Yorick*. London: The Bodley Head, 1958.
Conrad, Peter. *Shandyism: The Character of Romantic Irony*. New York: Harper & Row Publishers, INC., 1978.
Cross, John. *The Rise and Fall of the Man of Letters: Aspects of English Literary Life since 1800*. London and Edinburgh: Morrison and Gibb Ltd., 1969.
Cross, Wilbur L. *The Life and Times of Laurence Sterne*. 2 vols. New Haven: Yale University Press, 1925.
Damrosch, Leopold Jr. *God's Plot & Man's Stories: Studies in the Fictional Imagination from Milton to Fielding*. Chicago and London: The University of Chicago Press, 1985.
Dane, Joseph A. *Parody: Critical Concepts versus Literary Practices, Aristophanes to Sterne*. Norman and London: University of Oklahoma Press, 1988.
Donoghue, Frank. *The Fame Machine: Book Reviewing and Eighteenth-Century Literary Careers*. Stanford: Stanford University Press, 1996.
Douglas, Mary. *Thinking in Circles: An Essay on Ring Composition*. New Haven & London: Yale University Press, 2007.
Ellis, Markman. *The Politics of Sensibility: Race, Gender, and Commercialization in the Sentimental Novel*. Cambridge: Cambridge University Press.
Erämetsä, Erik. *A Study of the Word "Sentimental" and of Other Linguistic Characteristics of Eighteenth Century Sentimentalism in England*. Helsinki: Suomalainen Tiedeakatemia, 1951.
Fawcett, Julia H. "Creating Character in 'Chiaro Oscuro': Sterne's Celebrity, Cibber's Apology, and the Life of Tristram Shandy." *The Eighteenth Century* 53 (2012): 141-161.
Finer, Emily. *Turning into Sterne: Viktor Shklovskii and Literary Reception*. London: Legenda, 2010.
Fluchere, Henri. *Laurence Sterne: From Tristram to Yorick*. Trans. Barbara Bray. London: Oxford University Press, 1965.
Forster, Antonia. *Index to Book Reviews in England 1749 - 1774*. Carbondale and Edwardsville: Southern Illinois University Press, 1990.

Frye, Northrop. "Varieties of Eighteenth-Century Sensibility." *Eighteenth-Century Studies*. Spec. issue of *Northrop Frye and Eighteenth-Century Studies* 24 (1990-1991): 157-172.

——."Towards Defining an Age of Sensibility." *ELH* 23 (1956): 144-152.

Gerard, W. B. "Benevolent Vision: The Ideology of Sentimentality in Contemporary Illustrations of *A sentimental Journey* and *The Man of Feeling*." *Eighteenth-Century Fiction* 14 (2002): 533-574.

Hartley, Lodwick. *Sterne in the Twentieth Century: An Essay and a Bibliography of Sternean Studies 1900-1965*. Chapel Hill: The University of North Carolina Press, 1966.

——."Sterne's Eugenius as Indiscreet Author: The Literary Career of John Hall-Stevenson." *PMLA* 86 (1971): 428-445.

Harvey, Karen. *Reading Sex in the Eighteenth Century: Bodies and Gender in English Erotic Culture*. Cambridge: Cambridge University Press, 2008.

Harvey Waterman Thayer, A. B. *Laurence Sterne in Germany*. New York: The Macmillan Company, 1905.

Howes, Alan B. *Yorick and the Critics: Sterne's Reputation in England, 1760-1868*. New Haven: Yale University Press, 1958.

Hunter, J. Paul. *Before Novels: The Cultural Contexts of Eighteen-Century English Fiction*. New York & London: W·W·Norton & Company, 1990.

Iser, Wolfgang. *Laurence Sterne: Tristram Shandy*. Trans. David Henry Wilson. Cambridge: Cambridge University Press, 1988.

Jefferson, D. W. "Tristram Shandy' and the Tradition of Learned Wit." *Laurence Sterne: The Life and Opinions of Tristram Shandy, Gentleman*. Ed. Melvyn New. New York: St. Martin's Press, 1992.

Keymer, Thomas. *Sterne, the Moderns and the Novel*. Oxford: Oxford University Press, 2002.

——, ed. *The Cambridge Companion to English Literature 1740-1830*. Cambridge: Cambridge University Press, 2004.

——, ed. *Laurence Sterne's Tristram Shandy: A Casebook*. Oxford: Oxford University Press, 2006.

——, ed. *The Cambridge Companion to Laurence Sterne*. Cambridge: Cambridge University Press, 2009.

Korshin, Paul J. "Types of Eighteenth-Century Literary Patronage." *Eighteenth-Century Studies* 7 (1974): 453-473.

Kraft, Elizabeth. *Laurence Sterne Revisited*. London: Twayne Publishers, 1996.

Lamb, Jonathan. *Sterne's Fiction and the Double Principle*. Cambridge: Cambridge

University Press, 1989.
Lanham, Richard A. *Tristram Shandy: The Games of Pleasure*. Berkeley & London: University of California Press, 1973.
Leavis, F. R. *The Great Tradition*. London: Chatto & Windus, 1962.
Leavis, Q. D. *Fiction and the Reading Public*. New York: Russell & Russell·Inc, 1965.
Loveridge, Mark. *Laurence Sterne and the Argument about Design*. London: Macmillan, 1982.
MacLean, Kenneth. *John Locke and English Literature of the Eighteenth Century*. New York: Russell & Russell · Inc, 1962.
Mann, Elizabeth B. "The Problem of Originality in English Literary Criticism, 1750 – 1800." *Philosophical Quarterly* 18 (1939): 97–118.
Mayo, Robert D. *The English Novel in the Magazines 1740 – 1815*. Evanston: Northwestern University Press, 1962.
McGann, Jerome. *The Poetics of Sensibility: A Revolution in Literary Style*. Oxford: Oxford University Press, 1996.
McKendrick, Neil, John Brewer and J. H. Plumb. *The Birth of a Consumer Society: The Commercialization of Eighteenth-Century England*. Bloomington: Indiana University Press, 1982.
McKeon, Michael. *The Origins of the English Novel 1600 – 1740*. Baltimore and London: The Johns Hopkins University Press, 1987.
——, ed. *Theory of the Novel: A Historical Approach*. Baltimore & London: The Johns Hopkins University Press, 2000.
McKillop, Alan D. "A View of Sterne's Art." Rev. of *Tristram Shandy's World: Sterne's Philosophical Rhetoric*, by John Traugott. *The Sewanee Review* 63 (1955): 687–690.
Mendilow, A. A. *Time and the Novel*. London: Peter Nevill Ltd., 1952.
Moglen, Helene. *The Philosophical Irony of Laurence Sterne*. Gainesville: The University Presses of Florida, 1975.
Mullan, John. *Sentiment and Sociability: the Language of Feeling in the Eighteenth Century*. Oxford: Oxford University Press, 1988.
Myer, Valerie Grosvenor, ed. *Laurence Sterne: Riddles and Mysteries*. London: Vision Press Limited, 1984.
New, Melvyn. *Laurence Sterne as Satirist: A Reading of "Tristram Shandy"*. Gainesville: University of Florida Press, 1969.
——. "Sterne, Warburton, and the Burden of Exuberant Wit." *Eighteenth-Century Studies* 15 (1982): 245–274.
——, ed. *Approaches to Teaching Sterne's Tristram Shandy*. New York: The Modern

Language Association of America, 1989.

———, ed. *New Casebooks: The Life and Opinions of Tristram Shandy, Gentleman*. New York: St. Martin's Press, 1992.

———. *Tristram Shandy: A Book for Free Spirits*. New York: Twayne Publishers, 1994.

———, ed. *Critical Essays on Laurence Sterne*. New York: G. K. Hall & Co., 1998.

Oates, J. C. T. *Shandyism & Sentiment, 1760-1800*. Cambridge: Cambridge University Press, 1968.

Olsen, Kirstin. *Daily life in 18th— Century England*. London: Greenwood Pub Group, 1999.

Parker, Jo Alyson. *Narrative Form and Chaos Theory in Sterne, Proust, Woolf, and Foulkner*. Palgrave MacMillan, 2007.

Parnell, J. T. "Swift, Sterne, and the Skeptical Tradition." *Laurence Sterne's Tristram Shandy: a Casebook*. Ed. Thomas Keymer. Oxford: Oxford University Press, 2006.

Patey, Douglas Lane. *Probability and Literary Form: Philosophic Theory and Literary Practice in the Augustan Age*. New York: Cambridge University Press, 1984.

Paulson, Ronald. *Satire and the Novel in Eighteenth-Century England*. New Haven & London: Yale University Press, 1967.

Pierce, David, and Peter de Voogd, eds. *Laurence Sterne in Modernism and Postmodernism*. Amsterdam-Atlanta: Rodopi, 1996.

Piper, William Bowman. "Tristram Shandy's Digressive Artistry." *Studies in English Literature, 1500-1900* (1961): 65-76.

Pritchard, Penny. *The Long 18th Century Literature from 1660 to 1790*. London: York Press, 2010.

Richetti, John, ed. *The English Novel in History 1700-1800*. London and New York: Routledge, 1999.

———, ed. *The Cambridge Companion to the Eighteenth Century Novel*. Shanghai: Shanghai Foreign Language Education Press, 2000.

———, ed. *The Columbia History of the British Novel*. Beijing: Foreign Language Teaching and Research Press, 2005.

———, ed. *The Cambridge History of English Literature, 1660 - 1780*. Cambridge: Cambridge University Press, 2005.

Rivers, Isabel, ed. *Books and Their Readers in Eighteenth-Century England*. New York: Leicester University Press, 1982.

Rogers, Pat. *Grub Street: Studies in a Subculture*. London: Methuen & Co Ltd., 1972.

Ross, Ian Campbell. *Laurence Sterne: A Life*. Oxford: Oxford University Press, 2001.

Runge, Laura L., and Pat Rogers, eds. *Producing the Eighteenth-Century Book: Writers* and Publishers in England, 1650−1800. Newark: University of Delaware Press, 2009.

Sacks, Sheldon. *Fiction and the Shape of Belief: A Study of Henry Fielding*. Berkeley and Los Angeles: University of California Press, 1964.

Sant, Ann Jessie Van. *Eighteenth-century Sensibility and the Novel: The Senses in Social Context*. Cambridge: Cambridge University Press, 1993.

Seelig, Sharon Cadman. *Generating Texts: The Progeny of Seventeenth-Century Prose*. Charlottesville & London: University Press of Virginia, 1996.

Shklovsky, Victor. "Sterne's Tristram Shandy: Stylistic Commentary." *Russian Formalist Criticism: Four Essays*. Trans. Lee T. Lemon and Marion J. Reis. Lincoln: University of Nebraska Press, 1965.

Showalter, English. *The Evolution of the French Novel*. Princeton: Princeton University Press, 1972.

Spacks, Patricia Meyer. *Desire and Truth: Functions of Plot in Eighteenth-Century English Novels*. Chicago and London: The University of Chicago Press, 1990.

——. *Novel Beginnings: Experiments in Eighteenth-century English Fiction*. New Haven and London: Yale University Press, 2006.

Spector, Robert Donald. *English Literary Periodicals and the Climate of Opinion during the Seven Years' War*. Paris: Mouton & Co., 1966.

Stedmond, John M. *The Comic Art of Laurence Sterne: Convention and Innovation in Tristram Shandy and A Sentimental Journey*. Toronto: University of Toronto Press, 1967.

Swearingen, James E. *Reflexivity in Tristram Shandy: An Essay in Phenomenological Criticism*. New Haven and London: Yale University Press, 1977.

Tave, Stuart M. *The Amiable Humorist: A Study in the Comic Theory and Criticism of the Eighteenth and Early Nineteenth Centuries*. Chicago: The University of Chicago Press, 1960.

Thackeray, William Makepeace. *The English Humorists of the Eighteenth Century and Charity and Humour*. Ed. Edgar F. Harden. Ann Arbor: The University of Michigan Press, 2007.

Thomson, David. *Wild Excursions: The Life and Fiction of Laurence Sterne*. New York: McGraw-Hill Book Company, 1972.

Timbs, John. *Club Life of London*. London: Richard Bentley, 1866.

Todd, Janet. *Sensibility: An Introduction*. New York: Methuen & Co. Ltd., 1986.

Traugott, John. *Tristram Shandy's World: Sterne's Philosophical Rhetoric*. Berkeley: University of California Press, 1954.

——, ed. *Laurence Sterne: A Collection of Critical Essays*. New Jersey: Prentice-Hall,

Inc., 1968.

Van Sant, Ann Jessie. *Eighteenth-Century Sensibility and the Novel*. Cambridge: Cambridge University Press, 1993.

Voogd, Peter de., ed. *The Reception of Laurence Sterne in Europe*. London: Thoemmes Continuum, 2004.

Warner, William B. *Licensing Entertainment: The Elevation of Novel Reading in Britain, 1684-1750*. Berkeley: University of California Press, 1998.

———. "The Elevation of the Novel in England: Hegemony and Literary History." *ELH* 59 (1992): 577-96.

Watt, Ian. *The Rise of the Novel: Studies in Defoe, Richardson and Fielding*. Penguin Books, 1981.

Wehres, Donald R. "Sterne, Cervantes, Montaigne: Fideistic Skepticism and the Rhetoric of Desire." *New Casebooks: The Life and Opinions of Tristram Shandy, Gentleman*, ed. Melvyn New (New York: St. Martin's Press, 1992): 133-154.

Whittaker, Ruth. *Tristram Shandy*. Philadelphia: Open University Press, 1984.

William, Ioan, ed. *Novel and Romance 1700-1800: A Documentary Record*. London: Routledge & Kegan Paul Limited, 1970.

Theoretical sources:

Abrams, M. H. *The Mirror and the Lamp: Romantic Theory and the Critical Tradition*. New York: Oxford University Press, 1971.

Aristotle. *Poetics*. Trans. Malcolm Heath. London: Penguin, 1996.

Armstrong, Paul. *Play and the Politics of Reading: the Social Uses of Modernist Form*. Ithaca and London: Cornell University Press, 2005.

Attridge, Derek. *The Singularity of Literature*. London & New York: Routledge, 2004.

Bloom, Harold. *The Anxiety of Influence: A Theory of Poetry*. 2nd ed. Oxford: Oxford University Press, 1997.

Bourdieu, Pierre. *Distinction: A Social Critique of the Judgement of Taste*. Trans. Richard Nice. Cambridge: Harvard University Press, 1984.

———. *The Rules of Art: Genesis and Structure of the Literary Field*. Tran. Susan Emanuel. Stanford: Stanford University Press, 1996.

———. *The Field of Cultural Production*. Ed. Randal Johnson. New York: Columbia University Press, 1994.

Chatman, Seymour. *Story and Discourse: Narrative Structure in Fiction and Film*. Ithaca and London: Cornell University Press, 1980.

Denith, Simon. *Parody*. London & New York: Routledge, 2000.

Foucault, Michel. *The History of Sexuality*. Tran. Robert Hurley. New York: Vintage Books, 1990.
Gadamer, Hans-Georg. *Truth and Method*. Trans. Joel Weinsheimer and Donald G. Marshall. London and New York: Continuum, 2006.
Genette, Gerald. *Narrative Discourse*. Trans. Jane E. Lewin. Oxford: Basil Blackwell, 1980.
——. *Narrative Discourse Revisited*. Trans. Jane E. Lewin. Ithaca and New York: Cornell University Press, 1990.
Goldmann, Lucien. *Method in the Sociology of Literature*. Trans. and Ed. William Q. Boelhower. Oxford: B. Blackwell, 1981.
——. *Towards a Sociology of the Novel*. London: Travistock Publications Limited, 1975 [1964].
Habermas, Jurgen. *The Structural Transformation of the Public Sphere: An Inquiry into a Category of Bourgeois Society*. Trans. Thomas Burger. Cambridge: The MIT Press, 1991.
Heidegger, Martin. *Being and Time*. Trans. John Macquarrie and Edward Robinson. Beijing: China Social Sciences Publishing House & Chengcheng Books Ltd., 1999.
Husserl, Edmund. *Cartesian Meditations: An Introduction to Phenemenology*. Trans. Dorion Cairns. The Hague: Martinus Nijhoff Publishers, 1960.
Iser, Wolfgang. *The Act of Reading: A Theory of Aesthetic Response*. London and Henley: Routelege & Kegan Paul, 1978.
——. *The Implied Reader: Patterns of Communication in Prose Fiction from Bunyan to Beckett*. Baltimore & London: The Johns Hopkins University Press, 1980.
Jameson, Fredric. *The Political Unconscious: Narrative as a Socially Symbolic Act*. Ithaca: Cornell University Press, 1981.
Jauss, Hans. M.H., et al."Interview with Hans R. Jauss." *Diacritics* 5 (1975): 53-61.
Jauss, Hans Robert, and Elizabeth Benzinger. "Literary History as a Challenge to Literary Theory." *New Literary History* 2 (1970): 7-37.
Jauss, Hans Robert."Tradition, Innovation, and Aesthetic Experience." *The Journal of Aesthetics and Art Criticism* 46 (1988): 375-388.
——. *Toward an Aesthetic of Reception*. Trans. Timothy Bahti. Minneapolis: University of Minnesota Press, 1999.
Kermode, Frank. *The Sense of an Ending: Studies in the Theory of Fiction*. New York: Oxford University Press, 1967.
Martin, Wallace. *Recent Theories of Narrative*. Beijing: Beijing University Press, 2006.
Recoeur, Paul. *Time and Narrative*. 3 vols. Trans. Kathleen McLaughlin and David Pellauer. Chicago and London: The University of Chicago Press, 1985.

Rose, Margaret A. *Parody: Ancient, Modern, and Post-Modern*. Cambridge：Cambridge University Press, 1993.
Segers, Rien T., et al."An Interview with Hans Robert Jauss." *New Literary History* 11 (1979)：83-95.
Sprinker, Michael. Rev. of *Toward an Aesthetic of Rception*, by Hans Robert Jauss. *MLN* 97 (1982)：1205-1212.
Wagner, Irmgard. "Hans Robert Jauss and Classicity." *MLN* 99 (1984)：1173-1184.

中文参考文献

中文著作：

爱德华·萨义德:《文化与帝国主义》,李琨译,北京:生活·读书·新知 三联书店2004年版。
艾柯等:《诠释与过度诠释》,王宇根译,三联书店2005年版。
阿多诺·豪泽尔:《艺术社会学》,居延安译编,上海:学林出版社1987年版。
罗贝尔·埃斯卡皮:《文学社会学——罗·埃斯卡皮文论选》,于沛选编,杭州:浙江人民出版社1987年版。
E.M.福斯特:《小说面面观》,冯涛译,北京:人民文学出版社2009年版。
龚翰熊:《欧洲小说史》,成都:四川大学出版社1997年版。
F.R.利维斯:《伟大的传统》,袁伟译,北京:生活·读书·新知三联书店2009年版。
胡振明:《对话中得到的建构:18世纪英国小说中的对话性》,北京:对外经济贸易大学出版社2007年版。
哈罗德·布鲁姆:《西方正典:伟大作家和不朽作品》,江宁康译,上海:译文出版社2005年版。
韩加明:《菲尔丁研究》,北京:北京大学出版社2010年版。
汉斯·罗伯特·耀斯:《审美经验与文学解释学》,顾建光、顾静宇、张乐天译,上海:上海译文出版社2006年版。
赫伯特·马尔库塞:《爱欲与文明》,黄勇、薛民译,上海:上海译文出版社1987年版。
黄梅:《推敲"自我"——小说在18世纪的英国》,北京:生活·读书·新知三联书店2003年版。
拉伯雷:《巨人传》,成钰亭译,上海:上海译文出版社2007年版。
赖骞宇:《18世纪小说的叙事艺术》,北京:中国社会科学出版社2009年版。
劳伦斯·斯特恩:《项狄传》,蒲隆译,上海:上海译文出版社2006年版。

劳伦斯·斯特恩:《多情客游记》,石永礼译,上海:上海译文出版社 2012 年版。
刘意青:《英国 18 世纪文学史》,北京:外语教学与研究出版社 2006 年版。
吕西安·戈德曼:《隐蔽的上帝》,天津:百花文艺出版社 1998 年版。
米兰·昆德拉:《小说的艺术》,北京:生活·读书·新知三联书店 1992 年版。
米歇尔·福柯:《规训与惩罚》,刘北成、杨远婴译,北京:生活·读书·新知三联书店 2003 年版。
马克斯·韦伯:《新教伦理和资本主义精神》,黄晓京、彭强译,成都:四川人民出版社 1986 年版。
瑙曼等:《作品、文学史与读者》,范大灿编,北京:文化艺术出版社 1997 年版。
塞万提斯:《堂吉诃德》,屠孟超译,南京:译林出版社 2011 年版。
申丹:《叙述学与小说文体学研究》,北京:北京大学出版社 2004 年版。
申丹、韩加明和王丽亚:《英美小说叙事理论研究》,北京:北京大学出版社 2005 年版。
特里·伊格尔顿:《审美意识形态》,王杰等译,广西师范大学出版社 2001 年版。
沃尔夫冈·伊瑟尔:《阅读行为》,金惠敏等译,湖南文艺出版社 1991 年版。
亚当·斯密:《国民财富的性质和原因的研究》,王亚南译,北京:商务印书馆 1981 年版。
殷企平、高奋、童燕萍:《英国小说批评史》,上海:上海外语教育出版社 2003 年版。
约翰·杰罗瑞:《文化资本:论文学经典的建构》,江宁康、高巍译,南京:南京大学出版社 2011 年版。
赵一凡、张中载、李德恩主编:《西方文论关键词》,北京:外语教学与研究出版社 2007 年版。
朱光潜:《西方美学史》,北京:人民文学出版社 2002 年版。
中文期刊论文:
杜维平:"不仅仅是玩笑——《项狄传》宗教主题初探",《解放军外国语学院学报》2004 年第 3 期。
杜维平、金万锋:"意义:《项狄传》的一个哲学主题",《齐齐哈尔大学学报》2003 年第 6 期。
方维规:"'文学社会学'的历史、理论和方法",《社会科学论坛》2010 年第 13 期。
——:"文学作为社会幻想的试验场——另一个德国的'接受理论'",《外国文学评论》2011 年第 4 期。
——:"文学解释学是一门复杂的艺术——接受美学原理及其来龙去脉",《社会科学研究》2012 年第 2 期。
韩加明:"《蜜蜂的寓言》与 18 世纪英国文学",《国外文学》2005 年第 2 期。
黄梅:"《项狄传》与叙述的游戏",《外国文学评论》2002 年第 2 期。
——."《理智与情感》中的'思想之战'",《外国文学评论》2010 年第 1 期。
刘戈:"《项狄传》与 18 世纪英国小说传统",《解放军外国语学院学报》2005 年第

5 期。
李维屏、杨理达:"英国第一部实验小说《项狄传》评述",《外国语》2002 第 4 期。
陶家俊:"从叙述结构论《摩尔·弗兰德斯》对资本主义个体价值的肯定",《四川外语学院学报》,2002 年第 5 期。
王文渊:"国内《项狄传》研究综述",《陇东学院学报》2012 年第 2 期。
颜静兰:"'独行怪侠'斯特恩《项狄传》诡异创作风格浅析",《国外文学》2003 年第 1 期。
朱卫红:"《多情客游记》与感伤主义小说的伦理价值",《外国文学研究》2007 年第 5 期。

中文博士论文:

宋建福:《〈项狄传〉的狂欢化叙事艺术》,上海外国语大学博士学位论文,2005 年。